Tess Stimson

Ex moglie

Traduzione di
Daniela Terzo

W0110825

GIUNTI

Titolo originale:
One in Three
Copyright © Tess Stimson 2020
First published in Great Britain by HarperCollins *Publishers* 2020

Tess Stimson afferma il diritto morale di essere identificata
come autrice di quest'opera.

Questa è un'opera di fantasia. Ogni riferimento a fatti accaduti
e a persone esistenti o realmente esistite è puramente casuale.

www.giunti.it

© 2021 Giunti Editore S.p.A.
Via Bolognese 165 - 50139 Firenze - Italia
Via G. B. Pirelli 30 - 20124 Milano - Italia

Prima edizione: aprile 2021

A Barbi,
la mia favolosa matrigna.
Chi l'avrebbe mai detto che sarei stata
così fortunata due volte?

1

Presente

Siamo entrambe ricoperte dal suo sangue. Sangue arterioso, di un rosso acceso per l'ossigeno che contiene. La mia maglietta ne è intrisa. Lo sento in bocca, nel naso; lo respiro profondamente, lo *assaporo.* Salato e metallico, come se avessi leccato una ringhiera di ferro arrugginito.

Mi sposto all'indietro sui talloni e mi tolgo i capelli dagli occhi. La feroce lotta ci ha lasciate entrambe ansimanti, alla ricerca di aria. A tre metri da me, lei si sistema seduta a metà, con il braccio sinistro che penzola inutilmente al suo fianco.

Il coltello giace nella scintillante pozza color rubino fra di noi. Non le tolgo gli occhi di dosso nemmeno per un secondo. Il suo sguardo si sposta verso il coltello e poi di nuovo verso di me.

Il mio telefono è fuori portata, nella borsa vicino all'ingresso. Non servirebbe comunque chiamare un'ambulanza. È morto. Nessuno può perdere tanto sangue e sopravvivere.

Si sentono grida provenire dall'esterno. Passi veloci. La casa sulla spiaggia è lontana dall'edificio principale dell'hotel, ma i suoni si trasmettono veloci sull'acqua. Qualcuno ha sentito le urla. Stanno arrivando i soccorsi.

Noto che anche lei se ne accorge. Tenendosi il braccio slogato, si gira velocemente verso la porta della terrazza aperta, valutando le opzioni. È solo un primo piano, sotto il quale c'è morbida sabbia, ma la marea che sta salendo taglia il viottolo e non è decisamente in condizione di arrampicarsi sull'impervia parete del dirupo. E comunque, non ha più tempo: le voci sono proprio fuori dalla porta.

Mi guarda e scuote leggermente le spalle, *a volte si vince, a volte si perde,* poi si sdraia sul bordo del divano e chiude gli occhi.

Il frastuono fuori si fa sempre più intenso. La porta trema e poi viene aperta con violenza. Due uomini entrano nella stanza seguiti da una folla di facce bianche. Leggo lo shock nei loro occhi nel momento in cui si rendono conto di quello che è successo. Uno di loro si gira e chiude la porta, ma non prima che il flash di un cellulare scatti una foto.

Forse adesso mi crederanno tutti, finalmente.

CELIA MAY ROBERTS
INTERROGATORIO REGISTRATO PARTE PRIMA

Data: 25 luglio 2020
Durata: 41 minuti
Luogo: Burgh Island Hotel

Condotto dagli agenti della Polizia di Devon e Cornwall

POLIZIA	Questo interrogatorio è registrato. Io sono l'ispettore John Garrett, investigatore capo della squadra omicidi incaricata delle indagini sulla morte violenta di Andrew Page presso il Burgh Island Hotel, avvenuto oggi. È sabato venticinque luglio 2020 e secondo il mio orologio sono le 15:40. Qual è il suo nome completo?
CR	Celia May Roberts.
POLIZIA	Grazie. Può confermarmi la sua data di nascita?
CR	Non vedo come questo sia rilevante.
POLIZIA	Solo per gli archivi, signora Roberts.
CR	Quattordici febbraio 1952.
POLIZIA	Grazie…
CR	Non c'è altro che volete sapere di me? Il mio numero di scarpe? Il mio segno zodiacale? Non ho ucciso mio

	genero. Invece di sprecare il vostro tempo con me, dovreste…
POLIZIA	Signora Roberts, non per essere scortese ma la fermo qui. È importante fare un'introduzione prima, mi scusi quindi per averla interrotta.
CR	[Inudibile.]
POLIZIA	Mi rendo conto che deve essere un trauma per lei, signora Roberts. Gradirebbe una tazza di tè prima di continuare?
CR	No, grazie. [Pausa.] Mi scusi, non volevo essere maleducata. È solo che… volevamo tutti molto bene a Andrew. Non riesco proprio a farmene una ragione.
POLIZIA	Nessun problema, signora Roberts. Possiamo fermarci in qualsiasi momento.
CR	Credo sia meglio che mi tolga questo pensiero, così posso tornare da mia figlia e dai miei nipoti.
POLIZIA	Bene, allora. Qui con me c'è anche…
POLIZIA	Sergente Anna Perry.
POLIZIA	Signora Roberts, so che è difficile, ma se ci potesse raccontare che cosa…
CR	È stata Caroline a ucciderlo.
POLIZIA	Si riferisce all'attuale moglie, la signora Caroline Page?
CR	Sì.
POLIZIA	Ha realmente assistito…
CR	Ho visto quella donna in piedi accanto a lui, con le mani sporche di sangue. C'era sangue ovunque. Dovreste arrestare…
POLIZIA	C'era qualcun altro?
CR	Mia figlia, ma…

POLIZIA	E sua figlia è Louise Page? L'ex moglie di Andrew Page?
CR	Sì.
POLIZIA	Che cosa stava facendo quando lei è arrivata?
CR	Era sul pavimento con Andrew. Gli teneva la testa in grembo.
POLIZIA	Quindi, per essere chiari, signora Roberts, lei non ha realmente *visto* Caroline Page accoltellare il marito. E nessun altro era presente all'infuori di sua figlia e della signora Page? Non ha notato qualcuno entrare o uscire dalla casa sulla spiaggia?
CR	C'erano un paio di giardinieri fuori, a bloccare l'accesso. E ovviamente molte persone sono giunte più o meno quando sono arrivata io. Abbiamo sentito tutti le urla – si sentivano fin dall'altra parte dell'isola. C'erano Min e mio figlio Luke…
POLIZIA	Ma nessun altro era proprio *dentro* la casa quando lei è arrivata, eccetto le due donne?
CR	Ve l'ho detto, Caroline…
POLIZIA	Si attenga a quello che ha realmente visto, signora Roberts. [Pausa.] Forse potrebbe innanzitutto spiegarci il motivo per cui vi trovavate tutti al Burgh Island Hotel.
CR	[Pausa.] Io e mio marito stavamo festeggiando le nozze d'oro.
POLIZIA	Congratulazioni.
CR	Grazie.
POLIZIA	Quindi avete organizzato una sorta di riunione familiare?
CR	Sì, l'avevamo programmata dalla scorsa estate.

POLIZIA	E di chi è stata l'idea di invitare il suo ex genero?
CR	Andrew è parte della famiglia. Era sottinteso.
POLIZIA	Ha invitato anche la sua nuova moglie? Cosa ne pensava sua figlia?
CR	Sono divorziati da quattro anni. Questa non era la prima volta in cui loro due si sono trovate in compagnia di altre persone. Abbiamo cenato tutti insieme un paio di settimane fa, dopo la recita scolastica dei bambini. Louise è più forte di quanto sembri.
POLIZIA	Sua nuora – Min, giusto? – ci ha raccontato che lei e suo figlio Luke l'hanno implorata di non invitare il signor Page e la moglie.
CR	Louise ha detto a *me* che non sarebbe stato un problema.
POLIZIA	Signora Roberts, questa occasione era un po' più di un fortuito incontro alla recita scolastica, non trova? Un fine settimana intero su un'isola per una festa privata di famiglia con la donna che ha soffiato a Louise, mi perdoni, il marito. L'atmosfera doveva essere abbastanza calda immagino...
CR	Gliel'ho detto, Louise voleva che Caroline fosse presente.
POLIZIA	Anche se il mese scorso è stata chiamata la polizia a causa di un diverbio fra le due?
CR	Louise voleva sotterrare l'ascia di guerra, per il bene dei bambini.
POLIZIA	Non pensa che ci potesse essere un altro motivo per volere che il suo ex marito e la moglie fossero presenti?
CR	Ad esempio?

POLIZIA	Be', è quello che stiamo cercando di stabilire, signora Roberts. [Pausa.] Invece lei, *lei* aveva un altro motivo per invitare Caroline Page e il marito, signora Roberts?
CR	[Inudibile.]
POLIZIA	Signora Roberts?
CR	Per l'amor del cielo. Con il senno di poi siamo tutti bravi, giusto, ispettore?

Sette settimane prima della festa

2

Louise

Tutti i membri della famiglia ricevono l'invito formale alla festa di mia madre. Spessa pergamena, calligrafia edoardiana, lettere in rilievo, un'opera d'arte. Bella sistema con orgoglio il cartoncino in primo piano sulla mensola del camino in cucina, appoggiato sul cagnolino di creta che aveva fatto per Andrew in occasione della festa del papà quando aveva cinque anni. Mostrò compiaciuto quel cagnolino a chiunque al lavoro, convinto che la figlia fosse una specie di artista prodigio. Non lo ha portato via, però, quando se n'è andato sette anni dopo.

Le lettere goffrate mi seguono ovunque per la cucina come gli occhi di *Monna Lisa*. Le ignoro mentre svuoto la lavastoviglie, aprendo armadietti e chiudendo cassetti con un ritmo ormai consolidato, trovando conforto nel perfetto allineamento delle tazze, nell'ordinata pila di ciotole, nell'uniformità quasi militaresca di coltelli, forchette e cucchiai nei loro comparti separati. Ogni cosa è al suo posto.

Ogni cosa tranne me.

Bagpuss si fa strada strusciandosi alle mie caviglie, impaziente di avere la colazione. Gli verso un po' di croccantini nella ciotola, tutto ciò che riesce a mandare giù e trattenere in questi giorni, e lo accarezzo affettuosamente dietro le orecchie. «Ecco qui Bags. Non mangiarlo troppo velocemente.»

A causa dell'artrite, il gatto si china con difficoltà per mangiare, vecchio e floscio come il suo omonimo a strisce rosa e bianche della TV. Gli riempio la ciotola dell'acqua, mi preparo una tazza di tè e vado fuori. L'aria profuma di pulito dopo la tanto agognata pioggia di ieri sera, ma promette già di diventare un'altra giornata calda e insolitamente afosa per essere giugno. Mi rannicchio sulla sedia di vimini appesa al melo, metto un piede sotto il sedere e con l'altro mi do la spinta dal terreno. Prima che nascessero Bella e Tolly odiavo la mattina, ma ultimamente amo questa preziosa mezz'ora di pace prima che il mondo si svegli. Mi sdraio e chiudo gli occhi. È l'unico momento davvero mio.

L'invito mi ha turbata più di quanto voglia ammettere. Mia madre lo ha inviato anche a Andrew e Caz, nonostante l'avessi supplicata di non farlo; adesso dovrò incontrarli nel mio territorio, nel cuore della mia famiglia.

In qualche modo sono riuscita a superare il loro matrimonio quattro anni fa, sgomberando gli armadietti della cucina mentre li immaginavo scambiarsi le promesse, disincrostando il pavimento del bagno mentre me li figuravo tagliare la torta, spingendo a forza il vecchio tosaerba sul prato che non aveva bisogno di essere rasato mentre li vedevo avviarsi sulla pista per il loro primo ballo come marito e moglie. Da allora ho imparato a mie spese ad accettare la loro presenza in coppia alle recite scolastiche e agli eventi sportivi; mi sono costruita un guscio resistente per proteggermi. Ma questa volta è diverso.

Forse perché sono le nozze d'oro dei miei genitori, un obiettivo che avevo sognato di raggiungere con Andrew. Forse perché mia madre è stata l'ultima a opporsi a Caz: l'invito la farà entrare nella cerchia a tutti gli effetti. O forse ho solo bisogno di dormire un po' di più. Sono stata sveglia fino alle due stanotte a correggere gli esami finali dei miei studenti di giornalismo. Avrei finito prima se avessi sorvolato sugli errori di ortografia e di grammatica, ma anche se sono caduta dalle eccelse altezze di un articolo settimanale su uno dei più prestigiosi giornali, ho ancora degli standard.

Il sole si fa strada nell'orizzonte, una scia di luce dorata mi accarezza il viso. Andrew aveva ragione suppongo. Apro gli occhi e ammiro le dolci colline: nonostante i miei dubbi iniziali, mi sono innamorata di questo posto.

Riesco ancora a vederlo in piedi sul gradino più basso del muro del giardino quando vedemmo la casa per la prima volta, circa diciassette anni fa: le braccia larghe, un'espressione felice sul volto mentre descriveva animatamente la nostra vita qui. Un posto dove la nostra piccola sarebbe cresciuta al sicuro e felice, col vento fra i capelli e l'erba sotto i piedi. All'epoca ero molto riluttante all'idea di lasciare Londra; non per la mia rubrica sul *Daily Post*, che avrei potuto scrivere in qualsiasi luogo, ma perché la città mi faceva sentire viva, attiva, come se il mondo fosse a mia disposizione. Odiavo il pensiero di dover rinunciare a tutto per vivere in una casa che cadeva a pezzi e che sarebbe costata l'ira di Dio in riparazioni, per di più in mezzo al nulla. Ma Andrew la desiderava con tutto il cuore e a quell'epoca gli avrei dato qualsiasi cosa chiedesse. Non immaginavo certo che avrei finito per viverci senza di lui.

Il telefono vibra nella tasca della vestaglia facendomi sobbalzare. Lo tiro fuori, scorro il dito verso destra e sullo schermo appare il volto di mia cognata. «Stai andando a letto o ti stai alzando?» chiedo mentre scendo dalla sedia di vimini e torno verso la cucina.

«Ho appena finito un doppio turno all'ospedale» risponde Min. «Sono rientrata in casa pochi minuti fa.»

È fresca come se fosse appena tornata da due settimane alle Hawaii. Ha quarantasette anni, solo quattro più di me, ma a giudicare dal piccolo riquadro su FaceTime potrei sembrare sua madre. I miei capelli grigiastri hanno urgentemente bisogno di qualche colpo di sole e i miei occhi azzurro-melmoso sono circondati da profonde occhiaie. «Nottata tranquilla?» le chiedo, appoggiando il telefono sul bancone della cucina.

«Un gigantesco tamponamento a catena sulla M23. Raccapricciante» dice Min con soddisfazione. La sua immagine va su e giù mentre porta il telefono nello studio. Lo mette giù e poi sventola una busta davanti allo schermo. «Indovina cosa ho trovato sul mio zerbino?»

Adoro Min. È divertente, intelligente e rende mio fratello Luke molto felice. Ma non ha freni e so già dove sta andando a parare.

«Prima che tu me lo chieda, sì, Andrew e Caz sono invitati» le dico, mentre tuffo una bustina di tè nella mia tazza vuota. «Mamma vuole tutta la famiglia riunita per il gran giorno. E sai quanto adora Kit.»

«Be', Kit lo posso anche capire, ma perché Celia ha invitato *lei*?»

«Perché Andrew non verrebbe senza Caz.»

Min sembra indignata. «Quella donna dovrebbe avere il buon gusto di sparire» dice. «Francamente non riesco nemmeno a credere che Andrew abbia le palle per presentarsi.»

«Puoi pronunciare il suo nome, sai? Non è Voldemort.»

«Lou, perché vuoi affrontare tutto questo? Non devi fare la martire. Potresti puntare i piedi e dire di no a Celia.»

Non ci casco. Nessuno dice mai di no a mia madre, inclusa Min.

Non che non apprezzi la lealtà di Min. Non sarei mai sopravvissuta ai brutali mesi successivi all'abbandono di Andrew se non fosse stato per lei, almeno non con una dodicenne traumatizzata e un neonato da accudire. Il minore dei quattro figli di Min era ancora molto piccolo all'epoca, ma lei c'era sempre quando avevo bisogno. Portava Bella a scuola quando io non riuscivo proprio a uscire dal letto, si assicurava che mangiassi e mi aiutava ad affrontare la straziante gestione di un divorzio: trovare un avvocato decente, inscatolare le cose di Andrew, tornare al lavoro. Ascoltava con pazienza i miei lamenti affogati nel vino, cercando di dare un senso a quello che era successo. E proprio quando sembrava che stessi annegando nella disperazione, Min mi dava la giusta dose di scossoni di cui avevo bisogno per riprendermi e ricominciare a vivere.

Quello che ha trovato più difficile accettare è il bisogno di lasciarmi il passato alle spalle e perdonare Andrew. La perseverante ostilità nei suoi confronti è sfiancante quasi quanto il sereno rifiuto di mia madre di accettare che lui non tornerà più.

Andrew mi ha spezzato il cuore, ma sono passati quattro anni. Se non lascio svanire l'amarezza finirò per esserne consumata. Rimane comunque il padre di Bella e Tolly e loro lo amano.

Comunque la pensi Min, non sono né una martire né una debole. Ho imparato a tollerare Caz e la sua tossica presenza nella mia vita, anche perché, ho forse un'altra scelta? Quella donna è sposata con il padre dei miei figli. In un certo, contorto senso, che mi piaccia o no, questo la rende parte della famiglia.

«Ti prego Min, lascia perdere» le dico stanca. «È solo un fine settimana della mia vita. Credo che potremo superarlo tutti senza ucciderci.»

«Abbiamo quasi sette settimane» risponde Min cambiando approccio con una velocità spiazzante. «Ho scoperto questa dieta fantastica, la adorerai. È un mix fra Paleo e Weight Watchers, perderai almeno cinque chili senza accorgertene. Ti presterei qualche vestito mio, ma sei troppo alta…»

Sento dei piccoli passi al piano di sopra e chiudo la porta della cucina per non farmi sentire.

«Min, non sto cercando di competere con Caz. Quel treno è già partito. Ha ventinove anni e sembra una top model, mentre le mie tette sono quasi arrivate all'ombelico e ho le rughe anche nei lobi delle orecchie. Posso anche fare la dieta più rigida del mondo, ma non avrò comunque i suoi zigomi.» Sospiro. «Apprezzo molto il tuo incoraggiamento, ma anche se potessi permettermi un restauro da VIP, a quale scopo? Distruggere la famiglia di Kit chi aiuterebbe adesso?»

«Rimetterebbe insieme la *tua* famiglia.»

«No, non lo farebbe.»

Lo sguardo di rimprovero di Min riempie lo schermo. «Sei troppo buona.»

Do un'occhiata all'invito sulla mensola. Io e Andrew avevamo fatto un patto. Un patto che non comprendeva accettare l'invito alla celebrazione delle nozze d'oro dei miei genitori, o avvicinarsi in qualsiasi modo alla mia famiglia, se è per questo. Un patto che è stato infranto, anche se lo avevo avvertito che ci sarebbero state delle conseguenze.

«A dire il vero, Min,» dico, girando l'invito a faccia in giù «non sono poi così buona.»

3

Caz

Angie è già seduta nel nostro solito angolino del Chelsea Potter quando arrivo. Il locale è stracolmo, la gente si riversa sulla strada e mi ci vogliono diversi minuti per farmi strada a gomitate verso di lei. «Sarà meglio che sia doppio» le dico tristemente, mentre mi porge un gin tonic.

Inarca il sopracciglio con il piercing mentre me lo scolo in un sorso. «Giornataccia?»

«Settimana in realtà, e siamo solo a giovedì.» Scivolo sullo sgabello che ha tenuto per me e appoggio il telefono sul bancone in caso chiami Andrew. «Non ci crederai mai. Tina Murdoch sarà la mia intermediaria per la Univest.»

Angie emette un fischio. «Stai scherzando. Come diavolo ci è riuscita?»

«La sua carriera è decollata da quando ci ha lasciati e lavora per la Univest.» Faccio un cenno al barman per avere un altro drink, togliendomi i lunghi capelli biondi dal viso e legandoli con una molletta argentata. «Quello che non riesco a capire è perché Patrick abbia accettato. Dopo il sabotaggio con la campagna pubblicitaria per la Tetrotek ci saremmo immaginati che l'avrebbe tenuta ad almeno cento metri dall'edificio.»

Angie prende una ciotola di pistacchi. «Se lui è d'accordo, dovrai esserlo anche tu. Pensi di farcela a lavorare con lei?»

«Per ora no. Ha bocciato tutte le idee che ho presentato e mi ha scavalcata per lamentarsi con Patrick. Insiste sul voler portare un consulente PR dall'esterno. Spero quasi che mi sollevi dall'incarico e lo assegni a qualcun altro.»

«Non dire così.»

«No, infatti.» Guardo accigliata il mio drink. «Non lascerò che vinca Tina, ma se va avanti così una delle due finirà in un sacco per cadaveri.»

Tina Murdoch, la mia bestia nera. L'ultima volta che abbiamo lavorato insieme mi ha quasi fatta licenziare. Ironia della sorte, è stata lei a darmi la prima grande occasione nel mondo della pubblicità, promuovendomi a gestire un grosso cliente quando ero solo al primo anno alla Whitefish. Si è trasformata nella mia mentore, nella paladina del sostegno "fra sorelle" per aiutare giovani donne nella scalata verso il successo. È stata lei a presentarmi Andy a un evento di beneficenza per la RSPCA alla quale la Whitefish aveva collaborato, anche se lui non si ricorda di quel primo incontro. Ma quando io e Andy siamo diventati ufficialmente una coppia, il mio rapporto con Tina è andato a rotoli. Ho il sospetto che lo avesse adocchiato lei, ma qualunque sia stato il motivo che le ha dato fastidio, ce l'ha con me da allora.

Non ho ancora nemmeno preparato una bozza della campagna per la Univest, figuriamoci presentarla, ma Tina insiste per avere un piano promozionale scritto, i dettagli del programma per la campagna e una ripartizione completa del bilancio per territorio e tipo di media, il tutto entro la fine del mese. È impossibile, e lo sa. Nolan, il nostro direttore creativo, minaccia di licenziarsi e il resto del team è sull'orlo della rivolta. Anche se, come ha seccamente sottolineato Andy ieri sera quando avevo finito di sfogarmi, nel migliore dei casi sono loro a essere piuttosto rivoltanti.

Angie avvicina il suo bicchiere al mio. «'Fanculo, è quasi venerdì.»

«Già, 'fanculo.»

Apre un altro pistacchio e getta i gusci nella ciotola. «Sei in città questo weekend? C'è un gruppo fantastico che suona al Borderline sabato sera.»

Faccio una smorfia. «Non posso, siamo a Brighton.»

«Oh cavolo, di nuovo?»

«È il nostro fine settimana con i bambini.»

«Non possono venire loro qui? Mia sorella potrebbe fare da babysitter per la serata.»

«Louise non lo permetterebbe.» Mi allungo sul bancone per prendere i pistacchi. «Dice che sono troppo piccoli per prendere il treno da soli. È ridicolo, Bella ha sedici anni. Alla sua età facevo l'autostop in giro per Creta.» Sospiro. «E poi, c'è a malapena lo spazio per un gatto nel nostro appartamento, figuriamoci per tre bambini. Kit deve dormire con Tolly, Bella sul divano, sparpagliando inevitabilmente le sue cianfrusaglie per tutta la casa. Almeno a Brighton hanno le loro camere.»

«Oh, Gesù, non so come fai a sopportare tutto ciò.»

«Non ho molta scelta. Sono i figli di Andy.»

Angie mi lancia un'occhiata, lo strano sopracciglio quasi sparisce sotto ai suoi capelli neri con le punte turchesi. Siamo migliori amiche sin dalle elementari a Dagenham, mi conosce meglio di chiunque altro, incluso Andy. Ci siamo allontanate un po' durante l'università, quando io ero a Bristol e lei studiava moda a St Martins, ma siamo di nuovo molto unite da quando sono tornata a Londra. Non potremmo essere più diverse: io sono ambiziosa e motivata, mentre Angie non pensa mai oltre il prossimo giro di drink. La sua idea di manicure è tagliarsi le unghie con un trincetto. Ma conosceva mia madre prima dell'incidente, capisce da dove vengo e cosa ho dovuto fare per arrivare dove sono. Eccetto Andy e Kit, è la mia unica vera famiglia.

Angie sa che i figli non sono mai stati nei miei programmi, figuriamoci tre. Ma Louise ha giocato l'asso nella manica quando è rimasta incinta di Tolly. E ce l'aveva anche quasi fatta.

«Parli del diavolo» mi lamento mentre il mio cellulare si illumina. «La malvagia strega dell'ovest.»

«Che cosa vuole?»

«Dio solo lo sa.» Il mio tono è pacato, ma sento quel familiare nodo allo stomaco. «È un po' presto per i suoi soliti sproloqui. Deve essersi attaccata alla bottiglia prima del solito.»

«Ignorala, Caz. Lasciala andare in segreteria.»

Sono tentata, ma poi mi assale il senso di colpa. Una volta che sei *l'altra*, sarai sempre l'altra. Non importa quanto sia irragionevole Louise, o che sia *lei* il motivo per cui Andy l'ha lasciata, non io. Per qualche ragione sarò sempre in debito.

«Continuerà a chiamare. È meglio togliersela di mezzo. Dai un'occhiata alla mia borsa, okay?» Mi alzo dallo sgabello e vado verso il retro del locale, vicino ai bagni, dove è un po' più silenzioso. «Ciao Louise.»

«È la terza volta che ti chiamo» dice lei acidamente. «Devi tenere il telefono acceso, non si sa mai cosa potrebbe succedere.»

La stretta sul mio petto si fa sempre più pesante. *Respira*, mi dico. «Il telefono era acceso...»

«Va be', non importa adesso. Non ho tempo per insegnarti

come essere una buona madre. Sono sicura che l'hai dimenticato, ma sabato ci sarà la recita di Bella. Mi ha chiesto di chiamare per assicurarsi che Andrew venga.»

Merda. Mi era completamente sfuggito di mente. «Certo che ce lo ricordiamo» mento. «Non vediamo l'ora.»

«È alle sette. Arrivate un po' prima se volete trovare dei posti decenti.»

«Bene, saremo lì in tempo.»

«Dopo lo spettacolo io e Min vogliamo portarli al Coal Shed per festeggiare» aggiunge Louise. «Un regalo speciale, dato che questa è la sua prima grande parte.»

Menomale è al verde. Il Coal Shed è uno dei ristoranti più cari di Brighton. Louise assilla Andy continuamente perché le aumenti gli assegni familiari, anche se lavora a tempo pieno pure lei. Forse pensa che navighiamo nell'oro. L'unico motivo per cui possiamo permetterci due case è perché io avevo già l'appartamento a Fulham molto prima di conoscere Andy. Non ce lo potremmo mai permettere adesso. E la nostra casa di Brighton è ipotecata fino all'ultimo mattone. Andy guadagna bene come presentatore nel notiziario serale per la INN, ma non così tanto come Louise crede. Stiamo parlando di TV via cavo dopotutto. Fra spese, assegni familiari e rette alla scuola privata, a lei vanno quasi due terzi di tutto ciò che guadagna Andrew.

All'improvviso mi viene in mente che è comunque il fine settimana di Andy con i bambini. Vorrei tanto passare un weekend sola con Andy e Kit, ma mio marito si arrabbierebbe e darebbe la colpa a me. «Scusa, ma è il nostro weekend, Louise» dico gentilmente. «Credo che Andy abbia già fatto programmi per portarli a cena fuori.»

«Be', li può sempre cambiare, no?»

«Non li vede da due settimane» le faccio notare. «Vuole stare un po' con loro.»

«Cosa ti importa? Non sono nemmeno figli tuoi» piagnucola Louise, cancellando ogni barlume di civiltà. «Bella è *mia* figlia. Dovrei essere io a portarla a cena fuori nella sua grande serata! E la passerebbe con entrambi i genitori se non fosse per te.»

«Louise, per favore...»

«Chiamerò Andrew. Avrei dovuto chiamare lui da subito, non so a cosa stavo pensando. Devo parlare con chi muove i fili, non con la marionetta.»

«Vai, fallo.» Scatto e chiudo la chiamata.

Il mio stomaco è in subbuglio e sento quel sapore acido salirmi in gola. È già un problema dover stare a contatto con Tina al lavoro, ma almeno posso tenerla fuori dalla mia camera da letto. Invece non c'è nessuna via di scampo dall'ex moglie di Andy.

Sono separati da più di quattro anni, ma Louise non dà segni di voler andare avanti. Anzi, sta peggiorando. Le frecciatine, i giochetti, il modo in cui fa di tutto per mettere Bella e Tolly contro di me, o per far sentire Andy sempre in colpa. Deve solo schioccare le dita e lui corre. E poi ci sono le telefonate. A volte singhiozza pregandomi di farlo "tornare a casa" da lei, altre volte mi copre di insulti finché non scoppio a piangere io e chiudo la chiamata. È abbastanza furba da chiamarmi solo quando sa che Andy è in ufficio o fuori per un incarico. Sa che non posso riferirgli nulla o passerei per la stronza gelosa.

La cosa ancora peggiore è che è gentilissima di persona. L'altro giorno Andy ha anche fatto apprezzamenti su quanto andassimo d'accordo. Dopo tutto quello che gli ha fatto, lui non ha ancora idea di come lei sia *veramente*.

Con mia sorpresa mi si appannano gli occhi. Sono così stanca di questi continui litigi, battaglie per soldi e figli. Se avessi avuto la minima idea di come sarebbe stato, ci avrei pensato due volte prima di accettare di sposare Andy.

No, non è vero. Camminerei sui carboni ardenti per mio marito. Louise è una stronza, ma non lascerò che abbia il sopravvento su di me. Sono solo stanca, tutto qui.

Prendo la borsa dallo sgabello, tiro fuori dal portafoglio una banconota da venti e la metto sul bancone. «Mi dispiace tanto Angie, devo andare. Louise è sul piede di guerra e mi ero completamente scordata della recita di Bella questo sabato. Dovrò lavorare stasera o non finirò mai per lunedì.»

«Ehi, nessun problema» dice Angie, scrollando le spalle. «Capisco. Ci vediamo la prossima settimana, okay?»

Le do un bacio sulla guancia. «Sei un tesoro.»

«Lo so.» Sorride. «Vedi quella ragazza carina vestita di verde vicino alla finestra? Mi sta fissando da quando sono arrivata. Mi stai facendo un favore.»

Mi butta un bacio e mi intrufolo fra la gente per uscire sul marciapiede. Il mio telefono suona di nuovo prima di aver fatto dieci passi.

«Andy, scusa» sospiro. «Non avrei dovuto riattaccare in faccia a Louise. C'era molta confusione nel locale e ho pensato che sarebbe stato più facile se...»

«Dove diavolo sei?»

«Sto andando alla fermata della metro. Dovrei essere a casa fra una mezz'ora...»

«Dovevi prendere Kit alle cinque» dice Andy bruscamente.

Mi blocco in mezzo di strada. «Hai detto che ci saresti andato tu.»

«Ho detto che ci avrei provato» sbotta. «Eravamo d'accordo che lo avresti preso tu se non avessi sentito nulla, ricordi? Ti ho lasciato anche un messaggio in segreteria per dirti che non ce l'avrei fatta. Non controlli i messaggi?»

«Oddio, mi dispiace tanto...»

«Mi ha chiamato la tata proprio nel bel mezzo di un'intervista, adesso dobbiamo rifarla da capo. Greta dice che te lo ha ricordato stamani. Doveva essere ripreso in tempo così lei poteva andare al suo corso serale.»

«È ancora con lei?»

«Ho chiesto a Lily di andare a prenderlo. Lo terrà con sé e i gemelli finché non arrivi a casa.»

Mentre chiamo un taxi, mi sento la peggiore madre del mondo. «Mi dispiace davvero Andy. Avrei dovuto controllare il telefono. Pensavo davvero che saresti...»

«Non è con me che devi scusarti. Greta dice che non lo può più tenere se non lo andiamo a prendere in tempo.» Sento qualcuno chiamare il suo nome in sottofondo. «Senti, ora devo andare a rifare l'intervista. Dovrai vedertela con Greta. E se non vorrà più tenerlo, dovrai trovare qualcun altro.»

Salgo sul taxi, comunico l'indirizzo di casa al tassista e guardo fuori dal finestrino mentre percorriamo King's Road. Andy non ha detto che questo non sarebbe mai successo con Louise, ma non ce n'era bisogno. Sappiamo entrambi che era proprio quello che stava pensando.

4

Louise

«Hai ricordato a papà di domani, vero?» chiede Bella.

Metto il piatto di spaghetti davanti a Tolly e gratto via dalla griglia il formaggio del toast di Bella. Fino a quando non arriverà lo stipendio a fine mese, o questo o fagioli stufati. «Te l'ho detto, tesoro. Papà è fuori per un servizio tutto il giorno, il telefono andava direttamente in segreteria, ma gli ho mandato un messaggio e l'ho lasciato detto anche alla sua assistente.»

Bella si accomoda su una sedia, le lunghe maniche nere della sua felpa strusciano sul piatto mentre esamina da vicino la cena. Non posso biasimarla se è sospettosa: nessun formaggio dovrebbe essere così giallo.

«C'è della salsa Worchestershire?» Le passo la bottiglietta. «Devi chiamare Caz e dirle di ricordarglielo» aggiunge, affogando il cibo nella salsa. «Altrimenti se lo scorda.»

«Le ho parlato ieri e gliel'ho ricordato. Papà non se lo scorderà, tesoro.»

«E ti ha detto per certo che verranno?»

«Mi ha promesso che ci saranno.»

Bella mi lancia un'occhiata. «Sei stata gentile con lei, vero mamma?»

Esito. Sono civile con la seconda moglie di Andrew quando devo, ma io e Andrew ci accordiamo da soli per le visite ai figli durante i fine settimana. Prendere volontariamente il telefono, chiedere a Caz di assicurarsi che il padre di mia figlia non si sia scordato della recita scolastica ha evocato brutti pensieri che pensavo di aver superato. Potrei non essere stata così civile con lei come avrei dovuto.

«Certamente» rispondo.

«Puoi richiamarla adesso? Solo per essere sicura?»

«D'accordo.» Stacco il telefono dal caricabatterie sul bancone. «Controlla che Tolly mangi le salsicce e gli spaghetti. Torno fra un minuto.»

Esco e cammino verso l'orto, per evitare di essere sentita, e proseguo avanti e indietro tra le piantine di fave con il telefono in mano. Ogni volta che chiamo Caz sembra un'ulteriore resa, la cessione di un altro pezzo di territorio familiare. Chiederle collaborazione legittima il suo ruolo nell'educazione dei miei figli. Ma Bella ha bisogno che suo padre sia presente alla recita. Il nostro divorzio è arrivato nel peggior momento possibile per lei, proprio quando era sulla soglia dell'adolescenza; ogni rapporto che avrà con un uomo seguirà il modello di quello che ha con Andrew. Non voglio che cresca bisognosa e in cerca di attenzioni perché lui ha fallito con lei.

Le unghie mi lasciano segni a mezzaluna sui palmi. Questa donna non conosceva nemmeno mia figlia nei suoi primi dodici anni di vita. Ha distrutto la famiglia di mio figlio quando ancora doveva imparare a dire la sua prima parola. Eppure adesso ha un diritto legittimo su di loro, una metà della loro preziosa e fugace infanzia. Ho fatto pace con il fatto di aver perso mio marito per questa donna, ma il pensiero che faccia da madre ai miei figli è come un pugno nello stomaco.

Digito il suo numero, ma con grande sollievo la chiamata è dirottata in segreteria e riattacco senza lasciare messaggi. Sto ancora ribollendo dalla rabbia al pensiero che sia Caz a festeggiare la grande serata di Bella con lei, ma cerco di ricordare fermamente a me stessa che non si tratta di me. Andrew sarà lì per Bella, questa è la cosa che importa realmente.

Quando torno dentro, Bella è sparita al piano di sopra, lasciando il piatto con il toast al formaggio intatto sul tavolo. Tolly sta gattonando sul pavimento nel tentativo di dare le sue salsicce a Bagpuss.

«Lascialo in pace» lo rimprovero, salvando il gatto e appoggiandolo sull'antico divano coperto di peli vicino alla porta sul retro. «Starà male se mangia quelle.»

«Starò male io se le mangio» dice Tolly.

«Sono hot dog, non salsicce. Gli hot dog ti piacciono.»

«No, non mi piacciono. Sembrano dei pisellini.»

«Bartholomew!»

Tolly sghignazza, coprendosi la bocca con quelle manine piene di fossette da bambino piccolo e quegli occhietti castani che danzano maliziosi. Cerco di mantenere un'espressione severa, ma è impossibile. Tolly si rialza e si lancia verso di me a tutto gas, ed entrambi finiamo per cadere sul divano ridendo, mentre Bagpuss salta via. Il mio piccolo ragazzo mi salta in braccio e gli accarezzo quel cesto di riccioli selvaggi color ruggine, piena di amore travolgente per mio figlio. Tolly, il mio glorioso bambino d'autunno arrivato inaspettatamente, si è presentato proprio alla soglia dei miei quarant'anni.

Non avrei mai pensato di avere un altro figlio dopo i problemi che avevo avuto durante la prima gravidanza. Avevo già subìto due aborti spontanei e le acque si erano rotte alla trentacinquesima settimana. Dopo settantadue ore di contrazioni che andavano e venivano, medicinali ed esortazioni a spingere, respirare, provarci ancora, fui finalmente portata in sala operatoria per il taglio cesareo che avrei dovuto fare due giorni prima. Bella stava benissimo, una bambina sana di due chili e ottocento grammi. Dopo un primo controllo non è nemmeno dovuta andare in terapia intensiva. Ma io avevo perso moltissimo sangue e tutto quello spingere e provarci mi aveva distrutta completamente. Niente più bambini, mi aveva avvisato la ginecologa. Non che fosse comunque nei miei piani.

Avevo una bimba sana e bellissima fra le braccia e ogni qualvolta sentivo una leggera tristezza al pensiero della folla di bambini che non avrei mai avuto, dovevo solo guardare nei suoi occhioni azzurri per essere travolta da un sentimento di gratitudine per quello che invece avevo.

E poi, cinque anni fa, mi è saltato un ciclo. Non gli avevo dato molto peso all'epoca: al *Post* erano in corso grandi riorganizzazioni – leggasi licenziamenti – nel tentativo, come tante altre istituzioni mediatiche leggendarie, di competere con fonti di notizie *online*. Con tutto ciò che stava succedendo nella mia vita, il mio livello di stress era alle stelle. Ma poi mi è saltato anche quello successivo e all'improvviso non sopportavo più l'odore delle uova. Il mio corpo è passato in una notte da Olivia Oyl a Jessica Rabbit. Mi era stata lanciata una miracolosa àncora di salvataggio, proprio nel momento in cui pensavo che sarei affogata.

Sapevo fin dall'inizio che le possibilità di una gravidanza sicura erano a mio sfavore. La mia età e la mia storia non facevano presagire niente di buono e verso la decima settimana iniziai ad avere delle perdite. La mia ginecologa insistette affinché restassi a casa per riposare il più possibile. Lasciare il *Post* sarebbe stato un rischio, anche se solo per pochi mesi, per via dei tanti posti di lavoro tagliati e di famelici giovani freelancer disposti a lavorare per metà della paga e senza benefici; ma non esitai. Tutto ciò che importava era il mio bambino. E in qualche modo riuscii a tenere Tolly al sicuro. Raggiunsi il secondo trimestre, poi il terzo. Tutto sembrava andare per il meglio. Il bambino pareva sano, tutti gli esami e i test erano regolari. Arrivai a trentacinque settimane, poi trentasei e poi trentasette.

Alla trentottesima settimana, mentre lasciavo Bella a scuola, sono svenuta nel mezzo del cortile. Se non fosse stato per la rapidità di reazione di un genitore, un medico che riconobbe subito i segnali di una pre-eclampsia, sia io che Tolly saremmo molto probabilmente morti.

Rammento veramente poco dei dieci giorni successivi. Ho qualche vago ricordo del viaggio in ambulanza verso l'ospedale, le sirene, le luci e Andrew, bianco in viso, che correva lungo il corridoio mentre mi spingevano in sala operatoria e mi stringeva così forte la mano che pensavo mi avrebbe rotto le dita. Tolly fu fatto nascere velocemente con un taglio cesareo, sano e in forma, ma avevano faticato per stabilizzare me, dato che la pressione era molto alta e il sangue non coagulava nel modo corretto. A un certo punto, visto che i miei organi stavano smettendo di funzionare, i medici dissero ai mei genitori e a Andrew di prepararsi al peggio. Addirittura portò Bella per l'ultimo saluto. Non oso immaginare cosa possa aver provato, una dodicenne che doveva affrontare la morte della madre.

Il viso di Andrew è la prima cosa che vidi quando ripresi conoscenza. Era addormentato sulla sedia vicino a me, la testa appoggiata sul giubbotto imbottito, e ancora mi teneva la mano come se non l'avesse mai lasciata. Sembrava esausto, grigio e dieci anni più vecchio dall'ultima volta che lo avevo visto.

Aprì gli occhi appena mi mossi. «Louise?»

Se mai avevo dubitato del suo amore, qualsiasi dubbio svanì in quel momento. Lo avevo visto piangere solo due volte prima di allora: per la morte di sua madre e per la nascita di nostra figlia. «Non parlare» disse con ansia, alzandosi e versandomi un bicchiere d'acqua dalla brocca vicino al letto e portandola alle mie labbra. «Ti hanno dovuto intubare. Ti farà male la gola per un po'.»

«Il bambino...»

«Sta bene, è a casa con Min. Se ne sta occupando lei mentre io sono qui con te.» Si sedette sul letto e mi prese la mano, facendo molta attenzione alla flebo attaccata sul dorso. «Pensavo di averti persa» disse con voce roca. «Oh, Dio Lou, non lo rifare mai più. Non potrei sopportare di perderti. Ti amo così tanto.»

La stanza si riempì subito di medici che controllavano cartelle, monitor e flebo, facendo modifiche e digitando sugli iPad, aggrottando la fronte concentrati. Mi sdraiai sui cuscini mentre si davano da fare intorno a me, sorridendo stancamente mentre Andrew mi baciava le dita. Il nostro bambino era salvo. I nostri figli non avrebbero dovuto affrontare una vita senza la madre. La nostra famiglia era sopravvissuta e saremmo stati più forti che mai visto quello che avevamo passato insieme. Sarebbe andato tutto bene.

Una settimana dopo Andrew mi lasciò.

5

Caz

Il tacco della scarpa destra si spezza di netto mentre scendo dalla scala mobile in Sloane Square. Vengo catapultata in avanti e agito le braccia per cercare di rimanere in equilibrio. «Dannazione!»

Il fiume di pendolari non mostra segni di pietà. Zoppico sul lato della strada prima di essere falciata dalla folla e appoggio una mano sul muro piegando indietro il ginocchio per controllare il tacco. Anche se ci fosse un calzolaio nei paraggi, che non c'è, e avessi il tempo per aspettare che lo ripari, che non ho, il tacco non si è scollato, si è letteralmente spaccato in due, non c'è modo di sistemarlo. Sono le mie scarpe comode, quelle da nonna di M&S, le uniche con cui riesco effettivamente a camminare. Adesso dovrò traballare per tutto il resto della giornata sul tacco dieci che tengo in ufficio per le serate in cui esco con Andy.

Mi tiro la borsa sulla spalla e incespico su King's Road. Non ho ancora preso il primo caffè e la mia giornata è già uno schifo. Prima l'invito, piombato stamani sullo zerbino come un escremento gigante in rilievo, e adesso questo intoppo. Maledetta Celia Roberts. Mi ha sicuramente lanciato un malocchio con qualche incantesimo voodoo durante la notte, con annessi piume di pollo e sangue di una vergine.

AJ mi sta aspettando in ansia alla reception. Segue i miei

passi mentre striscio il badge nella barriera cromata e mi dirigo agli ascensori. «Dove sei stata?»

Do un brusco colpo al pulsante dell'ascensore. «Gesù. Non sono nemmeno le otto, che succede?»

«Patrick sta facendo del suo meglio per contenere la situazione. Capirai quando arriverai nella sala conferenze.»

«AJ, non sono in vena di giochetti.»

«Tina Murdoch è qui.»

Alzo lo sguardo di scatto. «Stai scherzando?! L'incontro con i clienti è la prossima settimana.»

«Tina l'ha anticipato.» Abbassa lo sguardo sulla mia scarpa. «Cosa ti è successo?»

«Non leggi *Vogue*? I tacchi asimmetrici saranno di gran moda la prossima stagione. Non hai idea delle pressioni che ho dovuto fare per avere queste.»

«Seriamente?»

Adoro AJ, ma non è mai stato un tipo sveglio. Stamani sembra particolarmente distratto e improvvisamente noto che i suoi occhi sono sospettosamente rossi. «Tutto bene?» chiedo.

«Sto bene» risponde velocemente.

«AJ...»

«Io e Wayne abbiamo litigato. Non è niente, davvero. Un battibecco tra fidanzati. Dài, muoviamoci, Patrick sta aspettando.»

Al piano di sopra l'ufficio sembra deserto come la *Mary Celeste*. Sono già tutti riuniti nella sala conferenze a vetri dall'altro lato dell'atrio. Patrick mi vede mentre mi cambio le scarpe alla scrivania e mi fa dei cenni per raggiungerli. Odio gli uffici *open space*.

AJ mi infila una cartella in mano e ci affrettiamo in sala

conferenze. Quando Patrick mi ha assegnato questa campagna non avrei mai pensato che sarei finita a lavorare per Tina. Sette anni fa, quando ancora faceva parte della Whitefish, ha quasi distrutto la mia carriera. Ero la sua assistente brand manager per Tetrotek, un grande cliente, e lavoravamo da mesi a una nuova campagna per loro. Due giorni prima della scadenza per la consegna, un'agenzia pubblicitaria rivale, la JMVD, presentò una bozza che era quasi identica, parola per parola, alla nostra. Dando per scontato che i plagiari fossimo noi, Tetrotek si affidò alla JMVD e fu condotta un'indagine interna alla Whitefish per scoprire la talpa.

Fui io a essere avvistata a pranzo con il direttore commerciale della JMVD due volte nel mese precedente. Era Tina che mi aveva espressamente chiesto di organizzare, negando successivamente l'accaduto. Mi ha deliberatamente incastrata perché prendessi la colpa, per vendicarsi dopo aver scoperto di me e Andy. Patrick è stato a un passo dal licenziarmi e mi ci è voluto un sacco di tempo per riguadagnarmi la reputazione e la sua fiducia.

«Okay, Caz» dice Patrick mentre mi siedo, «perché non inizi con una panoramica generale del punto in cui ci troviamo con questa campagna?»

«Be', siamo ancora agli inizi» mi blocco. Non ho nemmeno avuto la possibilità di parlare con il team creativo. Lancio un'occhiata a Nolan Casey, il direttore creativo, in cerca di aiuto, ma lui sta sapientemente guardando dall'altra parte. «Quando avremo un'idea più chiara di cosa sta cercando la Univest in questo...»

«Ma tu sei l'account director» cinguetta Tina. «Non è il tuo lavoro dirmi cosa voglio?»

Adesso basta. «Come ben sai, la Univest di recente ha avuto i suoi propri successi» rispondo seccamente. «Quell'affare con la fabbrica che sfrutta i lavoratori in India ha ricevuto molte attenzioni dai media. Poi ci sono stati lo scandalo sullo shampoo senza parabeni e il richiamo sull'ammorbidente organico per tessuti...»

«Chiaramente tutto ciò è successo prima che arrivassi io come direttrice marketing» risponde Tina, irritata.

«Quello che dovete fare adesso è riconquistare la fiducia» rispondo di rimando. «La politica della JMVD, quando eravate loro clienti, era ignorare questi disastri nelle PR e concentrarsi sulla qualità dei marchi, ma credo che sia sbagliato. Quello che dobbiamo fare è riconoscere l'esistenza del problema, scusarci e andare avanti.»

«Scusarci?»

Patrick fa cenno a Tina di calmarsi. «Ascoltiamola.»

AJ mi fa un cenno col capo e apro la cartella che mi ha dato, spargendo un fascio di lucenti grafici a torta sul tavolo in legno di faggio della sala conferenze. Non ho idea di cosa dovrebbero mostrare dato che non ho ancora avuto modo di leggerli, ma tanto non li guarda mai nessuno. «Non siete l'unico gruppo che è rimasto invischiato in un mare di cacca come questo. Ma più lo ignorate, più proliferano i problemi.» Indico i grafici come se fosse tutto davanti ai nostri occhi. «Dopo che Barclays si è scusata con i clienti per il ruolo giocato nello scandalo della manipolazione di tassi Libor, il problema è scomparso. Toyota, Goldman Sachs e persino Facebook, hanno tutti utilizzato il metodo delle scuse aziendali come mezzo per gestire problemi di branding e, come risultato, tutti ne sono usciti velocemente.»

«Non sono d'accordo» scatta Tina. «Se presentiamo delle scuse, non faremo che attirare l'attenzione sul problema e dare corda alla storia. I nostri marchi sono quotati, dobbiamo porre l'attenzione sui punti di forza e lasciare che queste distrazioni finiscano nel dimenticatoio.»

Com'è possibile che questa donna sia arrivata a gestire la divisione marketing di una delle maggiori multinazionali del Paese? Non saprebbe riconoscere un trend di mercato nemmeno se le cadesse su quel fondoschiena moscio e subdolo che si ritrova.

«Non esiste più il concetto di quotato» le rispondo bruscamente. «I vostri clienti stanno invecchiando e la nuova generazione non è leale a nessun marchio. I social media hanno cambiato il panorama. L'era delle campagne pubblicitarie mirate su un tema specifico è passata. I brand devono avere un dialogo con i clienti sette giorni su sette, ventiquattro ore al giorno, per conquistare la loro fedeltà. E la base di ogni rapporto è l'onestà.»

Sostengo il suo sguardo, sfidandola a contraddirmi. Sappiamo entrambe che non sto parlando di pubblicità.

«Ecco perché volevo Caz in questo lavoro» interviene Patrick. «Io e te facciamo parte di una generazione diversa, Tina. Dobbiamo pensare come pensano i giovani di oggi.»

Tina diventa viola e AJ sta per strozzarsi con il frappè al caramello. Passiamo la successiva ora e mezzo girando in tondo, ma Tina è nella squadra dei perdenti, e lo sa. Sfidare la sua rilevanza nella nuova generazione è stata una mossa vincente da parte di Patrick. C'è un motivo se è il CEO, anche se, a cinquant'anni, è un fossile nell'industria pubblicitaria. Conosce *gente*, ed è questo il gioco.

Ma la mia è una vittoria di Pirro. Posso anche aver vinto questa battaglia, ma sono sempre incastrata a lavorare con Tina. Contesterà ogni idea che io proporrò con le unghie e con i denti, solo per principio. I prossimi sei mesi della mia vita saranno un incubo. Al solo pensiero mi viene il mal di testa.

Patrick accompagna Tina all'ascensore mentre prendo due aspirine dal cassetto della scrivania, le ingoio senz'acqua, vado verso la toilette e mi chiudo in un bagno. Amo il mio lavoro, ho faticato così tanto per arrivare dove sono. Ho iniziato cinque anni fa senza sapere quasi nulla di pubblicità, dopo aver passato i primi tre della mia carriera nelle pubbliche relazioni. Ma ho ascoltato e imparato; ho lavorato sedici ore al giorno, sette giorni su sette, e non mi sono presa nemmeno una vacanza nei primi due anni in azienda. Essere al servizio della clientela è estenuante: i direttori dell'agenzia vogliono più fatturato, i creativi vogliono più tempo, approvazioni rapide e modifiche minime, i clienti esigono che tutto venga fatto entro *ieri*. Non lascerò che Tina saboti tutto ciò per cui ho lavorato così duramente.

Apro la porta del bagno e faccio un balzo quando vedo Tina appoggiata ai lavandini che mi aspetta. «Che cosa vuoi?» le chiedo freddamente.

«Voglio che lasci questo cliente.»

Apro il rubinetto. «Niente da fare. Hai sentito Patrick. Lui vuole che me ne occupi io.»

Si avvicina e chiude il rubinetto. «Puoi anche tenere in pugno Patrick, ma non inganni me» dice. «Fatti da parte o te ne pentirai.»

Mi appoggio sul lavandino mentre esce dal bagno e il cuore mi batte all'impazzata nel petto. Metto in pratica gli esercizi di respirazione che mi ha insegnato l'analista, cercando di calmarmi. Non posso permetterle di prendere il sopravvento. So il fatto mio e sono brava a mandare avanti il mio lavoro. Ce la posso fare.

Il battito finalmente rallenta. Mi raddrizzo e mi tolgo i capelli dal volto. Quando esco, AJ mi sta aspettando proprio fuori dal bagno e mi annoto mentalmente di trovare del tempo la prossima settimana per capire cosa gli stia succedendo. È l'uomo più leale che abbia mai conosciuto e si merita un po' di gentilezza. Non potrei mai sopravvivere ai faccia a faccia con Tina se non avessi AJ a guardarmi le spalle.

«Quindi» mi dice mentre mi affretto alla scrivania. «Hai un piano?»

Io ho sempre un piano.

ANGIE LARK
INTERROGATORIO REGISTRATO PARTE PRIMA

Data: 28 luglio 2020
Durata: 41 minuti
Luogo: Centrale di polizia di Kingsbridge

Condotto dagli agenti della Polizia di Devon e Cornwall

(cont.)

POLIZIA	Lei è la migliore amica di Caroline Page, signorina Lark?
AL	La conosco dalle elementari. Ve lo garantisco, non mentirebbe su una cosa del genere.
POLIZIA	Quando è avvenuto questo alterco esattamente?
AL	Non so, tre settimane fa? Forse quattro. [Pausa.] Dovreste averlo negli archivi, Caz l'ha denunciato.
POLIZIA	E fino a quando…
AL	Non che qualcuno abbia fatto nulla. Caz vi aveva avvertiti di cosa era capace Louise, ma nessuno l'ha presa sul serio.
POLIZIA	Prendiamo tutte le denunce sul serio, signorina Lark. Ma fino a quel litigio tra le due il mese scorso, c'erano stati altri problemi?
AL	[Ride.] Sta scherzando?

POLIZIA No, signorina Lark, assolutamente. Non ritengo un omicidio argomento su cui fare dell'umorismo.

AL Senta, Caz non è certo un angelo. Sarebbe lei stessa ad ammetterlo per prima. Tecnicamente, Andy era ancora sposato quando si sono messi insieme. Quindi, come può immaginare, Louise non era esattamente la sua fan numero uno. Ma quella donna si è comportata da grande stronza nel divorzio. Non ha dato il permesso a Caz di vedere i suoi figli per almeno un anno. Non riusciva proprio a lasciar andare Andy. Se è finita, è finita, no?

POLIZIA Quindi come descriverebbe il rapporto tra le due donne?

AL Una merda, ecco come lo descriverei.

POLIZIA Sarebbe così gentile da spiegarsi?

AL Di tutto quello che avete letto sui giornali riguardo a Caz non è vero niente. Non riesco a credere che Louise abbia le palle di giocare alla vedova addolorata quando è lei che lo ha ucciso!

POLIZIA Se potessimo attenerci ai fatti, signorina Lark, invece di fare speculazioni...

AL Ho visto Louise in azione. Sembra così carina e razionale, vero? La madre dell'anno. Ma ve lo garantisco, sotto sotto è una fottuta psicopatica.

POLIZIA In che senso?

AL Be', tanto per cominciare, chiamava Caz a ogni ora del giorno e della notte, urlando e piangendo al telefono. Cioè, Caz è una donna forte, ma ha dovuto sopportare tutto ciò per anni; avrebbe distrutto chiunque.

POLIZIA Lei ha assistito a queste telefonate?

AL	Ero presente durante alcune di queste, sì. Ma Louise è furba. Non chiamava mai quando c'era Andy.
POLIZIA	Ha sentito cosa si dicevano?
AL	Non ce n'era bisogno. La mia amica finiva in lacrime, e non è certo una che piange facilmente. Non erano solo le telefonate, Louise era una maledetta stalker. Non riusciva a lasciare Caz in pace. Si presentava a casa, al lavoro, per poi sostenere che fosse Caz a molestare lei. Credevo ci fossero delle leggi contro gli stalker oggigiorno...
POLIZIA	Ci sono...
AL	Lei ha dei precedenti, lo sapete, vero?
POLIZIA	E per "lei" intende...?
AL	Louise.
POLIZIA	Sì, certo.
AL	È stata denunciata per stalking in passato. Caz ha detto che un tipo ha dovuto chiedere un'ordinanza restrittiva contro di lei.
POLIZIA	Quando è successo?
AL	Non conosco i dettagli. Senta, non avete dei computer o roba del genere? Potete cercarlo.
POLIZIA	Signorina Lark, sta bene? Sembra un po' agitata, vuole fare una pausa?
AL	Mi scusi. È solo che... [Pausa.] So che Caz è mia amica e tutto il resto, e che è ovvio che io dica queste cose, ma è l'esatto opposto di una primadonna. Sono mesi che le dico di denunciare Louise, ma non ne ha mai voluto sapere, diceva che avrebbe solo peggiorato le cose. Ma quella donna odiava Caz... [Pausa.] Mi scusi.

POLIZIA	Possiamo fermarci un attimo, se vuole.
AL	Mi scusi, no, sto… starò bene.
POLIZIA	Roy, potresti portare del tè alla signorina Lark? Per la registrazione, il sergente Steve Roy sta lasciando la stanza.
AL	Avevo detto a Caz di non andare a quella dannata festa, sapevo che sarebbe successo qualcosa di brutto.
POLIZIA	Perché?
AL	Le cose sono peggiorate. Da quando…
POLIZIA (SR)	Il sergente Steve Roy sta entrando nuovamente nella stanza.
POLIZIA	Ecco a lei. Attenzione, scotta.
AL	Grazie. È solo che… nessuno ha creduto a Caz e guardate cos'è successo. La storia di Louise è plausibile, certo, ma vi assicuro che quella donna ha un lato nascosto; onestamente, credo che sia squilibrata. Cioè, la storia del gatto e tutte quelle assurdità che ha tirato fuori la sera della recita scolastica. Chi si comporta così?

Sei settimane prima della festa

6

Min

Quando scendo al piano di sotto sabato mattina, Luke è accoccolato sul divano con un piccoletto per ogni braccio. Tutti e tre sono ricoperti di Coco Pops, e la scatola di cereali vuota sul pavimento è la prova della loro nutriente colazione. Come si dice che il figlio del calzolaio va in giro scalzo, i figli dei medici sono quelli peggio nutriti sulla faccia della terra. «Non riesco a credere di aver dormito così tanto» esclamo. «Sono le otto passate, avresti dovuto svegliarmi.»

Mio marito allunga il collo, così può ancora vedere la televisione. «Smontavi da un doppio turno. Avevi bisogno di dormire.»

«Mamma! Sei davanti alla TV!»

«Che cosa state guardando?» chiedo, dando un'occhiata allo schermo.

«*Stranger Things*» risponde Sidney, di sette anni.

«Luke! Non è un po' pauroso per loro?»

«A noi piace la paura» risponde Archie, rifugiandosi sempre di più nelle braccia del padre.

Raccolgo la scatola di cereali e apro le tende, ignorando le accese proteste mentre il buio infernale viene dissolto. «Dove sono i gemelli?»

Luke finalmente cede e mette in pausa la TV. «Non è ancora ora di pranzo, tu che dici?»

Dom e Jack sono passati senza il minimo sforzo dallo svegliarsi alle cinque del mattino al non aprire gli occhi prima di mezzogiorno nel momento esatto in cui la lancetta ha toccato la pubertà. Il mio lato sadico prova un grande piacere adesso nello svegliarli per andare a scuola, spesso con l'ausilio di acqua gelata, dopo un decennio passato ad essere buttata giù dal letto senza pietà prima del sorgere del sole. «Ho promesso a tua madre di andare da lei stamani a darle una mano per la festa» dico. «Puoi assicurarti che i gemelli non facciano tardi all'allenamento di calcio?»

«Per cosa ha bisogno di aiuto? La festa sarà tra diverse settimane.»

«Ha invitato anche Andrew e *quella donna*» rispondo indignata. «Qualcuno deve pur farla ragionare!»

«Ah, quindi non proprio *aiutare*, direi più *interferire*.»

Sidney afferra il telecomando. «Papà! Fai ripartire la TV!»

«Tua madre e io stiamo parlando» risponde Luke, tenendo il telecomando lontano dalla portata di Sidney. «Onestamente, Min, decide mamma chi invitare. Io non mi intrometterei.»

«So che tu non lo faresti» replico irritata.

Luke Roberts è la descrizione perfetta dell'uomo perbene. Ama la sua famiglia, lavora sodo – a fare che non l'ho mai capito bene, qualcosa di incomprensibile nel campo informatico, credo – e mi regala fiori per compleanno, anniversario e qualche volta anche senza motivo. Lo amo anima e corpo da più di trent'anni, da quando è entrato nella classe di biologia ed è inciampato sul mio zaino, cadendo letteralmente ai miei piedi. Ma la sua neutralità su qualsiasi argomento è esasperante. Non gli dà fastidio niente. Non prende mai le parti di qualcuno né esprime un'opinione. Che va anche bene, ma non possiamo essere tutti come la Svizzera, o il mondo verrebbe invaso dai nazisti.

Non voglio dire che Celia Roberts sia una nazista, ovviamente, ma potrebbe tranquillamente dirigere la Gestapo con una mano sola. Dio solo sa quanto ha dovuto essere forte per sopravvivere a quello che è successo alla sua famiglia; poche donne potrebbero superare una tragedia del genere e rimanere in piedi. Ma non è una scusa per farla sempre franca. Queste assurdità con Andrew devono finire, sono passati quattro anni. Non fa bene alla salute continuare a dare false speranze a Lou. Insiste nel dire di aver superato la storia con Andrew, ma non è vero, neanche un po'. Non è mai nemmeno uscita con altri uomini da quando lui l'ha lasciata. Sappiamo tutti quanto può diventare veemente e temo che Celia con questa festa abbia messo in moto qualcosa che non avrà un lieto fine.

Lascio i ragazzi davanti al distopico programma televisivo, do da mangiare al cane e prendo la macchina per andare da Celia e Brian. Vivono nella stessa deliziosa casa di pietra antica da quasi quarant'anni; Lou e Luke sono entrambi cresciuti lì. Celia è molto fortunata ad avere i figli che abitano così vicino a lei, cosa che mia madre, tutta sola su nel Yorkshire, non smette mai di ripetermi.

Quando arrivo, mia suocera è china su un'aiuola di fiori nel giardino di fronte a casa. Appena mi vede appoggia il trapiantatoio e si alza. «Min, che piacere vederti» esclama, porgendo le guance per i baci di saluto. «Ti aspettavo?»

«Sono sicura di sì» rispondo seccamente.

«Vuoi un po' di limonata, cara? L'ho fatta questa mattina, è freschissima. Possiamo sederci in veranda nel giardino sul retro e goderci il sole.»

La seguo intorno alla casa. Brian mi saluta cordialmente con la mano, ma non si avvicina. Nel corso dei decenni ha perfezionato l'arte del mimetizzarsi con lo sfondo e, come suo figlio, non dà un'opinione personale su niente ormai da anni.

Celia versa la limonata fresca in due bicchieri alti e ci sistemiamo sulle sedie di vimini in veranda, come se fossimo in un episodio di *Downton Abbey*. Mi si appannano gli occhi per l'asprezza della limonata in gola, ma è deliziosa, specialmente in una giornata così calda.

«Hai predisposto una nuova area per i pomodori» le dico, appena noto il rettangolo di terra scura e argillosa racchiusa da vecchie traversine ferroviarie all'angolo del prato. «Che bello. Sono secoli che volevi un'aiuola rialzata. Quando l'hai messa?»

«È venuto Andrew lo scorso fine settimana e l'ha costruita» dice Celia.

«L'ha fatta Andrew?»

Celia beve un sorso di limonata. «Non ti dovrebbe sorprendere così tanto. Non ha paura di sporcarsi le mani.»

Non è quello che intendevo, e lo sa. «Sì, ma perché? Che ci faceva *lui* qui?»

«Si ferma spesso quando passa da queste parti. Lui e Brian vanno a farsi qualche birra al White Horse la domenica pomeriggio. Si è offerto di pensare all'aiuola qualche settimana fa, quando Brian ha avuto quel principio di sciatica.»

Sento salire un'ondata di indignazione. «Non credi che sia un po'... fuori luogo?»

Sta facendo finta di non capire. Voglio bene a mia suocera,

ma a volte sa essere estremamente irritante. «Io onestamente non ti capisco, Celia!» esclamo. «Come puoi anche solo sopportare di parlare con quell'uomo dopo quello che ha fatto a Lou? Chiunque penserebbe che stai dalla sua parte!»

«Min, cara, è molto dolce da parte tua preoccuparti così tanto per Louise,» risponde con fermezza «ma non sono sicura che questo atteggiamento sia produttivo. Andrew fa ancora parte della famiglia. Non abbiamo smesso di volergli bene solo perché non è più innamorato di Louise. È stato molto gentile con me e Brian, gli siamo affezionati. E poi, è il padre di Tolly e Bella.»

Non ce la faccio, proprio non posso. Andrew è così affascinante e attraente che sono tutti presi da lui, anche Celia, anche adesso, dopo tutto quello che ha fatto. Se sapesse com'è fatto veramente, non vorrebbe che lui e Lou tornassero insieme. Lo infilzerebbe con la forca da giardinaggio e lo sotterrerebbe in una dannata aiuola di fiori.

«Non è giusto!» dico arrabbiata. «Andrew non può semplicemente mollare Lou e tenersi te! Dovrebbe avere un po' di... un po' di decenza! Ci dovrebbero essere delle conseguenze! Non puoi distruggere la vita di qualcuno e andare avanti come se nulla fosse!»

Celia appoggia il bicchiere, mi prende le mani accaldate nelle sue fresche e improvvisamente mi si appanna la vista. È davvero come una madre per me. La conosco da più di metà della mia vita, da quando ero una ragazza, e ho passato più tempo con lei che con mia madre, il cui temperamento freddo e distaccato è così diverso e incompatibile con il mio. Dall'esterno Celia potrebbe sembrare l'esempio di donna inglese composta e impassibile, ma la conosco abbastanza da capire quanto è intensamente appassionata alle persone e alle cause a cui tiene. So che farebbe qualsiasi cosa per Luke o Lou o me, è quello il problema. Non si rende conto che sta solo peggiorando le cose.

«Min» dice Celia, «apprezzo la tua lealtà nei confronti di Louise. Davvero. Ma Andrew non è il diavolo in persona. Non sto dicendo che quello che ha fatto sia giusto...»

«Be', almeno su questo siamo d'accordo!»

Mi guarda con espressione dura. «Cara, non pensi forse che questo argomento ti stia un po' troppo a cuore?»

Questa affermazione mi lascia senza parole. Non voglio che Celia si faccia strane idee, sono sposata con suo figlio, dopotutto. «È questa festa» le dico. «È già abbastanza irritante dover vedere quella donna in occasioni come la recita di Bella, ma invitarla a un evento di famiglia così speciale quale è l'anniversario, be'... è come se tu stessi dando loro la tua approvazione ufficiale. Te ne rendi conto?» aggiungo onestamente. «Ti rendi conto di questo, Celia, vero?»

Lascia le mie mani e riprende la limonata. «Si acchiappano più mosche con il miele che con l'aceto, cara.»

«Cosa vuoi dire?»

«Voglio dire che non ti devi preoccupare» dice serenamente. «È tutto sotto controllo.»

Riconosco l'espressione sul volto di Celia, la vedo in tutti e quattro i miei figli quando stanno architettando qualche marachella. «Celia» le dico sospettosa, proprio mentre le squilla il telefono. «Che cosa stai tramando esattamente?»

7

Louise

Spingo sul clacson e controllo di nuovo l'orologio, anche se so già quanto siamo in ritardo. Sul sedile posteriore Tolly dondola contento nel seggiolino battendo le mani. «Fallo ancora, mamma! Ancora!»

Mi sgancio la cintura, apro la portiera della macchina e mi sporgo dal finestrino per urlare in direzione della casa. «Bella! Dobbiamo andare!»

«Sto arrivando!» urla Bella.

Passano altri cinque minuti prima che finalmente appaia. Indossa un paio di jeans che sono più buchi che tessuto e una maglia nera a maniche lunghe che non ho mai visto prima, con su scritto "Venerdì è la mia seconda parola preferita che inizia con la V". A suo padre verrebbe un colpo se la vedesse, ma non abbiamo tempo perché rientri a cambiarsi.

«Ci sono ventotto gradi» mi limito a dirle dolcemente, mentre si siede sul sedile davanti. «Non ti farà caldo?»

«No» scatta.

Tira fuori un cappellino di lana dallo zaino, dentro al quale raccoglie tutti i capelli fino a quando spuntano solo poche ciocche scure sulla fronte. Sugli occhi ha una spessa riga di kajal nero, sfumata con un pesante ombretto grigio. Sembra che abbia dormito sotto un ponte senza struccarsi. Saggiamente non dico nulla, anche se mi distrugge vedere come la mia bellissima bambina faccia di tutto per nascondere la sua grazia. La sua migliore amica, Taylor, è esattamente uguale a lei, si vestono il più androgino e monocromatico possibile, come comparse di un film horror. Suppongo sia meglio di top microscopici e minigonne. E poi è solo una fase, ricordo a me stessa sospirando in silenzio, le passerà.

Accendo l'auto e il motore fa il suo solito rumore sordo e fastidioso prima di partire. E poi improvvisamente il silenzio. Provo ancora, ma il motore gracchia in modo sinistro e muore. La terza volta non si accende nemmeno.

«Mamma!» piagnucola Bella. «Non posso arrivare in ritardo!»

«Siamo già in ritardo» dico arrabbiata. «Non sono io che ho fatto aspettare gli altri per venti minuti.»

«Devo essere lì alle dieci! È la prova costume, non possono iniziare senza di me!»

Lascio perdere, sapendo quanto è nervosa. Ha passato quasi tutta la notte a ripetere le battute e stamani ha vomitato il toast cinque minuti dopo averlo mangiato. È successa la stessa cosa per gli esami finali la scorsa estate. «Lo so, tesoro» le dico. «Non lo sto facendo certo apposta.»

«Sono secoli che la macchina fa questi rumori strani! Avresti dovuto portarla a riparare!»

«Non ho i soldi per ripararla, Bella.»

«Ma papà ti dà dei soldi, no?»

«Non sono affari tuoi, tesoro» rispondo gentilmente.

«Invece sì, se si rompe la nostra macchina!»

La mia pazienza inizia a cedere. «Bella, per favore, non parlarmi così.» Esco di nuovo dall'auto. «Non è la fine del mondo. Telefoniamo a scuola e avvisiamo che sei un po' in ritardo. Queste cose non iniziano mai in orario, comunque. Chiamerò Nelia e le chiederò di accompagnarti» aggiungo, allungandomi indietro per sganciare Tolly dal seggiolino. «Sarà qui tra dieci minuti.»

«Sono un po' cresciuta per chiamarla Nelia» bofonchia Bella, andandosene infuriata verso casa.

Ho un flashback improvviso di quando Bella era piccola, quell'angioletto con le guance rotonde che diceva "Nelia" perché nonna Celia era troppo lungo e difficile da dire. Fa male vedere il netto contrasto con l'intrattabile e rancorosa teenager che cammina altezzosa di fronte a me ora. Avrei fatto più tesoro di quell'infanzia solare se avessi saputo quanto poco sarebbe durata. «Bene» sospiro, mentre spingo Tolly nell'ingresso e chiamo mia madre. «Prenditela con tua nonna. Ciao, mamma» aggiungo quando risponde. «Ho un'emergenza. Potresti farmi un favore enorme? La macchina non parte, Bella deve andare a scuola per le prove dei costumi e siamo già in ritardo. È nel panico totale. Mi stavo chiedendo...»

«Ma certo» dice mia madre.

Bella mi lancia un'occhiataccia dai piedi delle scale. «Non sono nel panico!»

La zittisco con un cenno della mano. «Oh, grazie mamma, mi hai salvato la vita.»

Bella sale verso la sua stanza battendo i piedi rumorosamente, senza dubbio per andare a scrivere ai suoi amici i dettagli dell'ultima, mostruosa ingiustizia che sta subendo. Apro la porta sul retro così Tolly può andare a giocare fuori e lo guardo affettuosamente dalla finestra della cucina, con il telefono tra spalla e collo mentre faccio scorrere acqua calda sui piatti sporchi della colazione.

«Verrà anche tuo padre» dice mia madre nel mio orecchio. «Darà un'occhiata all'auto mentre porto Bella a scuola.»

«Sei sicura che vada bene a papà?»

«Ma certo, sta solo potando le rose.» La sento chiamare il suo nome e dargli in sottofondo istruzioni di prepararsi. «Andrew avrebbe dovuto darti la Range Rover e prendere la Honda per sé» aggiunge con disapprovazione. «Non tollero che tu porti i bambini con quella trappola mortale.»

«Non è una trappola mortale, mamma» ribatto delicatamente, sapendo dove tutto ciò va a parare. «È solo un po' vecchia. Se papà riesce a farla ripartire, sono sicura che potremo farla sopravvivere ancora un altro po'.»

Fuori, Tolly sta felicemente calciando un pallone avanti e indietro nel prato. Non gli importa assolutamente di giocare da solo. Dove Bella è buio, lui è luce, e dove lei è ombra, lui è un raggio di sole. Saluto mio figlio e il cuore mi esplode di gioia nel petto quando sorride e ricambia.

«Nicky era così orgoglioso quando si è comprato la prima macchina» dice mia madre all'improvviso. «Aveva lavorato tutta l'estate per risparmiare e comprarsela. Ogni momento libero lo passava nel vialetto, a lavare, lucidare e armeggiare. Non la faceva guidare a nessuno, nemmeno a papà. Tutto ciò che aveva guadagnato falciando prati e raccogliendo frutta quell'estate, lo aveva speso per quell'auto.»

Si ferma, ma so benissimo che non devo interromperla. Cercare di ricordarle che non sono Nicky e che il fulmine non colpisce due volte nello stesso punto la farebbe solo arrabbiare. E poi, chi sono io per dire cosa dovrebbe pensare o provare? Non ho mai perso un figlio.

«Avresti dovuto vederla» continua mia madre ridendo.

«Onestamente, era uno spettacolo. Una portiera marrone e tutto il resto verde, ma tuo fratello ne andava così fiero che pensavi quasi che fosse una Ferrari. C'era una coppia di dadi di peluche appesa allo specchietto. Nicky non li voleva togliere, pensava fossero divertenti.» Riesco a percepire il suo sorriso nella voce. «Vintage, li definiva.»

Tolly è sdraiato sulla pancia, ora, e sta punzecchiando qualcosa nell'erba, con il cesto di riccioli che brillano di rosso e ocra nel sole. Lo guardo, incapace di immaginarmi un mondo senza di lui.

Avevo quasi tredici anni quando morì Nicky. Il mio divertente, affettuoso e invincibile fratellone, la vita spezzata in un istante da un guidatore ubriaco. Tutta quell'energia, quell'amore e quel potenziale spariti per sempre. Aveva solo diciotto anni. Si era appena guadagnato un posto all'Imperial College di Londra per studiare fisica e si era innamorato per la prima volta. Era il capitano della squadra di rugby e della squadra di cricket della scuola, odiava i funghi, adorava lavorare il legno e sapeva a memoria qualsiasi canzone Sting avesse mai registrato. Non sarei dovuta nemmeno comparire sul suo radar, ma in qualche modo trovava sempre del tempo per me.

So che quando qualcuno muore giovane, tragicamente, tutti vedono solo le virtù e non i difetti. Ma Nicky era una di quelle persone che illuminano una stanza. Non aveva lati negativi, né un briciolo di cattiveria. Vedeva solo il meglio nelle persone e lo rifletteva di rimando.

La sua morte ha cambiato la nostra famiglia per sempre. Luke ha perso il fratellino e migliore amico. Fra i due correvano solo sedici mesi, per Luke è stato come perdere metà di se stesso. Credo che buona parte della decisione di sposare Min, la sua prima fidanzata, quando avevano solo ventun anni, sia dovuta al fatto di non sopportare di rimanere solo. Io ho perso il mio punto fermo, la persona che ammiravo di più al mondo. E i miei genitori... i miei genitori hanno perso il figlio.

Il funerale si tenne il giorno del mio tredicesimo compleanno, ma nessuno si rese conto di che giorno fosse se non tempo dopo, inclusa io. La mia infanzia finì quel giorno. Il mio primo ciclo arrivò durante la veglia: mi ricordo seduta nel bagno di casa a fissare il sangue nelle mutandine, senza la minima idea di cosa fare. Era come se tutto il mio corpo fosse in lutto. Mia mamma era già entrata in menopausa e non aveva pensato a comprare degli assorbenti per me, quindi mi dovetti arrangiare e ripiegare un piccolo asciugamano tra le gambe. Per anni ho ricordato la perdita di mio fratello ogni mese nel più brutale e sanguinoso dei modi.

Mia madre divenne qualcuno a cui non si poteva dire di no. Se voleva i brandelli della famiglia con sé per Natale, per i compleanni, per la festa della mamma – specialmente la festa della mamma – noi andavamo. Io e Luke non abbiamo mai avuto l'opportunità di crearci delle tradizioni festive nostre, con le nostre famiglie. La scomparsa di Nicky si è riversata all'esterno modellando le nostre vite, anche quelle di bambini che non erano ancora nati quando lui è morto.

«Vuoi che vada a riprendere Bella dopo le prove?» chiede mia madre.

«No, non ti preoccupare. Chiederò a un'altra mamma di portarla a casa. Sono sicura che per la madre di Taylor non sarà affatto un problema. Lo apprezzo molto, mamma.»

«Nessun problema, Louise. Dopotutto non è che abbia altro da fare.»

Cade un silenzio colmo di una vita di dolore.

«Tuo padre è arrivato con l'auto» dice mia madre, spazzando via l'umore triste con la stessa velocità con cui era arrivato. «Arriviamo subito. Povera Bella, sarà fuori di sé.»

«Grazie ancora, mamma.»

«Ah, e mettiti qualcosa di carino stasera» aggiunge con dolcezza. «Magari quel bel vestito azzurro che è sempre piaciuto a Andrew?»

«Un po' troppo elegante per una recita scolastica.»

«Ah, Andrew non te l'ha detto? Andiamo tutti a cena al Coal Shed dopo la recita. Offre lui. Ci vediamo tra un minuto, tesoro.»

Fisso il telefono sbalordita. Come diavolo ci è riuscita? Caz sarà fuori di sé.

Min aveva ragione, penso subito. Mia madre sta davvero tramando qualcosa.

8

Caz

«Hai accettato cosa?»

Andy apre il frigo e prende una bevanda energetica, scolando mezza bottiglia in un solo sorso. Evito di commentare l'inadeguatezza nutrizionale di una botta distruttiva di caffeina e zuccheri dopo una rigenerante corsa di quasi dieci chilometri. Non posso certo lamentarmi dell'efficacia della campagna pubblicitaria che gli ha fatto il lavaggio del cervello, facendogli credere che le bevande energetiche siano salutari perché sua madre gliele dava quando era malato. «Non ti preoccupare» dice spensierato. «Celia ha già chiamato il ristorante. Siamo stati fortunati, hanno avuto una cancellazione all'ultimo minuto, quindi hanno trovato il posto per tutti noi. Molto fortunati a dire il vero, per essere sabato sera.»

Chiudo il portatile di scatto. «Andy, pensavo avessi detto che volevi festeggiare in *famiglia*.»

«Questa è *famiglia*.» I suoi capelli, adesso più grigi di quando ci siamo conosciuti, stanno dritti in punte intrise di sudore, mentre il costoso completo di maglietta e pantaloncini in microfibra è completamente asciutto. «Luke e Min non ce la fanno perché devono mettere a letto i piccoli, quindi ci saranno solo Celia e Brian.»

«E Louise.»

«Be', ovviamente Louise.»

Kit entra correndo in cucina sventolando un tubetto di yogurt per bambini, salvandomi dal dire qualcosa di cui potrei pentirmi. Ha almeno un terzo del contenuto spiaccicato sul viso e sulla maglietta del pigiama di Coco. «Ho ancora fame, mamma. Posso mangiarne un altro?»

«Ne hai già mangiati due» gli dico.

Tutto appiccicoso si appoggia a me, sbattendo quelle ciglia così sprecate su un maschio. «Per favore, mamma, solo un altro... Ti lascio lavorare in pace.»

Andy inclina la bottiglietta verso di me. «Te l'avevo detto, i ricattatori non ne hanno mai abbastanza.»

Travolta da un'ondata improvvisa di affetto, prendo Kit in braccio e lo stringo a me, noncurante del danno provocato dallo yogurt sulla maglietta di seta. Mio figlio non sarà stato nei miei programmi di vita, ma adesso che c'è, lo amo alla follia. «Basta yogurt, piccolo. E basta ricatti. Ho finito di lavorare.»

«Vado a fare la doccia» dice Andy, mentre schiaccia le scarpe da corsa sul retro per toglierle e poi lasciarle, con il tallone sempre abbassato, in mezzo alla cucina. È una delle abitudini meno adorabili che ha. «Poi faremo meglio ad andare, se non vogliamo rimanere bloccati nel traffico.»

Mi ribolle il sangue al pensiero della cena a Brighton. Con mia leggera sorpresa, non vedevo davvero l'ora di uscire soli con Bella. A volte è una vera spina nel fianco, è irascibile, permalosa ed egocentrica, ma ha un lato vulnerabile e solitario che mi è familiare. Sono figlia unica, cresciuta da un genitore single, so cosa significa sentirsi sola e isolata. Bella può anche avere più famiglia di quanta probabilmente vorrebbe, il più delle volte, ma nonostante tutte le attenzioni negative che provoca volontariamente, nessuno riesce davvero a *vederla*. È solo un problema da gestire. Non è carina come Tolly e Kit, né radiosa e sicura di sé come gran parte delle altre cheerleader biondissime che frequentano quella scuola privata per ragazzi estremamente privilegiati. Allontana le persone e rende difficile farsi apprezzare dagli altri. Per molti versi, è la peggior nemica di se stessa. Abbiamo anche questo in comune.

Nei primi due anni in cui io e Andy stavamo insieme non mi considerava proprio. Oh, era davvero un bel soggetto. L'ho anche beccata a sputare nel mio caffè una volta. Incolpava me per la separazione dei suoi genitori e Andy non le avrebbe mai raccontato la verità su Louise. Ma le cose tra noi sono cambiate negli ultimi mesi. Bella è come un gatto: se la ignoro e faccio finta che la sua presenza non mi importi minimamente, verrà lei a cercarmi, lo so.

Non sono mai stata brava con i bambini piccoli; adoro Kit con tutto il mio cuore, ma passare una giornata intera con un tiranno di novanta centimetri che pensa che le scorregge siano divertenti è la mia idea di inferno. I teenager invece li capisco. Quella sensazione che il mondo ce l'abbia con loro, che nessuno li prenda sul serio, la rabbia, la frustrazione e la voglia di distinguersi mentre cercano disperatamente di adattarsi. Oh sì, siamo sulla stessa linea d'onda.

Sobbalzo quando Andy allunga una mano in auto per metterla sulla mia gamba. «C'è qualcosa che non va?» chiede. «Sei molto silenziosa.»

«Tutto bene» rispondo brevemente. «Solo stanca. Lavoro, il solito.»

Andy rimette la mano sul volante. «Non potevo dire di no a Celia» sospira. «Ha quasi settant'anni. Chissà a quante altre riunioni del genere potrà essere ancora presente.»

Celia è forte come un bue. Va ancora a correre ogni mattina e partecipa ogni primavera alla Tough Mudder di dieci chilometri del West Sussex per over cinquanta, da anni. L'ho vista concimare le sue dannate rose come se potesse andare avanti tutto il giorno. Ci seppellirà tutti.

«Lo sai quanto significhi la famiglia per lei» aggiunge Andy quando non dico nulla. «E tu e Louise state andando piuttosto d'accordo ultimamente, no? E poi, fa bene ai bambini vederci tutti insieme.»

«Ci vedranno alla recita.»

«Non è la stessa cosa. È da tanto che non passi del tempo con Celia e Brian. Sarà bello stare con loro ancora.»

Mio marito è un uomo intelligente e molto ben informato. Unico figlio di un radiotecnico della BBC e di una bibliotecaria, è arrivato a sorpresa un po' tardi, quando sua madre aveva quarantaquattro anni e suo padre aveva superato i sessanta da un po'. È cresciuto ascoltando il notiziario World Service e leggendo il *Times* insieme ai fumetti. Durante i ventidue anni di lavoro come reporter per la INN ha coperto qualsiasi argomento, dagli attacchi dell'11 settembre alla guerra civile in Sudan; ha intervistato presidenti, papi, un'infinità di politici e più celebrità televisive di quante si possa immaginare. Conosce le capitali, le precipitazioni annue e i PIL di ogni paese nel mondo (tutti e 195, compresi il Vaticano e lo Stato di Palestina). Parla cinque lingue, inclusi arabo e persiano, e conosce la lingua dei segni. Ma a volte è incredibilmente stupido.

Celia Roberts mi disprezza e, onestamente, al suo posto

farei lo stesso. Adora Andy, per quanto la riguarda, ha rimpiazzato il figlio perduto. Non ha voluto incolpare lui e quella pazza di sua figlia per il divorzio perché è molto più facile etichettare me come la calcolatrice sfascia famiglie e darmi tutta la colpa.

Nelle poche occasioni in cui ci siamo viste, non si è trattenuta dal mostrare quello che pensa di me. Se fosse la madre di Andy mi tapperei il naso e ingoierei tutto. Ma è la sua ex suocera! Andy e Louise sono *divorziati*. Non c'è una ragione al mondo perché io la frequenti, figuriamoci essere trattata da lei come una cacca sotto a una scarpa.

Per adesso lascio perdere, non voglio litigare davanti a Kit, ma quando arriviamo alla casa di Brighton scateno tutta la mia furia dando aria alla casa e rifacendo tutti i letti. Andy si rintana nello studio. So che sta chiamando Louise, ha quell'aria familiare da cane bastonato.

Avevo pensato di mettermi un semplice paio di jeans neri attillati e un top argentato senza spalline che so che Andy adora, ma cambio idea subito. Dovrò camminare nell'auditorium della scuola con una lettera scarlatta sulla schiena. L'altra donna, la moglie trofeo. Per esperienza, so già come sarà: sguardi freddi, conversazioni che si bloccano mentre passo per poi riprendere quando sono ancora a portata di orecchio. Louise è una madre popolare a scuola, conosce gran parte delle altre mamme, è stata nel consiglio dei genitori e ha creato e avviato il giornale della scuola un paio di anni fa. Essere odiata è faticoso. Non mi farò mai degli amici qui, ma non c'è nemmeno bisogno che assecondi la mia terribile reputazione.

Cercando nell'armadio, tiro fuori un abito in tweed rosa di Chanel che ho comprato a sconto dopo un servizio fotografico che abbiamo fatto per *Vogue* lo scorso anno. È molto pudico e in stile Jackie O, non molto da me, ma sapevo che mi sarebbe tornato utile per un evento del genere. È ironico, finché non ho conosciuto Andy, non mi era mai importato di cosa pensasse la gente di come mi vestivo. Lo facevo per me stessa. Da mia madre ho ereditato il seno alto e le belle gambe e mi piaceva metterli in mostra. Ma da quando siamo sposati mi sono sempre un po' trattenuta dall'indossare cose troppo succinte. Non voglio sembrare una bambolina al braccio di Andy.

Mio marito fa una smorfia quando lo raggiungo in salotto dove lui e Kit sono spaparanzati sul divano a guardare *Peter Rabbit* per la miliardesima volta. «Non è un po' troppo per una recita scolastica?»

Abbasso lo sguardo per osservarmi. «Non ti piace?»

«Non è il look che preferisco» risponde Andy dubbioso.

«Sei strana» concorda Kit. «Come una signora anziana.»

«Esattamente quello che volevo» dico irritata. Spengo la televisione ignorando le proteste di Kit. «Dài, è l'ora di andare. Louise ha detto che dobbiamo arrivare presto se vogliamo trovare posti decenti.»

«Ferma, non hai scordato qualcosa?» chiede Andy. Aspetta un secondo e poi sorride. «Sono sicuro che troveremo una collana di perle da qualche parte...»

Gli lancio un cuscino. «Non ridere, è tutta colpa tua.»

Respinge il cuscino e afferra la mia mano. «Non lasciare che Celia entri nella tua testa» mi dice, improvvisamente serio. Mi alza stringendomi le braccia intorno alla vita. «Mettiti quello che vuoi, Caz. Non devi vestirti per lei, né per nessun altro.»

«Facile per te.»

«Da quando ti frega di quello che pensa la gente?»

Ha ragione. Non piacerò mai a Celia Roberts e a quella gang di mamme moraliste. Perché continuare questa inutile lotta contro i mulini a vento?

Corro di sopra e metto i jeans attillati e il top, corredati di tacchi altissimi. Gli occhi di Andy si illuminano quando torno al piano di sotto. «Molto meglio» dice.

«Andiamo allora, marito *trofeo*» gli dico mentre prendo la borsa.

Il parcheggio della scuola di Bella è sorprendentemente pieno quando arriviamo. Louise non stava scherzando, penso mentre Andy gira intorno per cercare un buco dove lasciare l'auto. Non sono ancora le sei e mezzo e sembra già che ci saranno solo posti in piedi dentro.

Appena apriamo le porte dell'auditorium veniamo bloccati da un improvviso fiume di gente che esce. Guardo Andy stranita. Forse c'è stato anche un matinée. Mi sarebbe piaciuto saperlo, sarei andata molto più volentieri a uno spettacolo prima, così Kit non avrebbe cenato così tardi.

«Mi scusi» dico fermando una donna con un abito floreale che mi sembra vagamente familiare. «C'è stato un primo spettacolo?»

«Be', era alle quattro, se è questo che intende.»

«Oh, non sapevo ci fossero due spettacoli.»

Mi guarda come se fossi pazza. «Non ci sono infatti.»

«Ma non inizia prima delle sette...»

«È *iniziato* alle quattro» risponde serenamente, girando sui tacchi per ricongiungersi al gruppetto di genitori in conversazione che escono dall'auditorium.

Mi giro verso Andy senza saper cosa dire.

«Mi prendi in giro?» esclama Andy. «Lo abbiamo perso?»

«Louise mi ha detto che iniziava alle sette!»

«Devi aver sbagliato. Diamine, Caz. Non te lo sei scritto?»

«Io non ho sbagliato! Mi ha dato l'orario sbagliato di proposito!» Kit mi tira la mano. «È finito? Possiamo andare a cena adesso?»

«Ma no che non ti ha dato l'orario sbagliato di proposito» scatta Andy. «Non è certo una dannata bugiarda. È chiaro che ti sei sbagliata.»

Sembra che mi stia dando il beneficio del dubbio, ma vedendo la sua espressione sono sicura che non crede che abbia commesso un errore in buona fede. Pensa che io abbia deliberatamente sabotato la serata di Bella.

Proprio quello che Louise voleva.

9

Louise

«Arrivano proprio all'ultimo momento» sussurro mentre giro il collo per guardare dietro di me. «Sono quasi le quattro. Lo spettacolo inizia tra un minuto.»

«Andrew arriverà» dice mia madre convinta.

«Be', staranno in piedi in fondo alla sala, allora. È tutto pieno.»

Mia madre appoggia la mano sulla spalla di Tolly mentre lui si mette in ginocchio sulla sedia in mezzo a noi. «Smettila di agitarti, Tolly. Avremmo dovuto tenere i posti per loro, Louise. Ce n'erano tre proprio accanto a noi.»

Min si sporge verso di me per rivolgersi a mia madre. «No, Celia, non avremmo dovuto assolutamente. Mi pare già abbastanza che Louise debba sopportare di stare al tavolo con quella donna a cena. Mi dispiace tantissimo che non possiamo venire» aggiunge guardandomi e chinandosi ancora. «Non è un problema lasciare Dom e Jack a fare i baby sitter ai fratelli per un paio d'ore ora che hanno quindici anni, ma non per tutta la serata. Si ucciderebbero o farebbero saltare in aria la casa.»

«Non c'è problema» mormoro.

«Invece sì» esclama Min. «Davvero, Lou, non puoi continuare a farti trattare così.»

Vorrei tanto che Min avesse conosciuto mia madre prima della morte di Nicky e non solo perché la mamma era felice, certo che lo era, e in un modo che non apprezzi finché non scompare. Quando i figli sono in salute e al sicuro, quando il matrimonio va bene e hai un tetto sopra la testa e cibo sulla tavola, è concesso dispiacersi per le foto delle vacanze che vengono tutte sfuocate, o la scheggiatura sul bancone nuovo di pacca della cucina. Mia madre si preoccupava per Nicky, Luke e me, ovviamente, nel modo in cui ogni madre ha cura dei suoi figli: ci faceva mettere il casco per andare in bicicletta, ci aveva avvisato di non accettare mai caramelle dagli sconosciuti e insisteva che la chiamassimo se rientravamo tardi a casa. Ma il suo stile educativo era di benevolo distacco, lo stesso con cui era stata cresciuta lei. Ci lasciava la libertà di sbagliare per conto nostro, di arrampicarci sugli alberi e romperci un polso o di non volere la crema solare e scottarci.

La morte di Nicky l'ha cambiata. Non ci ha rinchiusi sotto una campana di vetro, che sarebbe stata una reazione più che naturale. Invece ci ha stretto a lei, sempre più vicini; si è insinuata in ogni aspetto delle nostre vite come non aveva mai fatto prima, protettiva e intensamente territoriale come una tigre.

Quando la richiesta di Luke di studiare fisica all'Imperial College, la sua prima scelta, fu respinta senza nemmeno la possibilità di un colloquio, il giorno seguente la mamma prese la macchina e andò a Londra, irruppe nell'ufficio ammissioni con le pagelle in mano e fece la paternale a tutti fino a quando si accordarono per un incontro. Luke era terribilmente imbarazzato, ma a mamma non importava. L'imbarazzo non faceva più parte del suo vocabolario o del suo essere. Le importava solo ottenere quello che credeva ci meritassimo, prendendo le nostre parti quando non riuscivamo o volevamo farlo da soli.

È per questo che ancora oggi si rifiuta di accettare che Andrew sia una causa persa. Combatterà le nostre battaglie al posto nostro, volenti o nolenti. Ha visto troppo, ne ha passate troppe. Tutto ciò che le rimane è aggiustare le cose per la sua famiglia. Non posso toglierle questo.

Papà ha reagito al dolore in modo diverso. Prima della morte di Nicky lui e la mamma ci crescevano insieme, ma dopo ha ceduto lo scettro a lei. Lo guardo mentre giocherella con la sua vecchia macchina fotografica. Ha ancora la stessa che usava per le nostre recite e sussulto quando prova il flash, che lascia un bagliore degno di Hiroshima nelle retine di chiunque si trovi nel raggio di tre metri. Al suo fianco Luke tiene il suo nuovo iPhone e preme il tasto registra, controllando i livelli di luce. Due gocce d'acqua, dotati di più o meno tecnologia. Sono sopravvissuti alla perdita di Nick come me, sparendo dietro lo sfondo e lasciando la mamma da sola sotto i riflettori del suo dolore.

La luce si abbassa e scende un improvviso silenzio, tra il fruscio dei dépliant e alcuni imbarazzati colpi di tosse. La direttrice, la signora St. George, sale sul palco ed espone i consueti elogi sul duro lavoro di tutti e su come siano stati dei gran lavoratori anche i genitori nel consiglio, ma io non sono davvero concentrata. Bella sarà distrutta se suo padre non arriva. Mentre la direttrice chiede a tutti di spegnere i cellulari e alcuni rovistano nelle borse, sfrutto l'occasione per dare un'ultima occhiata al pubblico, cercando di trovarlo. Se è qui, deve essere in fondo.

Poi si alza il sipario e Antonio cammina sul palco con i suoi fratelli shakespeariani. Prego perché a Bella non venga il panico da palcoscenico o si dimentichi le battute, poi aspetto con ansia la sua scena d'apertura. Dopo il dramma di stamani per andare a scuola per la prova costumi era sull'orlo di una crisi di nervi. Mentre si stava truccando oggi pomeriggio le è caduto l'eyeliner di mano ed è scoppiata in lacrime.

Ma appena esce e si lancia sicura nel suo primo monologo, so che andrà tutto bene. Ho provato le battute con lei così tante volte che potrei recitarle al contrario e mi ritrovo a mormorare insieme a lei: «...a tal punto la volontà di una figlia viva è dominata dal volere di un padre morto.»

Mia madre mi dà una gomitata nelle costole e mi zittisco.

Due ore e mezzo dopo ho le lacrime agli occhi mentre mi alzo in piedi come tutto il resto del pubblico per una standing ovation, applaudendo e acclamando gli attori finché mi bruciano le mani e mi si secca la gola. Per tutta la durata dello spettacolo ho completamente dimenticato che Portia fosse mia figlia. È bellissima, graziosa, intelligente e sveglia: la più attraente delle eroine di Shakespeare. È solo una recita scolastica, con alcune battute dimenticate, entrate sbagliate e recitazione ingessata – la gamma di emozioni di Antonio era più o meno quella di un tronco di legno – ma Bella è stata un'autentica rivelazione, e se lo dico da madre è perché era completamente *diversa*. Non l'ho mai vista brillare e abbagliare come ha appena fatto sul palcoscenico. La ragazza imbronciata e introversa che vive con me era sparita. Al suo posto c'era una donna sicura e brillante: una vera regina del palcoscenico. Sembra quasi che stia vedendo mia figlia per la prima volta.

«Non è stata fantastica?» piange Min mentre ci uniamo alla folla impazzita diretta verso l'uscita.

«Meravigliosa» le dico, cercando di avvistare Andrew. Non può esserselo perso. Bella è stata straordinaria. «Riesci a vedere Andrew da qualche parte?»

«Là!» grida Tolly allontanandosi da me. «Papà!»

Fatico a trattenere mio figlio mentre cerca di frasi strada tra la folla e mi scuso profusamente mentre do gomitate nelle schiene e pesto piedi. «Tolly aspetta!»

Non riesco ancora a vedere Andrew, anche se Tolly lo ha ovviamente nel mirino. Mentre raggiungiamo le porte doppie del vestibolo d'ingresso, il cast arriva di corsa dal corridoio laterale che porta nel backstage, ancora in costume, strillando e ridacchiando, e dopo un po' gli attori si ricongiungono nell'auditorium con i genitori orgogliosi. Bella corre verso di noi, mano nella mano con la sua amica, Taylor, un sorriso che va da un orecchio all'altro. Prende Tolly con un rapido movimento e lo fa girare in aria trionfante. «Mi hai vista?» piagnucola. «Mi hai vista?»

«Era impossibile non vederti.» Sorrido. «Sei stata fantastica, tesoro. Davvero spettacolare. Te l'avevo detto che sarebbe andata così. Anche tu, Taylor. Ho adorato il tuo Bassanio. Sei stata bravissima.»

«Grazie, signora Page» risponde Taylor. «Oh, ecco mia mamma! A dopo Bel!»

Bella non riesce a trattenere l'entusiasmo e la adoro per questo. «Ho fatto un po' di casino con il monologo all'inizio del secondo atto, nella scena prima, ma non credo che se ne sia accorto nessuno.»

«Non riesco a credere che fossi davvero tu lassù» le dico onestamente. «Sei stata incredibile Bella. Ci hai fatto impazzire tutti. Il prossimo obiettivo è l'Oscar.»

«Dov'è papà?» chiede guardando dietro di me mentre Celia, Min e Luke si fanno strada a forza nella folla e ci raggiungono.

«Lo vedo!» urla Tolly indicando.

Andrew e Caz sono in piedi nell'androne e parlano con la madre di Taylor. Devono aver assistito allo spettacolo in piedi in fondo alla sala. Sicuramente non saranno stati comodi considerati i vertiginosi tacchi a spillo che indossa Caz. Sembra che sia vestita per andare a ballare, non certo per una recita scolastica.

Il mio cuore ha un sussulto appena Andrew si gira. Per un nanosecondo ho di nuovo ventiquattro anni, mentre entro nel *wine bar* davanti agli studi televisivi della INN e mi trovo faccia a faccia con l'uomo più bello che abbia mai visto. Adesso, come allora, è come se la gente intorno a noi sparisse, lasciando solo noi due nella stanza. Quando ci siamo conosciuti, Andrew aveva poco più di trent'anni, alto e con i capelli scuri, vestito in modo più formale della maggior parte dei suoi coetanei, con un abito grigio – ho scoperto poco dopo che era un reporter e che quella era la divisa da lavoro – la cravatta allentata intorno al collo, la giacca tenuta con un dito sulla spalla in modo disinvolto. Si guardava intorno mentre lasciai che la pesante porta si chiudesse dietro di me, poi notai apprezzamento e interesse nei suoi occhi color ambra da leone e la bocca curvata in un sorriso. Il sangue mi pulsava nelle orecchie e sentii le farfalle nello stomaco. Le sento ancora. E penso che le sentirò per tutta la vita.

Andrew appoggia la mano sul fianco di Caz e le mormora qualcosa nelle orecchie; il dolore che pensavo di essere riuscita a domare divampa acuto e pungente come il giorno in cui Andrew mi ha lasciata.

Bella mette giù suo fratello e Tolly corre attraverso una foresta di gambe da suo padre. «Sei in ritardo!» piagnucola. «Te lo sei perso tutto!»

Cala un improvviso silenzio. Lancio un'occhiata a Andrew, aspettando che dica di aver trovato un posto nascosto in fondo alla sala, ma scuote le spalle impotente. «Abbiamo sbagliato orario. Mi dispiace da morire» aggiunge, mentre il volto di Bella si acciglia sotto al trucco. «Ma ho sentito gli spettatori dire quanto sei stata fantastica. La stella dello spettacolo...»

Bella non lascia che finisca la frase. Con un singhiozzo tremendo si gira e corre via dentro l'auditorium.

Andrew fa per seguirla, ma Min gli blocca la strada. «Credo tu abbia fatto abbastanza danni» dice freddamente.

«Come hai fatto a sbagliare orario Andrew?» piango furiosamente. «Ho detto a Caz che sarebbe iniziato alle quattro almeno tre volte!»

«Hai detto alle sette» protesta Caz.

«Non essere ridicola» scatta mia madre. «Le recite scolastiche sono sempre nel pomeriggio, così i fratelli possono assistere senza che debbano rimanere svegli fino a tardi. Sei venuta lo scorso anno, Caroline. Dovresti saperlo.»

Andrew guarda furioso sua moglie. «Caz si è ovviamente sbagliata. Vado a cercare Bella per scusarmi. Sono sicuro che capirà.»

«Io non mi sono sbagliata» dice Caz fermamente. «Ho pensato che fosse un po' strano, ma Louise ha insistito che fosse di sera quest'anno. Ecco perché ti ho detto di fissare il tavolo alle nove e mezzo.»

Andrew esita e noto l'improvviso dubbio nei suoi occhi.

Non starà certo pensando che potrei essere così meschina e scorretta?

Ma so già la risposta. Ho urlato al lupo in passato e adesso che il lupo è alla mia porta, nel cuore della mia famiglia, nessuno mi crede.

10

Caz

Sono seduta in fondo al tavolo e giocherello con la mia insalata. Dovrei sentirmi appagata, ma anche se era Louise quella in torto e non io, in un certo senso mi sento ancora in colpa.

Andy ha impiegato quaranta minuti per calmare Bella e convincerla a venire a cena, ma a me non ha mai chiesto scusa. Invece, mentre eravamo in macchina diretti al ristorante, ha detto che io e Louise dovremmo "comunicare meglio" la prossima volta, e si è rifiutato di parlarne ulteriormente. Anche dopo avergli dato una prova schiacciante del fatto che sia lei a sabotare me, continua a scusarla.

Non so perché mi aspettassi qualcosa di diverso. Negli ultimi quattro anni Louise ha sempre avuto Andy ai suoi ordini. Tutto ciò che deve fare è schioccare le dita e lui arriva di corsa.

E non devo solo condividerlo con l'ex moglie. Fa parte della famiglia Roberts da diciassette anni e non è cambiato niente con il divorzio. Anche quando non è il nostro weekend con i ragazzi, Andy spesso è da loro per sistemare mensole traballanti o per farsi una birra con Brian. Qualche settimana fa ha passato l'intero weekend a costruire un'aiuola per pomodori, per l'amor del cielo! Ma se oso obiettare, passo per l'irrazionale strega gelosa.

So che i legami delle relazioni sono complicati, anche quando due persone non condividono più la vita. Capisco che quando ci sono di mezzo dei figli entrambi i genitori devono essere presenti per loro e non ho mai avuto problemi al riguardo. Ma solo perché sono la seconda moglie di Andrew non vuol dire che debba sempre essere all'ultimo posto.

Sento un improvviso chiasso dall'altro lato del ristorante, quindi alzo lo sguardo. La donna con il vestito floreale incontrata a scuola di Bella è appena entrata con la figlia, Taylor, e il resto della famiglia allargata, e stanno tutti salutando gioiosamente Louise. Ho un sussulto al cuore. Fantastico. Il fan club di Louise in trasferta. Esattamente quello di cui avevo bisogno.

Vestito Fiorito si avvicina veloce al tavolo e Louise e Andy si alzano per abbracci e reciproche congratulazioni. Entrambi mettono orgogliosamente un braccio intorno a Bella, e io sono seduta qui, ignorata da tutti, mentre scattano foto di loro tre con i telefoni. Poi Andrew abbraccia Bella e Taylor, chiaramente colpita da lui, e le assurdità ricominciano. Il marito di Vestito Fiorito racconta entusiasta la performance di Bella, menzionando scuole di teatro e Oscar, per poi crogiolarsi tutti in un festival dell'amore, dal quale sono chiaramente esclusa. Potrei anche non esserci. L'unica persona meno a suo agio di me è Bella stessa. China la testa infilando le mani dentro le lunghe maniche della maglia nera e sembra voler sprofondare nel terreno. Essere capaci di nascondersi dietro a un personaggio sul palcoscenico è molto diverso dal trovarsi sotto i riflettori nella vita reale. Sarebbe scontato pensare che Louise e Andy lo capissero.

Spingo indietro la sedia e mi dirigo verso di lei per salvarla. «Bella, perché tu e Taylor non portate i ragazzi fuori per cinque minuti e prendete una boccata d'aria?» suggerisco.

Non c'è bisogno che glielo chieda due volte. Mentre escono, rimango in piedi come una scema accanto al tavolo, aspettando che qualcuno si accorga della mia presenza.

«Rebecca, Hugo, non credo che conosciate Caroline» Celia si decide finalmente, con un sorriso al veleno. «La *seconda* moglie di Andrew.»

Mio marito non è mormone né musulmano. Non appartiene a un gruppo religioso che pratica la poligamia. Andy era un single divorziato quando ci siamo sposati. Io sono sua *moglie*, chiaro e semplice, non c'è bisogno di aggiungere altro.

Rebecca mi lancia un freddo sorriso che non raggiunge i suoi occhi, poi vedo che tira la manica al marito quando questi si avvicina per stringere la mia, facendo ricadere obbedientemente il braccio a posto.

Quando finalmente tutti si congedano, riprendo posto al tavolo. Bella fa rientrare i bambini: ho Kit da un lato e Tolly dall'altro; Celia si è assicurata che non fossi seduta accanto a un adulto così che non avessi nessuno con cui parlare per tutta la sera. Quando Brian si allunga verso il nipote e cerca di parlare della possibilità di pioggia, Celia lo blocca subito e non ci riprova più per tutta la cena.

Non è mia abitudine autocommiserarmi, e chiaramente non mi aspettavo di essere al centro dell'attenzione nella serata di Bella, ma questa cena ci sta costando – *mi* sta costando, dato che Louise già si prende tutto lo stipendio di Andy – una fortuna e tutti mi trattano come se fossi qualcosa portato in casa dal gatto.

E poi, come per miracolo, la serata prende una piega inaspettata.

Mentre ce ne andiamo, Bella rimane dietro ai genitori e mi

ringrazia goffamente, con i capelli corvini che le cadono sul volto. «Lo so che mia mamma può essere un po'... lo sai» aggiunge, giocherellando imbarazzata con il cinturino dell'orologio. È l'unica sedicenne che conosco a indossare un orologio all'antica. «Sono sicura che non voleva darti l'orario sbagliato per lo spettacolo.»

Solo per questo è valsa la pena sopportare la terribile serata. «Anch'io ne sono sicura» mento. «È stato solo un malinteso, tutto qui.»

Bella alza le spalle. «Suppongo di sì.»

«Dai Bella» la richiama Louise bruscamente. «È ora di andare. Tuo fratello deve andare a letto.»

Sono stupita: questo era il nostro weekend con i bambini. Mi giro verso Andy. «Bella e Tolly non vengono a casa con noi?»

Non riesce a guardarmi in faccia. «Louise pensa che sia meglio che tornino a casa con lei, dato che Bella era così arrabbiata che avessimo perso lo spettacolo» dice. «Li prenderemo la prossima settimana.»

«Ma ho prenotato la Escape Room per domattina» obietto. «È già tutto pagato ed è troppo tardi per fare modifiche adesso.»

«Mi dispiace molto, ma per noi non va bene. Forse se Bella non avesse passato una serata così difficile» dice Louise acida.

Sono davvero troppo arrabbiata per parlare. Corro fuori verso la macchina, senza curarmi di aspettare Andy e Kit. Andy ha bevuto un paio di bicchieri di vino quindi guido io e guardo rigida attraverso il parabrezza mentre bacia la sua ex moglie e la famiglia dando loro la buonanotte mentre Kit gli dorme in collo. Sono veramente stufa del modo in cui Andy permette a quella donna di dirigere le nostre vite. Perché non riesce mai a opporsi?

«Sei stata un po' scortese stasera» dice Andy mentre allaccia le cinture a Kit e sale in macchina.

«Io?»

«*Shhh*. Sveglierai Kit.»

«Quando sarei stata scortese?» chiedo con un sussurro infuriato.

«Non hai parlato quasi con nessuno per tutta la sera. E quando Becky e Hugo si sono avvicinati per fare le congratulazioni a Bella li hai interrotti.» Prende la cintura di sicurezza. «So che tu e Bella non andate molto d'accordo, ma era la sua serata. Avresti potuto sforzarti un po'.»

Sono così furibonda che vado quasi a sbattere contro un palo della luce. «Abbiamo appena speso quasi settecento sterline per una cena in cui le sole due persone che mi hanno rivolto parola in tutta la sera avevano quattro anni!» rispondo arrabbiata. «E ho interrotto i Conways perché stavate mettendo Bella incredibilmente a disagio. Odia essere al centro dell'attenzione...»

«Non essere ridicola. Hanno detto tutti che è stata fantastica!»

«Sul palcoscenico sì, dove può nascondersi dietro al personaggio che sta interpretando. E non è vero che non andiamo d'accordo. È stata l'unica che si è degnata di ringraziarmi per la cena.»

«È un peccato che non abbiamo fatto in tempo per lo spettacolo, allora» mormora Andy.

«Se pensi che andrò alla dannata festa di Celia dopo...»

«*Io* ci vado» scatta Andy. «Tu fai come ti pare.»

Rimaniamo in silenzio per tutto il restante tragitto. Quando io e Andy ci siamo fidanzati anni fa, Angie mi aveva avvertita che non avrei sposato solo lui, ma non l'avevo presa sul serio.

Sapevo che avrei preso anche i suoi figli ovviamente, ma non mi era mai venuto in mente che avrei dovuto preoccuparmi dell'intera famiglia della sua ex moglie.

Nessuno sceglie mai di innamorarsi di un uomo sposato. Cinque anni fa, quando Andy è passato con un semaforo rosso e ha colpito il fianco della mia Fiat Uno, non ho adocchiato l'anello alla mano sinistra mentre ci scambiavamo i dati dell'assicurazione pensando "Sì, questa sarà una bella sfida". Certo, mi piaceva, era bello da togliere il fiato, sarei stata cieca se non mi avesse colpito. Ma non sono mai stata una di quelle donne che si sente potente ad essere l'amante, immaginandosi ingenuamente carica di poteri magici e seducenti, superiore alle sciocche mogliettine che fanno la spesa al supermercato e portano i figli a scuola.

Tuttavia ero consapevole anche che, quando mi chiamò il giorno dopo per offrirmi un drink come "scusa per l'inconveniente", l'invito era tutt'altro che innocente.

Il matrimonio era già finito, ma allora non lo sapevo e ci andai lo stesso. Nel momento in cui me ne uscii dal bar di Covent Garden, ero già a metà strada dall'essere innamorata di lui. Avevo sentito l'espressione "camminare a tre metri da terra" prima, ma quella sera capii per la prima volta cosa significasse. Mi sembrava davvero di galleggiare a venti centimetri dal suolo, leggerissima di gioia. Allora non avevo idea in cosa mi stessi cacciando.

Seconda moglie. Secondo posto. Ruolo secondario.

La mia gravidanza con Kit non è stata speciale, anche se Andy ha fatto del suo meglio per apparire eccitato, perché ci era già passato prima. Il nostro matrimonio è stato un delizioso rito civile, di classe ed elegante presso l'ufficio del comune di Kensington e Chelsea, non il grande matrimonio bianco in chiesa che sognavo da bambina, perché Louise l'aveva già avuto. Non siamo mai andati a Venezia, in Sud Africa o a vedere l'aurora boreale, perché era già stato in tutti quei posti con lei. Mi ha tradita. Ha infranto tutte le promesse tra noi quando è andato a letto con Louise, ma dato che io ero l'amante, perché lui era stato di Louise prima di essere mio, l'ho accettato e l'ho perdonato.

Non sono io il motivo per cui si sono lasciati, ma in qualche modo mi sono sempre sentita colpevole. E quindi mi sono dovuta sorbire la litania dell'eterna seconda: il senso di colpa e i compromessi, i commenti maliziosi e l'aperta ostilità. Ho ingoiato tutto e ho messo su un sorriso finto, accettando tutto ciò come prezzo per il suo amore. Ho sempre creduto che, se le avessi dato tempo, Louise sarebbe andata avanti con la sua vita e Andy sarebbe stato completamente e indiscutibilmente mio.

Ma quello che non avevo capito fino a questo momento è che non è solo Louise ad essere impantanata nel passato. È Andy quello che non riesce a staccarsi.

Entro nel vialetto davanti a casa e mentre guardo mio marito scendere dalla macchina, per la prima volta da quella sera a Covent Garden, invece di camminare per aria, mi rendo conto che i miei piedi sono ben piantati per terra.

WILHELMINA JANE POLLOCK
INTERROGATORIO REGISTRATO PARTE SECONDA

Data: 25 luglio 2020
Durata: 34 minuti
Luogo: Centrale di polizia di Kingsbridge

Condotto dagli agenti della Polizia di Devon e Cornwall

(cont.)

Sono state effettuate le introduzioni di rito.
Proseguimento dell'interrogatorio.

POLIZIA	Chiedo scusa per l'interruzione, dottoressa Pollock. Le hanno portato del tè?
WP	La prego, mi chiami Min. Sono a posto, grazie. Senta, ci vorrà ancora molto? Ho lasciato i miei quattro figli con mio marito e devo davvero tornare da loro.
POLIZIA	Cercherò di sbrigarmi. Siamo a corto di personale. Non la tratterrò più a lungo del dovuto… [Squilla un telefono]
WP	Cavolo, mi scusi, mio marito. Credevo di aver messo il silenzioso.

POLIZIA	Deve rispondere?
WP	No, non importa.
POLIZIA	Dottoressa Pollock – Min – stavamo parlando del rapporto di sua cognata con il signor Page. Direbbe che il loro è stato un divorzio amichevole?
WP	Certo che no. [Pausa.] Mi scusi, non volevo scattare. Ma se le persone riescono a risolvere le cose in modo amichevole non divorziano, giusto?
POLIZIA	Quindi non andavano d'accordo?
WP	No, no, adesso vanno d'accordo. Cavolo. Intendevo… andavano d'accordo. [Pausa.] Scusi. Non riesco ancora a credere che Andrew sia morto. Non ero la sua fan numero uno, ma non si meritava questo.
POLIZIA	Ha bisogno di prendersi un momento?
WP	No, sto bene.
POLIZIA	Quindi sarebbe corretto dire che le cose sono state difficili nell'immediato dopo il divorzio, ma che il signore e la signora Page andavano d'accordo ultimamente?
WP	Anche troppo d'accordo.
POLIZIA	In che senso?
WP	[Pausa.] Non ha importanza.
POLIZIA	Dottoressa Pollock, stiamo indagando su un omicidio. Tutto ha importanza.
WP	È solo… [Pausa.] Be', lo sapete. Andrew comandava Louise a bacchetta. Glielo dicevo sempre che avrebbe dovuto voltare pagina, ma… [Pausa.]
POLIZIA	Sua cognata provava ancora qualcosa per lui?
WP	Lo avrebbe ripreso in un batter d'occhio.

POLIZIA Sa se questa potesse essere effettivamente una possibilità? Che tornassero insieme?

WP Non lo so. Ma lui certamente inviava segnali contrastanti.

POLIZIA Cosa intende?

WP Vede, era solo... non lo so. Era dura per lei, questo è quanto. [Pausa.] Lei prende le cose molto a cuore. Specialmente dopo quello che è successo a Oxford con il suo tutor... Be', lo sapete.

POLIZIA La signora Page credeva che ci potesse essere una riconciliazione tra lei e il signor Page?

WP Sapevamo tutti che il divorzio era stato un errore enorme. Anche Andrew l'ha ammesso.

POLIZIA Glielo ha detto lui?

WP Non con queste parole esatte. Ma ha detto che sarebbe voluto tornare indietro per gestire le cose in modo diverso.

POLIZIA E lei ha pensato che volesse dire che rimpiangeva di aver divorziato?

WP Era chiaro quello che intendeva.

POLIZIA Ha aggiunto altro?

WP Solo che avrebbe risolto tutto quel dannato casino questo weekend.

POLIZIA Che casino?

WP Non ne ho idea. È quello che ha detto. "Dannato casino". Parole sue.

POLIZIA A cosa pensa che si riferisse?

WP Gliel'ho detto, non lo so.

POLIZIA Quando è avvenuta questa conversazione con il signor Page?

WP — Proprio quando stava tornando dalla spiaggia ieri sera. [Pausa.] Oddio. È stata l'ultima volta che gli ho parlato.

POLIZIA — Come le è sembrato?

WP — Non saprei. Un po' nervoso. Immagino abbia saputo cosa è successo a cena.

POLIZIA — Posso sentire la sua versione, dottoressa Pollock?

WP — Andava tutto bene all'inizio. Louise era di buon umore, anche se come fa a non strangolare Caz... Scusi, solo un modo di dire. Comunque, alla fine della cena Caz ha detto qualcosa di stupido e ha innervosito tutti; Lou se n'è andata. Andrew è corso dietro di lei e hanno avuto un'accesa discussione in spiaggia. Li abbiamo sentiti tutti.

POLIZIA — La signora Page non ci ha detto nulla la riguardo.

WP — Be', probabilmente non si trattava di niente di serio. Non voglio dargli troppo peso. Ho visto Andrew dopo e ha detto che avevano chiarito.

POLIZIA — Sa di cosa stessero discutendo?

WP — No. [Pausa.] A essere onesta, dopo tutto quello che è successo nelle ultime settimane sono sorpresa che ci sia voluto così tanto perché qualcuno ci lasciasse le penne.

Cinque settimane prima della festa

11

Louise

Quando arrivo al Venezia, Chris mi sta già aspettando al tavolo vista spiaggia, armeggiando con l'iPad. Un grande bicchiere di vino bianco sta gocciolando sul tavolo di fronte a lei. Si sposta gli enormi occhiali da sole sulla testa mentre mi faccio strada verso di lei e minimizza le mie scuse. «Sono contenta che tu sia in ritardo, cara» mi dice allegramente mentre mi chino per darle un bacio sulla guancia. «Ho avuto il tempo di finire di rispondere alle mail. E questo è il secondo bicchiere, se pensi di metterti in pari.»

«Non se vuoi che mi arrestino mentre guido per tornare a casa.»

«Chiama un Uber. Che senso ha avere il fine settimana libero dai ragazzi se non ne approfitti?»

Mi siedo e allungo le gambe, girando la testa verso il sole. Il Venezia è davvero uno dei ristoranti più belli di Brighton, posizionato strategicamente sulla spiaggia con una romantica vista sul mare. Dovrei venirci più spesso.

Dovrei fare molte cose più spesso.

Un cameriere mi porta un bicchiere di acqua ghiacciata e ordiniamo: cozze del Sud Ovest in guazzetto di vino bianco per me e ravioli al tartufo nero per Chris, che è la solita fastidiosa taglia quaranta come quando andavamo a scuola insieme. So che non le fa piacere: sua figlia Alyssa, che è in classe con Bella, ha ereditato l'ossatura grossa del padre e la bilancia segna ottanta chili, cosa che le fa considerare il fisico da top model della madre un insulto personale.

«Allora, ho sentito dire che c'è stato un bello spettacolo dopo la recita» dice Chris mentre il cameriere appoggia un cestino di pane sul tavolo. «Adesso mi dispiace non essere rimasta.»

Mi allungo per prendere un panino. «Bella mi ha parlato a malapena per tutta la settimana. Come se fosse colpa mia se suo padre è arrivato con tre ore di ritardo.»

Sono più ferita di quanto voglia ammettere dalla freddezza di Bella. Mi rendo conto che avere i figli che ti odiano fa parte del lavoro di madre, ma solo fino a pochi mesi fa io e Bella eravamo così unite. In questi giorni sono fortunata se mi degna di uno sguardo. Non so perché abbia iniziato ad allontanarsi da me, ma la cosa è coincisa con il disgelo del rapporto tra lei e Caz. In qualche modo, quella donna mi sta mettendo contro la mia stessa figlia.

L'unica cosa positiva che è uscita da quella triste serata è che, per poche ore a cena, io e Andrew abbiamo avuto la possibilità di essere orgogliosi di nostra figlia insieme.

È una delle cose riguardo al divorzio che nessuno ti dice mai. Pochi soldi, litigi per la custodia e il dolore di vedere tuo marito con un'altra donna sono cose che ti aspetti. Ma ci sono anche tante altre piccole cose, delle perdite amare. Bella è stata fortemente voluta: una manifestazione di amore che poteva camminare, scherzare, fare la ruota e andare all'università. La gioia condivisa dell'essere genitori era una cosa che davo per scontata finché non mi è stata strappata via. Ovviamente siamo ancora entrambi molto orgogliosi di Bella e chiaramente le vogliamo bene allo stesso modo, ma è qualcosa che dobbiamo fare separatamente adesso. So che Andrew odia questa cosa almeno quanto me.

Chris mette in bocca una bella forchettata di ravioli. «Ci sei la prossima settimana?» chiede. «Ho dei biglietti per Wimbledon. Ci avrei portato Alyssa dato che Jeff lavora, ma crede che sia solo l'ennesimo tentativo di ricordarle di fare esercizio.»

«Mi piacerebbe, ma sto cercando di aggiudicarmi un po' di lavoro freelance per l'estate. Non posso permettermi di non lavorare.»

«Credevo che le estati libere fossero uno dei benefit dell'essere insegnante, no?»

«Sono a contratto. Non guadagno niente d'estate a meno che non riesca a fare qualche lezione extra, il che è quasi impossibile nella mia materia.» Sospiro. «So che avrei dovuto mettere qualcosa da parte per superare il periodo di magra, ma non c'è stato davvero un centesimo da risparmiare.»

«Non potresti tornare al *Post*? Sarai di sicuro utile con il tuo curriculum.»

«Non è così semplice. Gran parte dei miei contatti ha cambiato strada. Il *Post* ha eliminato quasi tutti i lavoratori fissi rimpiazzandoli con freelancer.» Lascio cadere il guscio di una cozza nella ciotola accanto al piatto e mi lecco le dita. «Sarebbe diverso se vivessi a Londra, ma stando qui, vale il detto "lontano dagli occhi, lontano dal cuore". Mi sono venute delle idee da proporre, ma è difficile prendere le commissioni se non sei sul posto e gli editori non ti conoscono. Sono fuori dai giochi da quando è nato Tolly. Quattro anni è un'eternità in questo ambiente.»

«Quindi cosa farai?»

«Dovrei riuscire a trovare un po' di lavori qua e là, abbastanza da rimanere a galla. Alcune riviste mi tengono come sostituta nel periodo delle vacanze. E una delle madri nel consiglio dei genitori mi ha offerto di lavorare come PR per la scuola.»

«Ma tu odi fare la PR!»

«Be', sì. Ma in periodi di carestia non posso fare la schizzinosa. Girano molti più soldi nelle pubbliche relazioni che nel giornalismo oggigiorno.»

«Riesci a cambiare così?»

«L'ho già fatto altre volte. È più o meno lo stesso tipo di lavoro. Devi solo eliminare l'imparzialità a favore di qualsiasi marchio tu stia promuovendo.»

«Lasciami sondare il terreno, allora» dice Chris pensierosa. «Forse riesco a trovarti qualcosa.»

Insiste nel pagare il conto quando arriva e, anche se è umiliante, glielo lascio fare. Siamo amiche da trent'anni, durante i quali le nostre finanze hanno fluttuato moltissimo. Ma odio lo stesso non potermi permettere di pagare la mia parte. Ho quarantatré anni e lavoro da più di venti. Dovrei potermi pagare un pranzo.

Due grosse gocce d'acqua atterrano sul piattino della carta di credito mentre Chris lo porge al cameriere. Diamo un'occhiata verso l'alto proprio mentre il sole scompare improvvisamente dietro un grande banco di infauste nuvole grigie.

«È la settimana di Wimbledon» sospira Chris. «Sarà meglio muoversi. Fra poco si aprirà il cielo.»

Mentre pronuncia quelle parole, iniziano a cadere alcune gocce sul lungomare e poi, nel giro di pochi secondi, inizia a piovere seriamente. Ci scambiamo un rapido abbraccio e Chris salta sul suo Uber mentre io corro per la strada verso la mia auto, con la borsa di paglia sulla testa a mo' di ombrello. Quanto sia efficace lo si può immaginare, e quando mi siedo sul sedile, sono fradicia.

Appoggio la borsa rovinata sul sedile del passeggero e scuoto le pieghe bagnate del vestito, sobbalzando appena noto la mia immagine riflessa nello specchietto. Mi cola il mascara e i capelli mi stanno appicciati al cranio in maniera decisamente poco attraente. Non che abbia alcuna importanza, non ci sarà nessuno a vedermi quando torno a casa eccetto Bagpuss.

Il resto del weekend si prospetta sonnolento, un vuoto di molte ore che farò fatica a riempire. Questa è un'altra cosa che nessuno ti dirà mai del divorzio: la totale solitudine. Prima di avere figli mi godevo quella solitudine e riuscivo a passare un intero weekend felicemente da sola, a leggere un bel libro o facendo ricerche per una storia. Ma dopo ho dovuto plasmare i contorni della mia vita intorno a Bella e Tolly e adesso la loro assenza è un dolore fisico.

Mi immetto nel traffico del sabato pomeriggio verso la città. Bella mi ha mandato un messaggio stamani chiedendomi di lasciare il suo portatile a casa del padre. Taylor la raggiungerà lì per lavorare a un compito scolastico e se l'è scordato a casa.

Anche al massimo della velocità, i tergicristalli fanno fatica a tenere il ritmo incessante della pioggia; do uno sguardo alle nuvole incombenti mentre sono ferma a un incrocio, mordendomi il labbro ansiosamente. Il tetto della cucina ha iniziato ad avere delle perdite lo scorso inverno e nonostante mio fratello abbia rattoppato temporaneamente il buco per resistere fino a quando mi sarei potuta permettere di sistemarlo per bene, un temporale del genere lo metterà a dura prova. Avrei dovuto farlo riparare in primavera, ma tutti i preventivi si aggiravano su cifre di diverse migliaia di sterline. Denaro che semplicemente non ho.

Finalmente vedo un buco nel traffico. Alzo il piede dal freno e con deprimente prevedibilità il motore si spegne. Con un sospiro, giro la chiave e riprovo. Niente.

Un'auto dietro di me suona, metto le quattro frecce e riprovo ad accendere il motore. Non succede assolutamente niente. Sto bloccando il traffico, dovrò chiamare un meccanico. Dio solo sa quanto mi costerà.

Il SUV dietro di me suona il clacson di nuovo, apro la portiera furiosamente e scendo sotto la pioggia battente. «Senti, si è rotta!» urlo. «Girami intorno, no?»

Anche il guidatore del SUV scende. «Serve aiuto?»

«Andrew!»

Fa cenno alle macchine in coda di girare intorno e apre il cofano. «Fammi vedere se riesco a farla ripartire.»

Ma stavolta anche il tocco magico di Andrew fallisce nel tentativo. Chiude il cofano togliendosi la pioggia dagli occhi. «Sterza da quella parte» dice indicando un piccolo spiazzo al lato della strada. «Io spingo.»

Fortunatamente la Honda è leggera e basta un minimo sforzo per spostarla dalla strada.

«Grazie» gli dico mentre esco dalla macchina e la chiudo. «Ora devo trovare qualcuno che venga a prenderla. Ti do il computer di Bella prima di dimenticarmene. Mi potresti lasciare alla fermata del bus per favore?»

«Non essere ridicola. Sei fradicia. Vieni da me e asciugati.»

Esito. Ho portato i bambini a casa di Andrew e Caz a

Brighton molte volte, senza mai entrare e nemmeno voglio farlo. Ma sono bagnata fino alle ossa e non riesco a pensare a un valido motivo per non accettare l'offerta di Andrew.

«Andiamo» incita Andrew. «Ho un amico, Tom, ha una carrozzeria non lontano da qui. Lo chiamo, gli chiedo di venire a prenderla e di darle un'occhiata. Non ti farà pagare, mi deve un favore.»

«Se sei sicuro» gli dico.

«Certo che sono sicuro» dice Andrew.

12

Caz

Esco dal fioraio con le ali ai piedi e un bel mazzo di gigli Casablanca; apro l'ombrello mentre schivo la pioggia per arrivare alla mia auto. I fiori sono un po' stravaganti, lo so, ma non ho resistito quando li ho visti tornando a casa dall'enoteca.

È stato proprio un bel fine settimana. Ieri sera abbiamo portato tutti e tre i ragazzi a vedere l'ultimo film della Pixar e poi siamo andati a mangiare una pizza; Bella ha smesso di recitare la parte della *dark* e ha scherzato con i fratelli come una normale teenager. Si è svegliata a un orario ragionevole stamani e si è addirittura offerta di accompagnarmi al mercato contadino del sabato senza che il padre la spronasse. Non è stata particolarmente loquace, ma del resto non lo è mai. Apprezzo che parli solo quando ha qualcosa da dire. E quando la donna che pesava i pomodori si è rivolta a lei chiamandola casualmente mia figlia, Bella non l'ha corretta. Lo sapevo che ci stavamo avvicinando. È solo questione di pazientare.

Sposto il bouquet nella mano sinistra, apro la mia Audi e appoggio i fiori attentamente sul sedile del passeggero. Andy dovrebbe essere già tornato con *fish and chips* quado arriverò a casa e non vedo l'ora di passare la serata in famiglia, anche se avrei preferito che Bella non invitasse anche Taylor.

Quella ragazza ha davvero una cotta per Andy, anche se sembro l'unica a notarlo.

«Sono a casa!» canticchio mentre entro in cucina. «Dove siete tutti?»

«Siamo qui» risponde Andy dal salotto.

Metto i gigli nel lavandino e mi guardo intorno cercando un vaso. «Avevano ancora l'eglefino o hai preso il merluzzo?»

Non risponde, perciò entro in salotto con il vaso in mano. Seduta sul divano accanto a mio marito, tranquillamente a suo agio, c'è Louise.

«L'auto di Louise si è guastata mentre veniva qui a portare il portatile a Bella» dice Andy, leggermente imbarazzato. «Ero casualmente dietro di lei quando si è piantata. Il motore non girava nemmeno. Tom l'ha trainata al garage. La povera Louise era completamente bagnata quindi l'ho portata qui per asciugarsi.»

«Che fortunata» dico, a denti stretti.

«Vero?» risponde Louise.

Non ci credo nemmeno per un secondo che si sia trattato di una coincidenza. Probabilmente è stata ferma in una stradina per ore, aspettando che Andy uscisse, prima di inscenare il suo piccolo "intoppo". Vorrei tanto prendere a schiaffi quella stupida e compiaciuta faccia.

«A questo punto rimani a cena» le dice Andy, con il braccio appoggiato in maniera disinvolta sullo schienale del divano, mentre lei mi sorride protetta quel largo abbraccio. «Ho preso *fish and chips* per tutti. I ragazzi non finiscono mai la loro porzione comunque.»

«Andy» dico tesa. «Possiamo parlare un attimo?»

Mi dirigo in cucina irritata e tremante dalla rabbia. Come

può non vedere quello che *lei* sta facendo? Ha sabotato lo scorso fine settimana e adesso ci risiamo, si intrufola nei nostri momenti in famiglia.

Andy chiude la porta dietro di noi. «Ascolta, lo so che non è il massimo, ma che altro potevo fare?»

«Oh, non lo so. Chiamare il carro attrezzi come una persona normale?»

«Caz, non lascio la madre dei miei figli in mezzo alla strada sotto la pioggia battente» risponde sereno. «Abitiamo a due minuti di distanza. Mangiamo un boccone e se ne va. Dài, che male potrà mai fare?»

Fare una scenata è esattamente quello che vuole Louise. Ho commesso quell'errore la settimana scorsa e lei ne è uscita splendente come una rosa, mentre io, be', ne sono uscita sapendo di qualcosa di non altrettanto fragrante.

«Va bene» dico. «Possiamo mangiare *fish and chips* mentre Tom dà un'occhiata all'auto e, se non ce la fa a ripararla oggi, le chiameremo un Uber.»

«In realtà, le ho già detto che può prendere la Range Rover.»

«Andy! Mi servirà la prossima settimana per prendere l'armadio della camera di Kit. Per quanto gliel'hai prestata?»

Non sembra a suo agio. «La Honda sta esalando gli ultimi respiri. E se si fosse rotta con Bella e Tolly dentro?» Si mette sulla difensiva. «Abbiamo l'Audi. Lasciamo il Range Rover parcheggiato per settimane intere e anche quando ci siamo lo usiamo a malapena. Siamo a due passi dalla stazione e poi è impossibile parcheggiare quel dannato coso. Sarà meglio senza.»

Non è per la macchina. È il modo in cui Andy si lascia manipolare da Celia e Louise che mi fa impazzire. Quando si tratta delle donne Roberts, ha la spina dorsale di un mollusco.

«Le hai regalato la macchina?» chiedo, incapace di nascondere la rabbia. «Non pensi che avresti dovuto parlarne con me prima? Questo influisce su entrambi! Avremmo dovuto deciderlo insieme.»

«La Range Rover era nostra prima che tu e io ci conoscessimo» dice Andy, un po' bruscamente.

«Credo che spetti a me decidere se darla a Louise o no.»

«E l'Audi è mia. Ciò non significa che la regalerei ad un'associazione per i diritti degli animali senza prima parlarne con te.»

Ci scambiamo uno sguardo furioso. Sono anni ormai che questi litigi per questioni familiari con Louise si ripresentano. Periodicamente dichiariamo una tregua che porta pace e tranquillità per qualche mese, poi Louise sgancia una qualche bomba, tipo chiedere soldi per l'apparecchio di Bella o cambiare i programmi estivi quando abbiamo già comprato i voli, e ritorniamo al punto di partenza.

La porta della cucina si apre. «Scusate se interrompo» dice Louise, tutt'altro che dispiaciuta.

«Non interrompi nulla» risponde Andy. «Stavamo giusto mettendo la cena nei piatti. Caz, puoi prendere l'aceto e la salsa Worchestershire?»

«Mi dispiace, ma in realtà non posso fermarmi per cena» dice Louise. «Ho appena ricevuto uno spiacevole messaggio da parte di Gavin, il contadino che possiede il campo di fronte a me. Dice che il portico della cucina sta collassando a causa della pioggia. Non posso lasciare che crolli, sta cercando una scusa qualunque per far dichiarare la casa inagibile.»

«Inagibile?» esclama Andy. «E per quale motivo?»

«Vuole che venda il recinto sul retro a dei costruttori così possono avere un accesso sul suo terreno e costruire una nuova proprietà. Ho rifiutato e non ne è felice. Lo sai quanto è instabile quel portico, alcune travi sono completamente marce. Devo tornare e controllare la situazione.»

«Ti accompagno» dice Andy.

«Oh, non c'è bisogno…»

Andy mi sbatte il sacchetto tiepido pieno di *fish and chips* in mano. «Non essere ridicola, Louise. Non ti lascio da sola a sistemare questo caos, specialmente se c'è un contadino vendicativo che ti sta col fiato sul collo. Almeno mettiamo un telo cerato sul portico finché non troviamo qualcuno che lo sistemi. Caz può stare con i ragazzi per un paio d'ore.»

«E la cena?» protesto mentre li seguo nell'ingresso.

Mi guarda come se fossi ritardata. «Mangerò più tardi.»

Bella e Taylor stanno già aspettando davanti alla porta, i capelli raccolti sotto due cappellini neri uguali e gli zaini sulle spalle magre.

«Ve ne andate anche voi?» esclamo. «E i vostri *fish and chips*?»

«Non ho fame» dice Bella.

Tolly corre giù per le scale. «Aspettatemi!»

Louise scompiglia i capelli del figlio. «Vuoi tornare a casa con la mamma, tesoro? Potremmo accoccolarci sul divano e guardare *Coco*, che ne dici? O vuoi rimanere qui con Caz? Sono sicura che ti troverà qualcosa da fare.»

Tolly si sporge verso le gambe della madre. Ha quattro anni, non c'è gara. «Voglio stare con te, mamma.»

«Bella, pensavo volessi venire con me a quel mercatino dell'antiquariato domattina» dico, cercando di camuffare il tono di supplica nella mia voce. «Fanno dei gioielli *steampunk* eccezionali. Ti piaceranno.»

Alza le spalle, girando di continuo l'anello al pollice con le dita. Non so cosa le abbia detto Louise quando non eravamo nella stanza, ma è chiaro che fosse abbastanza per rinchiuderla di nuovo nel suo guscio.

Andy apre la portiera dell'auto per Louise con una familiarità tale da pugnalarmi al cuore. «Ti mando un messaggio Caz, ti faccio sapere come vanno le cose. Torno tra un'ora, due al massimo.»

Guardo Louise salire sulla *mia* macchina con *mio* marito, sentendomi come se mi avessero rapinata. Come ci riesce quella donna?

Tre ore dopo Andy ancora non mi ha scritto e alla fine decido di mettere Kit a letto. Getto gli avanzi di *fish and chips* nella spazzatura, odiando quella sensazione di insicurezza che mi fa contorcere lo stomaco. So di non essere razionale quando si tratta di Louise, ma so anche quanto fosse indeciso Andy, saltando da una all'altra per un anno prima di lasciarla. Siamo sposati adesso e abbiamo un figlio, ma come faccio ad essere sicura che non tornerà di nuovo da lei?

Aspetto fino alle dieci, determinata a non sembrare bisognosa e gelosa, ma alla fine non ne posso più e gli mando un messaggio. Quando non risponde dopo venti minuti, ne mando un altro, finché alla fine, verso le undici, getto la spugna e lo chiamo.

Non risponde.

13

Louise

Io e Andrew non siamo soli così da più di quattro anni. Dovrei sentirmi a disagio, ma stranamente è una sensazione confortevole e familiare. Guardo dietro di me: Bella e Taylor sono incollate ai cellulari e Tolly sta dormicchiando sul poggiatesta del seggiolino, con le palpebre che si stanno per chiudere.

«Non dovevi accompagnarmi a casa» dico, mentre Andrew guida tra le strette stradine verso Petworth. La pioggia sta cadendo ancora più forte adesso e sono contenta che sia lui a guidare e non io. «Sarebbe andato bene un taxi.»

«Te l'ho detto, ti tieni quest'auto» dice Andrew. «Noi non la usiamo mai comunque. Avresti dovuto prenderla da subito al posto della Honda. La maggior parte del tempo siamo a Londra e rimane qui ferma fuori casa. E poi, i bambini passano molto più tempo con te. Non so perché non ci abbiamo pensato prima.»

Min ci aveva pensato. Il mio avvocato divorzista ci aveva pensato. Dio solo lo sa, mia madre aveva chiaramente espresso la sua opinione al riguardo. Ma il problema della natura litigiosa del divorzio è che una volta messi nel mezzo gli avvocati, anche la persona più ragionevole del mondo punta i piedi e combatte dieci round per cose che nemmeno vuole. A

Andrew non piaceva la Range Rover. Ha sempre pensato che fosse difficile da guidare e mi faceva spesso la paternale sull'eccessivo consumo di benzina. Abbiamo combattuto per l'auto solo perché in quel momento stavamo litigando anche per i cucchiaini.

Non posso dare la colpa solo a Andrew per la nostra discesa nell'inferno del divorzio, così "cliché". Ero ferita e addolorata, la mia vita era stata stravolta. Ho giocato sporco anch'io. Gli ho reso la vita più difficile del dovuto riguardo ai figli. Non ne vado fiera, ma le visite a Tolly e Bella sono diventate la mia arma prediletta, come il denaro era la sua. Ci mette in cattiva luce entrambi.

Andrew gira nel nostro vialetto pieno di buche, passando in profonde pozzanghere che avrebbero sommerso la mia povera Honda. Ancor prima di raggiungere la casa, riesco a vedere il danno al portico. Uno dei pilastri è piegato in modo preoccupante verso l'esterno sotto la pressione del soffitto sovrastante pieno d'acqua, che si sta imbarcando come se stesse per dare alla luce una qualche forma di vita aliena. Prego il Signore che sia solo il portico ad avere problemi e non la cucina.

Andrew salta fuori sotto la pioggia battente. «Bella, porta dentro tuo fratello» urla, togliendo il figlio assonnato dal seggiolino e passandolo alla sorella che tenta di proteggerlo dal diluvio come meglio può, mentre lei e Taylor incespicano verso casa. «Louise, hai qualcosa in uno dei capanni che possiamo usare per tenere su quella colonna nel portico?»

«Niente di abbastanza resistente» gli urlo, quasi incapace di sentire le mie parole per la pioggia torrenziale. «Forse uno dei vecchi ostacoli per i cavalli?»

Corriamo verso il retro della proprietà, dopo l'orto, verso quello che una volta era un recinto, molto prima che comprassimo la casa. Sono già infradiciata fino alle mutande e, anche se non fa freddo, sto tremando così forte da battere i denti. Il recinto è pieno di erbacce fino alla vita, ma alcuni vecchi ostacoli e pali si trovano ancora lì. Ne tiriamo fuori uno dalle erbacce attaccate, pulendolo dallo sporco e dai vermi. La pioggia lo rende scivoloso, ma in due riusciamo in qualche modo a sollevarlo e trasportarlo intorno al cottage fino al portico.

È allo stesso tempo strano e naturale lavorare in coppia, come se gli ultimi cinque anni non fossero mai trascorsi. Non è una sorpresa che Caz abbia lottato così ardentemente per evitare una situazione del genere. Un qualche senso viscerale deve averla avvertita che la familiarità, l'abitudine di un amore durato più di dieci anni prima del suo intervento fosse più letale di quanto potesse mai esserlo la passione. Specialmente quando non è stata la fine di quell'amore, ma i suoi inganni e le sue manipolazioni, a dividerci.

Sembriamo così patetici quando entriamo in casa infangati che entrambi iniziamo a ridere. «Credo tu abbia lasciato qualche felpa su» gli dico mentre mi strizzo i capelli sul pavimento. «Fammi dare un'occhiata mentre vai in mansarda a controllare il tetto.»

Non ho bisogno di dare un'occhiata. So esattamente dove sono i vestiti di Andrew. Quando se n'è andato, così all'improvviso quella sera terribile di quattro anni fa, una settimana dopo la nascita di Tolly, ha preso solo i vestiti che si sposavano con la sua nuova e sofisticata vita metropolitana al fianco di una affascinante bionda. Jeans neri costosi, golf di cachemire, abbigliamento sportivo di marca: i vestiti che avevo notato apparire gradualmente nel suo guardaroba nei dodici mesi precedenti. Ha lasciato qui i maglioni di aran che erano stati parte della sua vita con me.

Rovisto nel mio armadio, tirando fuori un paio di jeans e una camicia di flanella. Mi fermo ad accarezzare la sua morbidezza per un momento. Una parte di me ha sempre saputo che un giorno sarebbe tornato a prenderli.

Mentre torno sul pianerottolo, Andrew appare dalla mansarda, scuotendo via polvere e intonaco dalle mani. «È il solito punto» dice, riferendosi a una vecchia perdita dal tetto che il perito ci aveva fatto notare sedici anni fa. «Avrà bisogno di molto di più di una toppa stavolta. Le tegole sono andate. L'ardesia è così morbida che si sbriciola a toccarla. L'intera sezione ha bisogno di essere sostituita.» Si passa le mani tra i capelli bagnati con un movimento così familiare che mi si stringe il cuore. «Ho spostato la parte di isolante che era impregnata d'acqua e che gravava ulteriormente sul soffitto. Incrociamo le dita perché regga finché potremo uscire e sistemarlo.»

Gli porgo i vestiti asciutti. «Vuoi farti una doccia calda? Hai le labbra viola.»

«Non mi dispiacerebbe» ammette. «E tu?»

«È un invito?»

Nel momento in cui le parole mi escono dalla bocca, arrossisco fino alla punta dei capelli, terribilmente mortificata. Ho perso il diritto di dire una cosa del genere a mio marito quando si è sposato con un'altra.

Ma lui ride, una folata di genuino divertimento, e in quel singolo scambio sparisce quel senso di garbo tra estranei che ha permeato gli ultimi quattro anni.

«Non ti preoccupare, la tua virtù è al sicuro.» Sorrido. «Farò la doccia dopo di te. Getta i vestiti bagnati fuori dalla porta del bagno così li metto nell'asciugatrice. E non consumare tutta l'acqua calda.»

Qualche minuto dopo Andrew butta i jeans e la maglia fradici sul pavimento. Li raccolgo, vado al piano di sotto e apro la porta del salotto. I tre ragazzi sono rannicchiati sul divano davanti alla TV. Nessuno alza lo sguardo. Li lascio stare mentre mi fermo nel corridoio per un momento ad ascoltare il rumore della doccia al piano di sopra. So che tutto ciò non è reale. Un nostalgico tuffo nel passato per entrambi, tutto qui. Ma adesso mio marito è al piano di sopra, i miei figli nella stanza accanto e per la prima volta da molto tempo, più di quanto riesca a ricordare, il mio mondo sembra in equilibrio.

Apro lo sportello dell'asciugatrice in cucina e con un gesto automatico controllo le tasche prima di buttare tutto dentro. Mi fermo di colpo quando trovo il telefono di Andrew nei jeans. Non ci sono ancora chiamate perse, ma siamo via da quasi due ore, non ci vorrà molto prima che Caz lo richiami all'ordine.

Metto il telefono in modalità silenziosa e lo faccio scivolare sotto una pila di asciughini. Voglio solo tenerlo qui un po' più a lungo, per essere di nuovo una famiglia, anche se per qualche ora soltanto. A Bella e Tolly farà bene passare un po' di tempo con il padre senza avere anche lei tra i piedi.

Dopo aver tirato fuori dal freezer un pasticcio di carne fatto in casa, il preferito di Andrew, lo metto nel microonde per scongelarlo. Qualche minuto dopo sento una risata venire dalla stanza accanto: è Tolly che urla per il solletico, la risata bassa e pigra di Andrew e la rara gioia di Bella che sghignazza. Non la sento ridere così da tanto, ormai.

Poco dopo, Andrew entra scalzo in cucina, seguito da una fila di bambini con le guancette rosa come fosse il pifferaio magico. «Ehi, Lou, Taylor dice che sta pensando di diventare una giornalista» dice annuendo verso la ragazza. «Pensavo che potresti darle dei consigli.»

«Certo» dico, alzando lo sguardo mentre preparo la tavola per cinque. «Ti interessano i giornali o le riviste, Taylor?»

La ragazza gira nervosamente un anello d'argento tra le dita. «Senza offesa, signora Page, ma sarei più interessata alla televisione.»

«Non ti biasimo» sospiro. «I giornali sono una specie in via d'estinzione. Se esiste un futuro nel giornalismo, sarà online. Ma è Andrew quello con cui parlare se stai pensando alla TV.»

«Papà perché non le fai fare un giro alla INN?» suggerisce Bella. «Potrebbe venire a stare con noi a Londra e potresti portarla nel tuo ufficio e presentarle tutti.»

«Oh, mio Dio, sarebbe super figo!» esclama Taylor.

«Le vacanze estive iniziano a breve, giusto?» chiede Andrew mentre individua una bottiglia di Pinot Grigio nel frigo e rovista in un cassetto alla ricerca di un cavatappi. «Perché non vieni un giorno intero allo studio, Taylor? Così vedi come è costruito il programma dalla A alla Z.»

«Davvero?»

«Magari qualcuno potrebbe portarti fuori per seguire una storia, in caso non ci siano troppe notizie quel giorno.»

«Sarebbe super fantastico!»

Servo la cena per tutti e cinque al tavolo della cucina. I ragazzi sono attratti da Andrew come fili di ferro da una calamita. Tolly chiacchiera in continuazione mentre Bella finisce il piatto per la prima volta da mesi. Nel suo vecchio golf preferito e nei jeans consumati, Andrew sembra più giovane e rilassato che mai.

«Era buonissimo» dice spingendo all'indietro la sedia e prendendo Tolly in collo. «Nessuno fa un pasticcio di carne buono come il tuo.»

«Grazie.» Sorrido.

«Immagino che dovrei chiamare Caz, sono le dieci passate. Si starà chiedendo che fine ho fatto.»

«Sì, penso che dovresti» concordo.

Si ferma a riflettere con aria pensierosa.

«Potrebbe essersi addormentata» aggiunge. «Non ha chiamato, quindi ovviamente non è preoccupata. Anche se non sono sicuro di dove ho messo il telefono...»

«C'è del crumble di rabarbaro in frigo» dico.

Emette un sospiro. «Mi vuoi uccidere. Come posso dire di no al tuo crumble di rabarbaro?»

Mi alzo dal tavolo e apro il frigo, proprio mentre sento un rumore minaccioso. Per un attimo penso che sia il temporale all'esterno.

«Il soffitto!» Esclama Andrew all'improvviso.

Si alza dal tavolo con Tolly in braccio e spinge le due ragazze verso la porta. Mi lancio lungo la stanza per raggiungerli e tutti e cinque assistiamo attoniti dalla porta mentre il soffitto alla fine crolla, spargendo pezzi di tubi e schegge di legno ovunque. Andrew ci spinge in corridoio e chiude la porta della cucina.

Alla fine, il silenzio. «Aspettate qui» dice Andrew ai ragazzi mettendo giù Tolly.

Con cautela diamo una sbirciatina attraverso la porta della cucina. L'intero soffitto è crollato distruggendo metà cucina.

Porcellane, travi e vetri distrutti sono sparsi al suolo. Il collasso ha fatto venire giù anche una porzione di muro; la pioggia sta entrando dai buchi. Sembra che ci abbiano bombardati con un lanciarazzi.

Andrew mi mette un braccio intorno al collo mentre controlliamo il danno, entrambi scioccati. «Andrà tutto bene» dice.

Non riesco a trattenere un mezzo sospiro. Le implicazioni economiche o le minacce del contadino non hanno importanza; questa cucina è casa nostra da sedici anni. I segni che misuravano la crescita dei ragazzi sul muro ormai grondante d'acqua sono stati lavati via. Tolly ha mosso i suoi primi passi su queste mattonelle, adesso ricoperte da uno strato di macerie.

Andrew mi tira a sé proprio mentre alzo il mio volto segnato dalle lacrime. Per un momento i nostri sguardi si incrociano. Piega la testa verso di me e mi bacia; ogni terminazione nervosa nel mio corpo si accende in memoria della passione. Ci apparteniamo. È sempre stato così.

Premo il palmo della mano sul suo petto, su quella camicia di flanella così familiare. «Rimani» gli dico.

14

Caz

È stato fuori tutta la notte. Tutta la notte, senza una telefonata né un messaggio. Spero quasi che abbia avuto un incidente mentre tornava a casa, piuttosto che pensare a cosa potrebbe aver fatto con lei.

Non mi sfugge l'ironia della cosa: questo è quello che deve aver provato Louise quando sapeva che era con me. Mi giro e rigiro nel letto vuoto, consumata da un'acida gelosia. È stato già abbastanza insopportabile vederlo tornare da lei quattro anni fa, dopo che è rimasta incinta di Tolly. Ma in quei giorni, nonostante le promesse che mi faceva, sapevo che non era completamente mio, non proprio. C'era ancora un residuo senso di colpa da parte mia, quella sensazione che in qualche modo mi meritassi l'incertezza e l'agonia del chiedermi se sarebbe mai tornato da me.

Ma adesso è mille volte peggio. Sono sua moglie. Abbiamo un figlio. Come può farmi questo?

Nello stesso modo in cui lo ha fatto a lei, suppongo.

«Vai là» ordina Angie quando la chiamo a mezzanotte, incapace di dormire. È sabato sera, lei è fuori in qualche bar e riesco a malapena a sentirla sopra la forte musica in sottofondo. «Non sei una povera mogliettina frustrata, scalza e incinta in cucina. Vai là e risolvi la questione.»

«Non posso, ho Kit.»

«Mettilo in macchina, dormirà tutto il tempo.»

«Non voglio trascinare Andy a casa come se fossi una zitella isterica» dico irritata. «Non le darò questa soddisfazione.»

«Be', cambia le serrature allora. Io lo farei.»

Facile a dirsi per lei. A Angie non è mai piaciuto molto Andy, anche se non ha mai detto una parola contro di lui da quando ci siamo sposati. Odiava quei mesi in cui rimbalzava tra me e lei e disprezzava un uomo che non era contento di rendere infelice una sola donna, riuscendo a farne soffrire due. Quei mesi passati ad aspettare che Andy si decidesse tra noi sono stati i più brutti della mia vita, come se qualcuno mi staccasse la pelle dal corpo a strisce colme di tormento e sangue. Quando alla fine ha lasciato Louise, ferito, amareggiato e arrabbiato, ha giurato che avrebbe chiuso con lei per sempre.

Nonostante quello che pensa lei, non sono io che le ho sputtanato un divorzio decente: è stato Andy. Voleva farla soffrire. È stato lui a insistere per sposarci appena il divorzio è stato finalizzato. Io avrei voluto aspettare, in modo da far calmare le acque tra un matrimonio e l'altro, ma lui era determinato. Anche allora sapevo che aveva molto poco a che fare con l'amare me e molto di più con il punire Louise. La odiava così tanto che non aveva spazio per nient'altro.

Ma l'odio consuma e ci vogliono troppe energie per tenerlo vivo. E poi, dovevamo considerare i bambini. Per il loro bene dovevamo tutti trovare un modo civile di comportarci. Difficile a credersi adesso, ma mi sono sentita davvero sollevata quando Andy ha smesso di chiamarla "Quella Stronza" e ha ricominciato a parlarle quando veniva a prendere i bambini a casa nostra la domenica sera. Per un breve momento ho pensato che saremmo potuti diventare una moderna famiglia allargata, capace di andare avanti con le nostre vite.

Avrei dovuto saperlo: Andy non è in grado di avere un semplice rapporto cordiale con Louise. Per lui è o tutto o niente. Amore e odio sono facce opposte della stessa medaglia. Lei è sempre riuscita ad avere una certa influenza su di lui e niente di quello che faccio sembra cambiare questa cosa. Perciò eccoci qua, con Louise che muove i fili e Andy che corre a casa sua ogni volta che deve cambiare una lampadina. Da quattro anni sta solo prendendo tempo, aspettando il suo momento. E ora è arrivato.

Fisso il soffitto, il mio stomaco borbotta per l'ansia. Non riesco ad immaginarmi una vita senza Andy. Se è tornato da lei, non so come farò a riprendermi.

Devo essere caduta in un sonno intermittente, perché quando mi sveglio con un balzo è giorno. Mi siedo di scatto, il cuore va a mille e ascolto i rumori dei movimenti che provengono dal piano di sotto. Per un attimo mi chiedo se qualcuno abbia fatto irruzione, poi sento la voce di Andy.

Il mio sollievo iniziale per il suo ritorno viene immediatamente spazzato via dal desiderio di saltare fuori dal letto e andare di sotto infuriata, esigendo di sapere dove è stato. Devo forzarmi a rimettermi sdraiata, respirando profondamente finché riesco a calmare la mia rabbia. Non posso andare giù e fare una scenata. È tornato, il che significa che ancora non è finita. E sento anche le voci di Bella e Tolly, sicuramente non li avrebbe portati qui se stesse pensando di tornare con Louise.

I battiti rallentano. Forse ho reagito in modo esagerato, dopotutto. Alla luce del sole, la mia folle gelosia sembra meno razionale. Ha piovuto incessantemente tutta la notte; la tempesta era abbastanza forte da buttare giù gli alberi. Louise vive in mezzo al nulla. Il segnale del telefono è a zone, se e quando c'è. Forse non ha voluto rischiare di guidare nel mezzo della notte con rami sparsi per la strada e non ha potuto chiamarmi per avvisare. La strada potrebbe essere allagata. Oppure…

«Sei sveglia?» sussurra Andy, infilando la testa nella porta.

Cercando di avere un'espressione di benvenuto, tiro fuori le gambe dal letto. Ma la mia pacata richiesta di sapere perché mio marito ha passato la notte fuori mi muore sulle labbra quando noto quell'orribile camicia di flanella da boscaiolo e i jeans da nonno. «Che cosa diavolo hai addosso?»

Si guarda. «I miei vestiti erano zuppi di pioggia. Li abbiamo messi nell'asciugatrice ma è andata via la corrente quindi ho dovuto mettermi qualche vecchio vestito che avevo lasciato da Louise.»

Non riesco a vederlo vestito così. Mi riporta alla mente troppi ricordi infelici. «Vado a prenderti qualcosa di decente da metterti» gli dico aprendo l'armadio. «Non puoi andare a giro vestito così…»

«Va bene così» dice impaziente. «Senti, mi dispiace non averti chiamata ieri sera per farti sapere che sarei rimasto lì. È stata una serata terribile. È crollato l'intero soffitto della cucina e il mio telefono è sepolto lì da qualche parte, sommerso da uno strato di macerie. Grazie a Dio nessuno si è fatto male.»

Se solo la casa fosse crollata sopra a Louise, come succede alla Malvagia Strega dell'Est, lasciando solo le pantofole rosse… «Ero preoccupata per te» dico, senza girarmi.

«Lo so. Mi dispiace. Come ho detto, è andata via la corrente quindi non potevo chiamarti dalla linea fissa. Ma sapevi dov'ero, quindi ero sicuro che non ti saresti preoccupata.»

Proprio perché sapevo dov'era, ero fuori di me dall'ansia. «Sei riuscito a dormire un po'?»

«Accoccolato con Tolly per un paio d'ore, niente di più. Sono a pezzi.»

Mi giro, scrutando il suo volto, attenta a carpire qualsiasi segnale di menzogna. Andy è un ottimo attore: può dimostrare preoccupazione o cinismo a richiesta, a seconda della storia che sta raccontando. Anche dopo quattro anni insieme, non sono mai del tutto sicura se gli è piaciuto quello che ho cucinato o se fa solo il gentile.

Qualcosa non quadra. Sta sostenendo il mio sguardo un po' troppo fermamente. La sua espressione sembra stranamente familiare...

Ma certo. È quella che aveva quando tornava da Louise dopo aver passato la notte con me.

Non ho il tempo di processare l'informazione che nel nostro matrimonio si è aperta una enorme crepa. Prima che riesca a rispondere, la donna responsabile appare sulla soglia di camera mia come un'apparizione dall'inferno.

«Scusa il disturbo,» dice Louise «potresti dirmi dove tieni i lenzuoli di ricambio?»

CHRISTINA MURDOCH
INTERROGATORIO REGISTRATO PARTE PRIMA

Data: 1° agosto 2020
Durata: 27 minuti
Luogo: Centrale di polizia di Kingsbridge

Condotto dagli agenti della Polizia di Devon e Cornwall

POLIZIA	Quindi lei da quanto conosce Louise Page, signorina Murdoch?
CM	Oddio, non lo so. Trent'anni?
POLIZIA	E sostiene che il lavoro fosse una sua idea, non di Louise?
CM	Sì. Ad essere sincera, non pensavo che sarebbe stata interessata dopo aver sentito i dettagli.
POLIZIA	Ma lo era?
CM	Aveva bisogno di denaro.
POLIZIA	Quando avete avuto questa conversazione?
CM	Non ricordo esattamente. [Pausa.] Abbiamo pranzato insieme forse quattro o cinque settimane fa. Louise ha accennato al fatto che d'estate non l'avrebbero pagata e che stava cercando dei lavori freelance per

tenersi a galla. Le ho detto che avrei potuto aiutarla. Mi ha richiamato una settimana dopo per parlarne.

POLIZIA Quindi è stata una *sua* istigazione?

CM No, come le ho detto me lo ha solo ricordato... Senta, cosa importa? Non ha niente a che vedere con quello che è successo a Andrew. Non era Louise a perseguitare Caz, era il contrario.

POLIZIA Ma si è trasferita nell'attuale abitazione della signora Page, esatto? Non le è sembrato un po' strano?

CM È stata un'idea di Andrew, non sua. Il soffitto della sua cucina è crollato durante una tempesta e non aveva nessun altro posto dove andare. La casa dei suoi non è abbastanza grande e non poteva permettersi un hotel.

POLIZIA Presumibilmente il signor Page avrebbe potuto permetterselo?

CM Non lo so, suppongo di sì.

POLIZIA Ma invece ha suggerito all'ex moglie e ai figli di trasferirsi nella sua casa?

CM Questo è quello che mi ha detto Louise.

POLIZIA Perché pensa che l'abbia fatto?

CM Non ne ho idea.

POLIZIA Caroline Page non sarà stata esattamente felice della cosa, che ne pensa?

CM Non penso che ne fosse entusiasta. Ma lei e Andrew vivono a Londra la maggior parte del tempo. Louise stava solo prendendo in prestito la casa per un paio di settimane. Non avrebbero vissuto tutti insieme tipo mormoni.

POLIZIA Quindi il piano era che il signore e la signora Page sarebbero tornati a Londra con il figlio, mentre Louise Page sarebbe rimasta con i figli nella casa di Brighton finché la cucina fosse non riparata?

CM Sì.

POLIZIA Ma circa una settimana dopo se n'è andata improvvisamente. Lei sa qual è il motivo?

CM Louise e Caz hanno litigato.

POLIZIA Sarebbe l'alterco per il quale è stata chiamata la polizia?

CM No, quello è stato dopo.

POLIZIA Lei conosce i motivi di questo primo litigio?

CM Non proprio. [Pausa.] Senta, non mi sento a mio agio a parlare per lei. Dovreste chiederlo a lei.

POLIZIA Lo faremo. Sarebbe quindi corretto affermare, signora Murdoch...

CM Signorina.

POLIZIA Mi scusi, *signorina* Murdoch, sarebbe corretto affermare che in generale Louise e Caroline Page non andassero d'accordo, specialmente negli ultimi due mesi circa?

CM Sì.

POLIZIA E lei ha comunque pensato che assumere Louise Page fosse una buona idea? Stava sicuramente gettando benzina su una situazione già estremamente esplosiva.

CM Non ha niente a che vedere con la morte di Andrew.

POLIZIA Ne è davvero sicura, signorina Murdoch?

Quattro settimane prima della festa

15

Louise

È strano e inquietante trovarmi nella casa che Andrew e Caz condividono. Ci sono tante cose che riconosco, oggetti familiari con cui ho vissuto per più di un decennio prima che Andrew le portasse via con sé dopo il divorzio: il tappeto persiano che abbiamo comprato insieme, un ritratto di Bella a sei anni che avevo fatto fare da un amico per un compleanno di Andrew e una coppia di statuine di bronzo che erano di sua madre.

Ma ci sono anche tante cose diverse. Andrew ha cambiato lato del letto: i suoi libri, gli occhiali da lettura e la sveglia vecchio stile sono sul comodino destro adesso, invece che sul sinistro. Caz è chiaramente una maniaca del pulito: non ci sono calamite con messaggi attaccate al frigo che invece si moltiplicavano quando io e Andrew vivevamo insieme, e ogni bancone nella moderna e scintillante cucina è pulito in maniera impeccabile. Mi sa che questa cosa lo fa impazzire: odiava quando riponevo la macchinetta del caffè che usava tutti i giorni o se mettevo in ordine la pila di giornali nel cassetto. Gli piace avere le sue cose a portata di mano ed essere circondato dal normale caos della vita in famiglia. O almeno un tempo era così.

Rivendico la proprietà di molti dei miei libri preferiti sulle mensole in salotto e vado in camera di Kit per metterli in fondo alla valigia. Non riesco proprio a dormire in camera di Andrew e Caz, quindi uso quella di Kit, anche se mi escono i piedi dal bordo del letto. Copro i libri con una felpa e chiudo la valigia. Andrew non legge mai, non si accorgerà nemmeno della loro mancanza.

Da quando lui e Caz si sono sposati, sono sempre stata attenta ad evitare di immaginarmi la loro vita insieme. Non volevo che la loro relazione fosse reale. Ma adesso è inevitabile. Giro per la casa quando Bella e Tolly sono a scuola e mi tormento pensando all'ordinaria e domestica routine del loro matrimonio. Ci sono ovunque foto di loro due insieme o con Kit. Mi chiedo se siano davvero felici o se sia tutta una messa in scena.

«A me sembra triste» dice Min, rimettendo una foto di loro tre a sciare sul tavolino dell'ingresso. «Guarda i suoi occhi» aggiunge. «Si vede che sta odiando ogni secondo.»

Effettivamente lui odia il freddo. «Si è sempre rifiutato di andare a sciare quando eravamo sposati» dico con amarezza. «Ma per lei lo fa.»

È già per le scale. La seguo in camera di Caz e Andrew, guardandola mentre apre le ante della gigantesca cabina armadio di Caz, ficcando il naso senza pudore. «Gesù! Non ho mai visto così tante scarpe. Non mi meraviglia che Andrew pianga sempre miseria.»

«Aspetta di vedere i golf.» Apro una serie di cassetti. «Guarda, tutti divisi per colore. Cachemire, e non quello economico di M&S, questi sono veri...»

«Louise, cosa ci fai in questa casa?» chiede Min all'improvviso. «È una cazzata. Te l'ho detto, ti presto io i soldi per un hotel.»

«Non voglio i tuoi soldi.»

«Bene. Addebitalo sulla carta di credito. Rapina una banca, se devi. Ma non puoi stare qui un minuto di più. Non ti fa bene.»

Sapevo che Min l'avrebbe presa in modo sbagliato. «Non è che Andrew e Caz siano effettivamente qui» le faccio notare. «La casa rimane vuota la maggior parte del tempo.»

«E cosa farai quando è il loro fine settimana con i bambini? Reggerai il moccolo?»

«Bella porterà Tolly a Londra in treno, così Andrew e Caz non dovranno venire qui a Brighton finché la cucina non sarà finita. Noi tre possiamo rimanere qui per quanto ci serve.»

Percepisco ondate di giudizio da parte sua. Capisco come può sembrare dall'esterno, ma non è così. È solo una soluzione pratica a un problema logistico, tutto qui.

«Perciò quanto andrà avanti ancora?» chiede Min, mentre torniamo al piano di sotto. «Sei qui già da una settimana e la tua cucina sembrava ancora un campo di guerra quando mi sono fermata a prendere la posta.»

«Sembra peggio di quanto non sia in realtà. Il muratore dice che sarà pronta tra una o due settimane.»

«Settimane dei muratori?» La sua espressione si addolcisce. «Senti, lo capisco. Se fosse Luke vorrei curiosare anch'io. Non sopporti l'idea della loro vita insieme eppure non puoi non vederla. Ma non ti fa bene, Lou. Perché riaprire vecchie ferite? Dovete allontanarvi, non avvicinarvi.»

Ha ragione: non sono riuscita a smettere di pensare a Andrew dalla sera della tempesta. Pensavo di aver seppellito il dolore costante, ma dopo sabato mi sento come se fossi tornata al punto di partenza.

Mi conosce troppo bene, Min. «Non è per i soldi, vero?» chiede, a ragione. «Ti puoi permettere di stare in un bed and breakfast per qualche settimana. Cosa sta succedendo davvero?»

Non riesco a guardarla negli occhi.

«Oh mio Dio» esclama Min. «Ci sei andata a letto!»

«No! È stato solo un bacio» dico velocemente. «Ci siamo fatti prendere dal momento, tutto qui. Troppa nostalgia e vino rosso. Non succederà più» aggiungo, più per me stessa che per Min. «Non devi dirlo a nessuno. Giuramelo, Min, non dire una parola, nemmeno alla mamma. *Specialmente* a lei.»

«Oh Gesù, Lou. A cosa stavi pensando?»

Non ho una risposta da darle. Ho rivissuto quel bacio mille volte negli ultimi giorni, analizzandolo da ogni angolo possibile. Sono quasi sicura che sia stato Andrew a iniziare, ma gli ho messo io la mano sul petto e gli ho chiesto di rimanere, forse ho dato io il via. Forse lui ha pensato che volessi essere baciata. È successo qualcosa tra noi quella sera, lo abbiamo percepito entrambi. Non che ne abbiamo parlato poi, ovviamente. Tutti e due abbiamo fatto finta che non fosse successo nulla.

Non sarei umana se non provassi un po' di colpevole piacere nell'aver ribaltato la situazione nei confronti della donna che mi ha rubato il marito. Ma non mi fa sentire così bene come pensavo. Andrew si è costruito una vita e una famiglia con Caz ora, farli separare non mi renderebbe migliore di lei. Ho passato gli ultimi quattro anni a cercare di dimenticare Andrew. Non posso tuffarmi un'altra volta in quel mare di disperazione e tortura di quei mesi in cui la nostra relazione era altalenante.

Dopo che Min se n'è andata mi siedo al tavolo della cucina

e fisso il vuoto a lungo, rimuginando su quello che ha detto. C'erano diverse altre opzioni che avrei potuto scegliere invece di trasferirmi a casa di Andrew e Caz. Ci saremmo potuti stringere dai miei, avrei potuto sopportare la polvere causata dai muratori e rimanere a casa ordinando cibo a domicilio per qualche settimana. Sapevo che venire qui avrebbe infastidito Caz e che avrei messo zizzania tra loro.

All'improvviso mi vergogno incredibilmente di me stessa. Mi sono comportata come una perfida ragazzina. Non sono più così. Non faccio queste cose. Sono cambiata dai tempi di Roger Lewison. Adesso sono una madre e una giornalista rispettata. Una docente universitaria. Appena la cucina sarà vagamente vivibile, dovrò andarmene da questa casa.

Sposto la sedia all'indietro e scaccio il pensiero di Roger dalla testa. Inizio a controllare la posta che Min ha lasciato sul bancone. Noto una lettera dall'aspetto ufficiale da parte della Sussex University e metto giù tutte le altre buste per aprirla. Di solito non inviano nuovi contratti così presto e mi chiedo se abbiano apportato dei cambiamenti all'orario del mio corso.

Apro la lettera e do un'occhiata rapida, poi la leggo di nuovo più lentamente, con la rabbia che mi monta dentro. So esattamente chi c'è dietro a tutto ciò.

Be', se pensa che questo mi spaventi, scoprirà presto che ha avuto l'effetto diametralmente opposto. Questo gioco si può fare anche in due.

Forse non sono cambiata poi così tanto.

16

Caz

Si potrebbe pensare che a tenermi sveglia la notte sia immaginare mio marito nel letto di un'altra donna, invece è l'idea di avere Louise in casa *mia* che mi fa venire i brividi. Me la immagino a frugare tra i miei vestiti, ad aprire cassetti e sportelli, a sputare sulle foto mentre ficca il naso tra le mie cose. Andy pensa che sia ridicola, ovviamente. «Non lo farebbe mai» dice indignato, quando protesto, come se fossi pazza per averlo anche solo pensato.

Ho dovuto accettare tante cose negli anni, Dio solo lo sa, ma ha davvero oltrepassato il limite stavolta. Invitare Louise in casa nostra, per l'amor del cielo! Angie ha ragione: qualsiasi altra donna lo avrebbe buttato fuori di casa.

Ricevo una mail e mi scuoto di colpo dalla mia amara contemplazione. La apro ed esclamo frustrata. «AJ! Fai venire qui il team creativo in carico della campagna Vine!»

AJ si gira sulla sedia. «Qual è il problema?»

Giro lo schermo del mio computer verso di lui. «Guarda qui.»

«A me sembra tutto okay» dice AJ.

«Guarda più da vicino.»

Si avvicina e guarda da dietro le mie spalle, poi si gira verso di me confuso. «Hai detto che volevi qualcosa di diverso. Mantiba è sulla cresta dell'onda ora, tutti usano lui. Lei. Insomma, hai capito. La fluidità di generi è...»

«Non sono preoccupata per la modella, AJ» replico duramente. «Guarda cosa stanno indossando.»

«Non ti piacciono i pigiami? La Vine vuole un look rilassato, qualcosa da indossare tutto il giorno...»

«Pigiami a righe blu e bianche» lo interrompo. «Ti ricorda nulla?»

«Non proprio» risponde AJ.

«Be', forse ce la possiamo cavare, anche se penso che sia un po' attillato per essere comodo, se non fosse per il logo Vine a forma di stella gialla sul taschino sinistro.»

Ci è arrivato.

«Oh mio Dio» esclama AJ.

«Eccolo lì» dico, girando il monitor di nuovo verso di me.

«Sembra esattamente...»

«Non penso che *olocausto-chic* sia fattibile» dico, «ma non mandiamolo in prova, okay? Vai a dare un bel calcio nel didietro al team creativo e digli di rimediare a questo cavolo di errore, va bene? Prima di farci crocifiggere dal *Daily Mail*.»

Con mio grande rammarico, gli occhi di AJ si riempiono di lacrime. «Mi dispiace tantissimo» dice. «Ti ho delusa. È tutta colpa mia...»

«Cavolo, AJ. Non è colpa tua.» Mi chino sulla sua scrivania e lo abbraccio, sentendomi terribilmente in colpa per averlo fatto piangere. «Dài, l'abbiamo visto in tempo. Andrà tutto bene. Non c'è bisogno di andare nel panico.»

«Io e Wayne ci siamo lasciati» dice improvvisamente. «È tutto okay. Era nell'aria già da un po'.»

Sono uno schifo di amica. Avrei dovuto capirlo prima. AJ è sempre stato un po' fragile. È stato brutalmente picchiato da dei tipi omofobi al secondo anno della scuola d'arte e ha mollato il college per un anno. La cosa peggiore però era che il suo fidanzato dell'epoca non aveva ancora fatto *coming out* ed era uno degli aggressori. «Oh, AJ» gli dico dolcemente. «Mi dispiace tantissimo. Pensavo davvero che voi due sareste stati insieme a lungo.»

I suoi occhi si appannano. «Anch'io.»

Squilla il telefono di AJ e lui risponde. «Ne parliamo più tardi» gli dico sottovoce e mi fa un cenno veloce con il pollice verso l'alto.

Ho bisogno di un po' d'aria. Non fumo da quando ero al college, ma gli ultimi giorni mi hanno fatto ricadere nelle Marlboro rosse, anche se devo limitarmi a fumare in orario di lavoro per via di Kit. Afferro la borsa e vado giù al mezzanino, apro le porte a vetri per andare sulla terrazza che dà sulla strada.

Accendo la sigaretta e inalo quella rassicurante boccata di nicotina e sostanze chimiche cancerogene. È AJ che ha combinato questo pasticcio con la Vine, ma avrei dovuto accorgermene da sola. Me ne sarei accorta, se solo Louise non stesse occupando tutto lo spazio disponibile nel mio hard disk mentale. Ancora non so esattamente cosa sia successo la notte che Andy è rimasto da lei. Il dubbio mi sta attanagliando. Sto raccogliendo la ricompensa di tutte le amanti: so, senza ombra di dubbio, che l'uomo che amo è bugiardo.

Mi sarei dovuta allontanare da Andy molto tempo fa, prima ancora che ci sposassimo, nel momento in cui ho scoperto che mi aveva mentito. Lo so. C'è solo un motivo per cui non l'ho fatto, il più antico e patetico del mondo: lo amo.

Non serve un genio per capire perché mi sono innamorata di un uomo più vecchio di me di quasi vent'anni. Problemi con il padre, lo ammetto, ma chi non ha problemi di qualche genere? Mio padre è morto quando avevo undici anni. Era un produttore musicale e si trovava in viaggio con una delle sue band quando il minibus è andato fuori strada. Il cantante principale e il bassista sono sopravvissuti e successivamente hanno riformato una band, ma papà, altri tre membri della band e il conducente sono morti. Eravamo solo io e mia madre dopo tutto questo, nessun fratello o sorella con cui condividere il dolore, solo noi due. Mamma non si è mai risposata, né ha mai avuto altre storie. Se sono un casino totale è solo colpa sua.

Ma adesso c'è Kit e gli devo lo sforzo di tenere unita la famiglia. Se Andy e Louise avessero fatto una scopata nostalgica, non significherebbe la nostra fine. Posso passarci sopra. Se è stata solo una volta. Se non succede di nuovo.

Mi trema la sigaretta nella mani. Nonostante la mia spavalderia, il pensiero di loro due insieme mi sta tormentando. Come ha potuto anche solo toccarla dopo quello che gli ha fatto? Sono io quella che ha raccolto i pezzi e lo ha ricostruito. Può anche scegliere di dimenticarlo ora, ma io so quanto lei lo abbia ferito.

Spengo la sigaretta nel momento in cui un taxi nero si ferma nella strada sottostante. Esce Tina Murdoch, lancia un'occhiata verso l'alto all'edificio e mi nascondo dalla sua visuale. Cristo! Proprio quello di cui ho bisogno.

Patrick sta aspettando agli ascensori quando rientro, proprio mentre Tina sale verso di noi nell'ascensore a vetri come il Fantasma dell'Opera. Lui fa un passo verso di lei mentre esce, allunga la mano, ma lei schiocca due baci in aria e lui si sottomette con grazia. «È un piacere rivederti, Tina.»

«È sempre un piacere, Patrick. Ciao Caz. Ho pensato di venire a presentarvi la mia nuova PR per Whitefish di persona» dice Tina facendo cenno alla donna in attesa dietro di lei. «Sono sicura che la farete sentire tutti la benvenuta.»

Non so se piangere o ridere.

«È un piacere rivederti, Louise» dice Patrick, dandole un caloroso abbraccio. «Ne è passato di tempo.»

«Vi conoscete?» chiedo d'impulso.

Louise sorride freddamente. «Ci siamo conosciuti qualche anno fa, quando ho scritto un pezzo su Patrick per il *Post*.»

«Molto più lusinghiero di quanto meritassi» aggiunge Patrick.

Premo le unghie sui palmi così forte che sono sicura stia uscendo il sangue. «Non avevo idea che lavorassi come PR, Louise.»

Il suo sorriso non cede, ma i suoi occhi sono come pezzi di granito. «Mi sono trovata con del tempo libero e Chris – scusa, mi dimentico che ti fai chiamare Tina al lavoro – era un po' in difficoltà così mi sono offerta di dare una mano. Ci conosciamo da tantissimo tempo» aggiunge, chiaramente gustandosi ogni secondo. «A dire il vero andavamo a scuola insieme. Probabilmente non lo sapevi quando ti ha presentato mio marito al gala di beneficienza del RSPCA.»

Mi sento male. Ovviamente non avevo idea che Louise conoscesse Tina Murdoch. Andy aveva nominato "Chris", la migliore amica di Louise, qualche volta, ma non l'avevo mai incontrata e non avevo mai capito chi fosse veramente. Non mi sorprende che Tina abbia cercato di farmi licenziare: sono scappata col marito della sua migliore amica. Probabilmente si è sentita in colpa proprio per avermelo presentato. Ha ovviamente rimediato questo lavoro per Louise per rompere le scatole a me. Sono nella merda ben più di quanto pensassi.

«Louise sarà la mia intermediaria per la Univest» dice Tina, guardandomi fissa negli occhi. «Ha la mia piena autorizzazione nel prendere qualsiasi decisione necessaria per la campagna.»

«Credo che avere qualcuno qui sul posto per supervisionare le tue strategie di pubbliche relazioni e approfittare della sinergia con la nostra campagna pubblicitaria sarà molto utile» afferma Patrick. «Non è una cosa che facciamo spesso, ma siamo abbastanza piccoli da farla funzionare, e l'ho trovato utile in passato. Scusate, temo di dover scappare» aggiunge rivolto a Louise, «ho una *conference call* con New York, ma ci aggiorniamo più tardi. Tina, hai tempo per parlare un attimo in privato?»

Con un ultimo malevolo sguardo verso di me, Tina ci lascia sole. Louise mi ignora completamente, dirigendosi verso la terrazza come se il posto fosse suo. Mi ci vuole un momento per riprendermi e poi corro fuori infuriata dietro di lei, così furiosa che a malapena riesco a vedere per bene. «Cosa diavolo stai facendo qui?»

«Che bella vista» dice Louise sporgendosi dalla ringhiera. «Che bella zona della città per lavorare. Non vedo davvero l'ora di...»

«Basta stronzate. Perché sei qui?»

«Hai iniziato tu» sibila, smettendo di recitare la parte.

All'improvviso noto la gente che ci guarda dalle finestre a vetro e abbasso la voce. «Di cosa stai parlando?»

«Lo sai benissimo. La Sussex University ha ricevuto una soffiata anonima riguardo i miei precedenti e ha deciso che i miei servizi non erano più necessari.» La sua voce si indurisce.

«Ho dei figli da sfamare, o non ci avevi pensato? Devo anche mantenere un tetto sopra le nostre teste…»

«Un tetto? Stai vivendo nella mia fottuta casa!»

«Presto sarà casa mia» dice freddamente. «E ci vivrò con mio marito.»

Se ne va lasciandomi incollata al pavimento. Ho sempre saputo che mi odiava, ma non sapevo quanto. Mi chiedo se non sia davvero un po' pazza. È stata rinchiusa in un reparto psichiatrico, una volta, per aver assalito la moglie di un ex fidanzato, è per quello che ha dei precedenti penali. È stato tanto tempo fa, ma come faccio a sapere che non farà di nuovo qualcosa di folle?

Il nodo allo stomaco è sempre più stretto. Andy, l'unica persona con cui normalmente parlerei di questo, l'unica persona che dovrebbe supportarmi, è parte del problema. Non credo di essermi mai sentita così sola in vita mia.

17

Min

Vestendo i panni di medico per qualche minuto, ho visto pazienti avere scompensi in passato. Tutti mostrano essenzialmente gli stessi sintomi: la deteriorazione funzionale di un sistema che in precedenza era andato avanti con l'aiuto di una compensazione allostatica – nel caso di Louise, una combinazione di *counseling*, psicoterapia cognitivo-comportamentale e tempo. Insieme, queste terapie hanno tenuto la sua viscerale paura della perdita – inizialmente scatenata dalla traumatica morte del fratello e confermata da quello che è successo con Roger Lewison a Oxford – a bada per molti anni. Ma penso che una perfetta tempesta di circostanze stia causando l'improvviso e allarmante decadimento di tali strutture protettive. In parole povere: ho il sospetto che Lou stia per avere una ricaduta.

È una cosa di cui ho avuto paura quando Andrew l'ha lasciata quattro anni fa, motivo per cui l'ho tenuta d'occhio allora. A posteriori, penso che la necessità di cure di un neonato abbia avuto un effetto controintuitivo nel proteggerla, tenendola troppo occupata per pensare a qualsiasi altra cosa, troppo occupata per pensare del tutto. Ma adesso il passato si sta riproponendo, e sono più preoccupata di quanto voglia ammettere.

Controllo l'ora sul telefono; desideravo che il cameriere non mi facesse sedere a un tavolo nel bel mezzo del ristorante: è irrazionale, lo so, ma odio avere la gente che mi cammina alle spalle. È in ritardo. Mi sto già pentendo, ma sono preoccupata per Lou, come ho provato a spiegare a Celia. Nient'altro mi spingerebbe a cenare col diavolo, non importa quanto sia lungo il cucchiaio.

Louise può razionalizzare le sue azioni quanto vuole, e non c'è dubbio che la donna di Andrew l'abbia provocata. Ma parlando da amica adesso, non da medico, devo ammettere che trasferirsi nella casa del suo ex marito non è normale, indipendentemente dal motivo. Accettare un incarico nel luogo dove lavora la sua nuova moglie non è normale.

C'è un silenzioso fermento alle mie spalle e mi giro giusto in tempo per vedere Andrew che si dirige verso il mio tavolo frettolosamente, ignorando gli sguardi da parte degli altri avventori che lo riconoscono. «Mi dispiace tantissimo per il ritardo» si scusa. «Maledetta metropolitana.» Mette una mano sulla sedia ma non si siede. «Tu odi stare nel mezzo di un ristorante, no? Fammi vedere se riusciamo a cambiare tavolo.»

«Oh, non c'è...»

«Mi scusi,» dice Andrew avvicinandosi gentilmente a un cameriere «le dispiacerebbe se ci sedessimo a uno di quei tavoli laggiù, più appartati?»

«Nessun problema signore, prego.»

«Non dovevi» mormoro mentre ci accompagnano prontamente in un angolo privato del ristorante.

«Se non chiedi non ottieni.» Andrew sorride.

È davvero molto bello. È già affascinante in televisione, ma nella vita reale ha una presenza e un carisma ammalianti. È qualcosa nel modo in cui ti guarda, come se vedesse solo te, *tutta* te. Anche adesso devo sforzarmi per ricordare a me stessa chi è veramente.

«Allora, cosa ti porta a Londra?» chiede Andrew, senza togliere gli occhi da me mentre il cameriere dispiega il suo tovagliolo e glielo posa sulle gambe. «È per lavoro o ti stai prendendo una giornata per te stessa?»

Fa suonare la seconda opzione vagamente osé. Con uno sforzo distolgo lo sguardo e bevo un grosso sorso d'acqua. «Non è un pranzo in amicizia» dico duramente. «So quello che è successo l'altra sera con Lou. Sono qui per dirti che devi starle lontano Andrew. Non sto scherzando. State entrambi giocando col fuoco e non lascerò che lei si bruci un'altra volta.

Con mia sorpresa si distende all'indietro e ride. «Ecco cosa mi piace di te, Min. Diretta e sincera come sempre.»

«Pensi che sia divertente?»

«Certo che no» risponde Andrew, la sua espressione improvvisamente seria. «È stato solo un bacio Min. Non era previsto e ovviamente non ha significato nulla.»

«Anche Lou pensa che non significasse nulla?»

Il cameriere torna al nostro tavolo e ci porge i menù. Andrew non guarda nemmeno il suo e lo appoggia sulla spessa tovaglia di lino bianco. «Non mi è uscita bene. Certo che ha significato qualcosa. Ma non trascinerò Louise nei miei casini. Gliene ho già fatte passare abbastanza in passato. Non sarebbe dovuto succedere e mi dispiace.»

«Le scuse non bastano. Voglio che tu prometta che non succederà mai più.»

«Non devi dirlo solo a me Min» replica Andrew. «Certe cose si fanno in due, sai.»

Entrambi facciamo un balzo al rumore di piatti che si fracassano all'altro lato del ristorante. Nell'intera sala cade il silenzio mentre tutti si girano a guardare la giovane cameriera in piedi in mezzo al caos di cibo rovesciato e porcellane frantumate, sull'orlo di una crisi di pianto. Prima che qualcuno abbia la possibilità di reagire, Andrew balza dal nostro tavolo e la raggiunge per aiutarla. «Oddio, non lo odi quando succede una cosa del genere?» chiede, afferrando un tovagliolo dal tavolo più vicino e riponendo le schegge più grandi all'interno. «Almeno non ti è successo in diretta TV. Forse sei troppo giovane per ricordarmi mentre faccio fuori un'intera fila di inestimabili cristalli da una credenza ad Highgrove...»

Continua il suo allegro monologo mentre la falange di staff del ristorante recupera la ragione e corre a rassicurare i clienti il cui pranzo è sparso sul pavimento. Entro pochi minuti torna l'ordine, tutto viene ripulito e Andrew si siede di nuovo al tavolo.

«Sei stato molto gentile» dico a disagio. «Penso tu abbia appena salvato quella povera ragazza dal licenziamento.»

«Ci vuole profondità di carattere per essere davvero cattivi» Andrew dice seccamente. «Come Celia sicuramente concorderà, ho solo debolezze nascoste.»

Sospiro. «Non penso che tu sia una persona cattiva. Solo maledettamente egoista.»

«È già un passo avanti.» Alza una mano per chiamare un cameriere. «Possiamo concederci un bicchiere di champagne, dottoressa Pollock?»

«Di solito non bevo a pranzo...»

«Dài, Min, vivi un pochino» stuzzica Andrew. «Non lo dirò a nessuno.»

Esito. «Va bene.»

È inquietante quanto vorrei farmelo piacere di nuovo. *Questo è l'uomo che ha tradito la tua migliore amica*, mi dico a forza. *L'uomo che ci ha provato anche con* te *quando già era coinvolto in una relazione con un'altra donna.*

Non ho mai raccontato a nessuno di quella notte, quando Andrew mi riaccompagnò a casa perché avevo bevuto troppo fuori con Louise, quando abbiamo parcheggiato di fronte a casa mia quel tanto che basta perché lui provasse a baciarmi, e quando gliel'ho lasciato fare abbastanza a lungo perché nessuno dei due potesse far finta che non l'avessi voluto.

Si china sul tavolo. «Min, sono stato sincero. Non voglio ferire Louise più di quanto non abbia già fatto. Onestamente non avevo programmato quel bacio.»

«La strada per l'inferno è lastricata di...»

«Mi manca» dice semplicemente.

È la combinazione di sex appeal letale e vulnerabile innocenza che lo rende così irresistibile. Ha il fascino e l'ego di un bambino. Sono combattuta tra la voglia di abbracciarlo e il desiderio di dargli un pugno sul naso. «L'hai lasciata tu» gli ricordo bruscamente. «Hai perso il diritto di sentire la sua mancanza quando te ne sei andato.»

Il cameriere torna con una ciotola di edamame salati, che appoggia sul tavolo in mezzo a noi due. Ordiniamo entrambi un'insalata mista e aspettiamo che se ne vada per ricominciare la conversazione. Andrew prende un fagiolino e poi lo rimette giù. «Mi ero dimenticato di com'era quando io e Lou eravamo una squadra» dice. «Quella sera, riparare il tetto insieme me lo ha ricordato. Non è facile voltare le spalle a una storia di quindici anni insieme. Io e Caz non abbiamo niente di tutto ciò.»

Lo guardo con durezza. «Andrew, se stai dicendo quello che penso tu stia dicendo, fermati subito. Hai avuto una relazione e hai distrutto la tua famiglia per quella donna. Sei sposato con lei ora, nel bene e nel male. Hai Kit. Raccogli quello che semini.»

«E se non fosse questo quello che voglio raccogliere?»

«Stai giocando con la vita di persone reali» gli dico. «Louise si è rimessa in carreggiata *adesso* dopo che tu hai distrutto tutto. Non la trascinare giù di nuovo, Andrew, solo perché puoi. Stalle lontano. Non è giusto per nessuno.»

«Non mi manca solo lei» dice Andrew ignorando tutto quello che ho appena detto. «Mi mancate tutti voi. Quando ho ricevuto l'invito per la festa di Celia, mi è apparso tutto chiaramente. Siete stati la mia famiglia per più di dieci anni.» Mi guarda con un sorriso dolce e un po' storto. «Non puoi farmene una colpa se qualche volta lo rivoglio, no?»

Maledetta Celia, penso disperata. Quella folle idea di ricordare a Andrew cosa si sta perdendo forse funziona davvero. In tal caso, che Dio ci aiuti.

18

Louise

Appena salgo sul treno per Londra mi rendo conto di aver sbagliato completamente. Ho passato ore ieri sera indecisa su cosa indossare; all'università andavano benissimo i jeans e quando lavoro come freelance spesso rimango in pigiama, quindi sono anni che non devo vestirmi per un lavoro vero. Volevo essere sicura di sembrare intelligente in modo appropriato per un'agenzia pubblicitaria di Londra. Alla fine ho optato per un tailleur nero con gonna dei primi tempi al *Post* che mi sta ancora perfettamente e un paio di scarpe col tacco. Ma la maggior parte delle altre donne sul treno indossa pantaloni, non gonne, accompagnati da ballerine o mocassini e maglie di chambray o camicie attillate, riuscendo a sembrare professionali senza il minimo sforzo. Sono fuori moda di circa vent'anni.

Anche il tragitto da Brighton è una tragedia. Fa caldo, il treno è stracolmo e soffocante, e non trovo un posto a sedere. Rimango in piedi nel minuscolo corridoio insieme a un'altra mezza dozzina di pendolari, appoggiata al vano della toilette per rimanere in equilibrio. Riesco a sentire il sudore che si accumula sotto al mio seno e le gocce che scendono lungo la schiena.

Quando Chris mi ha parlato del lavoro alla Whitefish qualche giorno dopo il nostro pranzo la settimana scorsa, ho rifiutato categoricamente anche solo di prenderlo in considerazione: le ho detto che avrei preferito chiedere l'elemosina per strada piuttosto che lavorare con Caz.

«Non la vedrai quasi mai» ha insistito Chris. «Dovrai venire a Londra al massimo un giorno alla settimana, il resto del tempo potrai lavorare da casa. E di base starai principalmente nei miei uffici nelle Docklands, non alla Whitefish. Dovrai fare da intermediaria con il team ovviamente, ma puoi fare riferimento a AJ, l'assistente di Caz, la maggior parte delle volte.»

Anche se mi stava offrendo più denaro di quanto avessi guadagnato da anni, nonché l'opportunità di sminuire Caz nell'unico luogo dove si sente al sicuro, avevo rifiutato, perché non volevo gettare benzina sul fuoco e iniziare una vera e propria guerra con quella donna.

Ma poi Caz mi ha fatta licenziare. La lettera del direttore del dipartimento media della Sussex era gentile ma dura: non avevo fornito i miei precedenti penali e non potevano fare altro che rescindere il mio contratto per il prossimo anno scolastico. *La sicurezza dei nostri studenti... Estremamente dispiaciuti, ma non possiamo correre il rischio, non in questo momento. Il nostro dipartimento legale, sai com'è...*

Cinque minuti dopo aver aperto la lettera ho preso il telefono e ho chiamato Chris. Era ora che Caz imparasse che ogni azione ha delle conseguenze.

Entrando negli uffici della Whitefish adesso, però, sono improvvisamente afflitta da ripensamenti sull'invadere il suo territorio in questo modo. Mi ha certamente provocata, ma adeso mi trovo in un luogo dove lei si sente a suo agio: ha il vantaggio di giocare in casa e sono certa che non esiterà a sfruttarlo.

Ma io ho dalla mia l'effetto sorpresa. Mi dispiace quasi per lei quando vedo il suo viso mentre esco dall'ascensore: le cade letteralmente la mascella. Ricordo come mi sentii quando l'editore del *Post* portò un mio vecchio rivale del college per revisionare la pagina del sabato che includeva la mia colonna. Mi sono sentita attaccata nell'unico posto che avevo sempre considerato il mio regno. Questo dev'essere il peggior incubo di Caz che si avvera. Non solo sono sul suo terreno, ma ha appena scoperto che il suo nuovo capo in questa campagna è la mia migliore amica e, peggio ancora, che conosco anche Patrick. Riesco a vedere tutti i pezzi che si combinano nella sua testa mentre finalmente capisce perché "Tina" ha cercato di farla licenziare. Chris si è sempre sentita terribilmente in colpa per averle presentato Andrew al gala di beneficienza, ma come le dissi a quel tempo, non era colpa sua se mio marito se n'era andato con Caz.

La mia compassione dura poco. Chris renderà la vita impossibile a Caz nei prossimi mesi; forse ci penserà due volte a sabotare di nuovo la mia di vita. Ma so benissimo che non sarà facile nemmeno per me. Caz potrà anche essere sulla difensiva al momento, ma questo mondo alla moda appartiene a ragazze come lei, non a donne di mezza età come me. Basta guardarla, con i jeans attillati e le Superga: accanto a lei mi sento come un flashback degli anni Novanta, vestita troppo elegante e fuori moda.

«Smettila di preoccuparti» dice Chris mentre prendiamo un taxi per tornare al suo ufficio allo Shard. «Andrà tutto bene. Puoi fare questo lavoro a occhi chiusi.»

Ora che ho qualche dettaglio in più riguardo a cosa dovrò fare, mi rendo conto che mi piacerà questo tipo di lavoro. La scrittura persuasiva è un'abilità trasferibile, e utilizzarla per promuovere un marchio in particolare non è poi così diverso dal lavorare seguendo l'agenda politica propria di un giornale. AJ è chiaramente dalla parte di Caz, ma penso di poterlo gestire. E se iniziasse a rendermi la vita difficile, Chris ha abbastanza influenza per farlo spostare da Patrick a un altro incarico.

«Non è il lavoro che mi preoccupa» le dico. «È che non so se finirò in un sacco per cadaveri. Mi metterà sicuramente l'antigelo nel caffè.»

Ride. «Non ti preoccupare. Fra i benefit del lavoro c'è una carta regalo per Starbucks.»

È solo sul treno per tornare a Brighton, un altro viaggio da incubo, terribilmente affollato, che mi concedo il pensiero di come Andrew potrebbe reagire. Non voglio che pensi che sono diventata una pazza ossessiva, prima trasferendomi in casa loro e ora a lavorare nell'ufficio di Caz. Sarà difficile difendermi: non ho alcuna prova che sia stata Caz a fare la soffiata alla Sussex University e a farmi licenziare, se la accuso peggiorerò solo le cose.

Mi rendo conto all'improvviso che Min ha ragione: devo andare via da casa di Caz e Andrew immediatamente, che la cucina sia pronta o no. Se lo faccio, smorzerò la tensione sul fatto che lavoro con Chris per uno dei più grandi clienti di Caz. E comunque Andrew mi deve un po' di fiducia. Non l'ho messo nei guai tacendo a Caz quello che è successo la notte della tempesta, mentre avrei potuto dirglielo. Ovviamente, non proverei mai a ricattarlo emotivamente, non sono quel tipo di persona.

Spero che si ricordi che la lealtà è a doppio senso.

19

Caz

Guardo Andy allungare il braccio intorno alle spalle di Louise tirandola a sé, seduti sul divano. Lei ride girandogli il braccio e alzando la testa verso di lui. Lui la bacia, spostandole una ciocca di capelli dietro l'orecchio con un gesto dolce che mi fa scoppiare il cuore. Riconosco lo sguardo nei suoi occhi castani, addolciti dall'amore fino a diventare color ambra.

Chi origlia non sente mai qualcosa di buono su di sé. Lo stesso principio si applica a coloro che spiano nascosti nell'ombra. Dovrei smettere di tormentarmi, ma non riesco a non guardare.

Mentre guardo, Louise scalcia via un sandalo, appoggiando casualmente il piede scalzo sul grembo di Andy mentre prende la tazza. Lui fa un commento che non riesco a sentire e lei ride, dimostrando come minimo dieci anni in meno. Poi lui le prende un piede in mano e inizia a massaggiarlo mentre lei sorseggia il tè, dopo un momento la sua mano sale sul polpaccio. Si ferma, le toglie il tè e lei gli avvinghia le braccia intorno al collo, tirandolo a sé. Lui la bacia di nuovo, poi si gira improvvisamente verso la videocamera e scaccia via Bella con un cenno della mano, ridendo, mentre le dice di spegnerla e lo schermo diventa nero.

Ho guardato il video una decina di volte da quando l'ho trovato sulla pagina Facebook di Andrew ieri. Non guardo quasi mai la sua pagina – è mio marito, non ho bisogno di essere sua amica sui social – ma ho ricevuto una notifica perché Louise mi aveva taggato in un post e, stupidamente, ci ho cliccato. Non avrei mai dovuto accettare la sua richiesta di amicizia un paio di anni fa, quando eravamo "civili". Adesso l'ho bloccata, ma il danno è fatto: non posso dimenticare di aver visto il video.

La ripresa fatta da Bella risale a circa cinque anni fa: inizia con un selfie nel quale racconta davanti alla telecamera della "sua famiglia", forse per un qualche progetto scolastico. Ha circa dieci anni, ma non avevo fatto i calcoli e capito perché Louise volesse farmi vedere questo video in particolare finché non l'ho guardato una seconda volta. E lì è arrivato il colpo, come un pugno nello stomaco.

È solo una rapidissima immagine, quando Louise si allunga per prendere il tè, ma è inconfondibile: il chiaro profilo di una pancia in attesa.

Ho sempre saputo che Andrew mi tradiva con Louise. Mi disse che quando mi ha conosciuta erano legalmente separati, in attesa che i lenti procedimenti di un divorzio arrivassero a conclusione e, anche se sapevo che era un cliché, esattamente ciò che direbbe un uomo sposato, gli credetti. Aveva il suo appartamento in centro a Londra, privo di qualsiasi tocco femminile, nel quale passavamo non solo i giorni infrasettimanali ma anche gran parte dei fine settimana; siamo anche andati alle Barbados una volta. Allora non sapevo che Louise era abituata ai suoi viaggi per lavoro che potevano durare giorni o anche settimane, dandogli la scusa perfetta per stare lontano.

Proprio qualche settimana dopo il viaggio alle Barbados li ho visti insieme, per caso, alla stazione di Paddington. Non avevo mai incontrato Louise Page, ma l'ho riconosciuta subito dall'intestazione nel *Daily Post,* una colonna che ho sempre letto con piacere finché mi sono innamorata di suo marito. Era più bassa di quanto mi aspettassi e più bella della foto sul giornale. E incinta di almeno cinque mesi.

Ovviamente avrei dovuto lasciare Andy sul momento. Ma era così sconvolto, così pentito. Una notte di nostalgia, disse, troppo vino, erano finiti a letto insieme più per abitudine che per desiderio. Non era nemmeno sicuro di me, disse: era convinto che avrei trovato qualcuno della mia età, qualcuno di più adeguato, con meno bagaglio. Giurò che era successo solo una volta e che lui e Louise erano d'accordo che si fosse trattato di un errore. Poi un'ecografia alla ventesima settimana aveva rivelato una specie di ombra sul cuore del bambino, che poteva indicare la sindrome di Down, così la ginecologa le aveva prenotato un'amniocentesi – fortunatamente negativa – con un esperto del settore a Londra. Ecco dove la stava accompagnando quando li ho visti alla stazione. Non c'era più niente tra loro. Stava solo facendo la cosa giusta per suo figlio.

Ancora una volta gli credetti. Avevo permesso a me stessa di convincermi che fosse un brav'uomo che aveva commesso un errore e che ora stava facendo del suo meglio per rimediare al casino che aveva combinato. Ed effettivamente lo amavo ancora di più proprio perché non aveva abbandonato Louise, sapendo che il modo in cui un uomo tratta la donna prima di te è un segnale di come ti tratterà.

E la cosa più importante di tutte: avevo appena scoperto di essere incinta anch'io. Non riuscivo a pensare di essere una madre single, ma allo stesso tempo abortire il bambino della persona che amavo alla follia era fuori questione. Ogni uomo ha il permesso di fare una cazzata nella vita, no? Giurava che fossi io quella che amava e questa era l'unica cosa che importava.

Ma questo video cambia tutto. Louise non è rimasta incinta a causa di una notte di nostalgia. Erano chiaramente ancora una coppia per tutto il tempo in cui io e Andy stavamo insieme. Faccio ripartire il video un'altra volta, bloccandolo quando Andy sposta la ciocca di capelli dietro l'orecchio di Louise. Lui la *amava*. Lo leggo sul suo viso, chiaro come l'acqua. Forse non ha mai smesso. Amava anche me quando massaggiava i piedi di Louise sul divano? O ero solo un diversivo per lui, a disposizione per sesso e piacere senza pensieri e senza figli? Louise era sul suo stesso piano lavorativamente parlando, ma io lo ammiravo, lo adoravo quasi. Che bel colpo per il suo ego. Oddio, che stupida sono stata. Sono una donna intelligente, di successo e ambiziosa e ciò nonostante sono caduta nel più vecchio inganno della storia. Non avrebbe mai lasciato Louise se non avesse fatto lei una cazzata. Lui non ha scelto me. Il *suo* errore l'ha spinto nelle mie braccia per mancanza di alternative.

Chiudo il computer quando sento aprire la porta di casa. Non ha senso piangermi addosso. Sapevo che Andy era un bugiardo quando l'ho sposato. La domanda è: ora che so che la nostra intera relazione è costruita su una menzogna, cosa faccio? Do a Louise quello che ha sempre voluto fin dall'inizio e lo lascio? Oppure mi metto l'animo in pace e continuo a vivere il resto della mia vita accanto a un uomo di cui non posso fidarmi più di tanto?

Cerco di assumere un'espressione vagamente normale mentre Bella e la sua amica Taylor entrano in salotto. «Ehi» sorrido. «Era bello il film?»

Bella alza le spalle. «Era okay.»

«Avete mangiato qualcosa quando eravate fuori? O volete che vi prepari qualcosa per pranzo?»

«Siamo andate da Pret» risponde Taylor. «Comunque grazie, signora Page.»

«Oddio, per favore chiamami Caz. Mi fai sentire antica.»

Le due gironzolano per il salotto in modo strano, lanciandosi occhiate significative. Vogliono chiaramente chiedermi qualcosa e mi rassegno a svuotare il portafoglio. Né Andy né Louise danno a Bella alcun tipo di paghetta e si rifiutano di farla lavorare il sabato, ciò significa che deve chiedere soldi ogni qualvolta vuole comprarsi un caffè o una maglietta. Ha sedici anni adesso, è umiliante per tutti. Sono tentata di farle un trasferimento automatico tramite un'app bancaria, ma non voglio oltrepassare del tutto i limiti.

Taylor incita l'amica. «Dài, chiediglielo.»

Afferro la borsa. «Quanto ti serve?»

«Non è quello» dice velocemente Bella.

Gira nervosamente l'anello d'argento tra le dita. Lei e Taylor ne portano uno identico; sembrano gemelle con quei jeans neri strappati e le enormi felpe nere, tranne per il fatto che Bella sembra più giovane per la sua età, mentre Taylor potrebbe benissimo passare per una ventenne.

«Dai» sospiro. «Sputa il rospo. Che cosa vuoi?»

Bella guarda verso la porta. «Papà è qui?»

«Ha portato i ragazzi al museo delle scienze. Non torneranno per ore.» Mi alzo e afferro la giacca dallo schienale della sedia. «Okay, vi porto fuori. Andiamo da Halva's Patisserie per una botta di zuccheri. Poi mi dirai cosa succede esattamente» sorrido «e perché non vuoi che tuo padre lo sappia.»

Chiudo a doppia mandata la porta d'ingresso e spingo le ragazze nella strada davanti a me. L'appartamento è appena fuori dalla North End Road, in una delle tante minuscole stradine a labirinto di Fulham, piena auto parcheggiate su entrambi i lati, uno dei motivi per cui non abbiamo mai portato il SUV di Andy a Londra. La nostra vicina, una dolce signora sui settanta, apre la porta per andare a buttare la spazzatura proprio mentre passiamo davanti al suo cancello; dico alle ragazze di aspettare mentre mi fermo e la getto per lei. «Sembra che abbia dato una gran festa, signora Mahoney.» sorrido quando sento un tintinnio nel sacco.

«Lascia perdere, Caz» ride la signora Mahoney. «Sono i vasetti di sottaceti di Ernie. Sai com'è fatto.»

«Sì, sì, lo so» rispondo.

Ernie ed Elise Mahoney sono le prime persone che ho conosciuto quando ho comprato l'appartamento otto anni fa. Era decisamente la parte brutta del quartiere all'epoca e dei ladri mi sono entrati in casa tre volte nel giro di un anno prima che mi decidessi finalmente a installare robuste serrature di sicurezza e un sistema d'allarme. Ma da allora, dato che la gente si allontanava sempre di più da Chelsea e Belgravia a causa dell'influsso dell'oligarchia russa e del denaro straniero, si è riqualificato. Io e le ragazze dobbiamo scendere dal marciapiede due volte per evitare i cantieri prima di raggiungere la fine della strada; è un miracolo come alcune delle file di case con terrazza siano ancora in piedi. Persone appartenenti alla classe operaia come i Mahoney, che sono qui da quarant'anni, sono in minoranza adesso.

Ci facciamo strada tra il fiume di gente che percorre Fulham Road e ci mettiamo in coda da Halva's, dove Bella mi sorprende ordinando un'enorme fetta di cheesecake. Normalmente mangia come un uccellino, ma Taylor ha preso una altrettanto enorme fetta di torta al limone, quindi forse sta seguendo l'esempio.

«Okay, sputa il rospo» le dico mentre ci sediamo. «Che succede?»

«Tanto dirai di no» dice Bella.

Apro una bustina di dolcificante e la verso nel cappuccino. «Non lo saprai finché non chiedi. Prima di tutto, è illegale? Perché non mi procuro l'erba per te, quindi non ci provare nemmeno.»

«Non ha niente a che fare con la droga» esclama con un'espressione scioccata.

«E allora perché non vuoi che tuo padre lo sappia?»

«Non approverebbe. E la mamma darebbe completamente di matto.»

«Ma io no?»

«Sei molto più figa della maggior parte degli altri genitori» dice Bella. «Sei fighissima in realtà.»

«Suppongo sia una cosa buona» dico distaccata, nascondendo il piacere di ricevere il complimento. «Devo ammetterlo, mi hai sicuramente incuriosita. Hai bisogno del permesso di un adulto di qualsiasi cosa si tratti? Devo firmare qualcosa?»

«Non ha bisogno del permesso di nessuno» si intromette Taylor. «Ha sedici anni ora.»

«Tanto lo faccio comunque» aggiunge Bella con aria di sfida. «Non puoi fermarmi. È solo...» guarda Taylor, poi di nuovo me. «Mi piacerebbe che venissi con me. Solo in caso di bisogno. Se per te va bene.»

Sorseggio il cappuccino pensierosa, più curiosa che mai. Mi ricordo com'è essere una teenager: se Bella si è fissata di voler fare questa cosa, troverà un modo per farla, indipendentemente che io decida di aiutarla o no. E avere un adulto presente le darebbe un po' di sostegno in caso le cose vadano storte. Non ho idea di cosa stia progettando, ma partendo dal presupposto che la prudenza non è mai troppa, preferisco andare con lei invece di lasciarla sola.

Specialmente perché sembra essere una cosa che farà davvero arrabbiare Louise.

PATRICK SIMON THATCHER
INTERROGATORIO REGISTRATO PARTE PRIMA

Data: 28 luglio 2020
Durata: 27 minuti
Luogo: Whitefish Advertising Agency, King's Road, Londra

Condotto dagli agenti della Polizia di Devon e Cornwall

(cont.)

POLIZIA	Lei ha lavorato con entrambe le donne?
PT	Sì. Caz lavorava già per la Whitefish quando ho conosciuto Louise, circa cinque anni fa. Mi ha intervistato per scrivere un pezzo su di me. E poi ovviamente Tina l'ha presa per gestire le PR per la Univest.
POLIZIA	Era a conoscenza della loro storia personale?
PT	Be', sapevo che Caz era sposata con l'ex marito di Louise, sì.
POLIZIA	Sapeva che Andrew Page aveva lasciato la sua prima moglie per Caroline Page?
PT	Caroline… oh, intende Caz. Sì.
POLIZIA	E non ha pensato che avere Louise Page a lavorare nello stesso ufficio potesse creare dei problemi?

PT	Louise non è così. È una donna ragionevole. Molto intelligente in realtà.
POLIZIA	E Caroline Page?
PT	Senta, il divorzio risale a diversi anni fa. Per quanto ne so, lo avevano superato tutti.
POLIZIA	Caroline Page lavora per lei da otto anni, è corretto?
PT	Sì.
POLIZIA	Può dirmi che tipo di persona è?
PT	Che tipo di persona?
POLIZIA	È affidabile? Benvoluta?
PT	È brava nel suo lavoro. Porta a termine le cose. Questo non sempre ti rende popolare.
POLIZIA	Ha un brutto carattere?
PT	Non sopporta gli sciocchi. Nemmeno io.
POLIZIA	So che le ha dato un ammonimento verbale qualche settimana fa. Per che cosa?
PT	Abbiamo avuto un problema dal lavoro. La responsabilità ultima era di Caz, ma non è questo il motivo dell'ammonimento. Ha fatto una scenata davanti al cliente. Temo che non sia una cosa su cui si possa passare sopra.
POLIZIA	Perry, hai il...
POLIZIA	Circa due settimane fa, signore.
POLIZIA	Grazie. Deduco che abbia incolpato Louise Page per l'incidente a cui si riferisce, signor Thatcher?
PT	Sì.
POLIZIA	C'era della verità in questo?
PT	Come le ho detto, Louise non è così.
POLIZIA	Quindi lei crede che Caroline Page abbia inventato tutto?

PT	Credo che Caz abbia commesso un errore, tutto qui.
POLIZIA	Quanto conosce Louise Page?
PT	[Pausa.] Non la vedo poi tanto. Viene in ufficio solo una volta a settimana. Il resto del tempo lavora da casa.
POLIZIA	La vede mai in contesti sociali, fuori dall'ambiente di lavoro?
PT	No.
POLIZIA	È a conoscenza del fatto che ha dei precedenti penali, signor Thatcher?
PT	[Pausa.] No. [Pausa.] No, non ne ero a conoscenza.
POLIZIA	Non glielo ha detto quando l'ha assunta?
PT	Tecnicamente non lavorava per me, ma per Tina Murdoch.
POLIZIA	E direbbe che…
PT	Aspetti. È sicuro che non ci sia un errore? Sta parlando di Louise, non di Caz?
POLIZIA	Sì, signore.
PT	Non riesco a crederci. Non sembra proprio lei. Precedenti penali?
POLIZIA	È stata condannata per aver violato un ordine restrittivo contro un uomo di nome Roger Lewison, per aver mosso false accuse e per intralcio alla giustizia.
PT	Sul serio?
POLIZIA	Signor Thatcher, se avesse avuto queste informazioni, avrebbe accettato di far lavorare Louise e Caroline Page nello stesso ufficio?

20

Louise

Aspetto che arrivi domenica, quando Bella e Tolly sono a Londra con il padre, prima di mettere in valigia le nostre cose a casa di Andrew e Caz. La cucina di casa nostra è finita per metà, il che significa che per un po' dovremo arrangiarci. A Tolly non importa, ma Bella non ne sarà felice. Le piace stare qui da suo padre, nel centro della città: con una breve passeggiata può incontrare i suoi amici, e dato che è molto vicino a scuola, può dormire mezz'ora in più. Alzerà un polverone quando scoprirà che torniamo a casa.

Sto raccogliendo un'impressionante quantità di caricabatterie per metterli in una busta quando il rumore della porta d'ingresso che si apre mi coglie di sorpresa.

«Perdonaci se ti abbiamo colto alla sprovvista» dice Andrew scusandosi. «So che non ci aspettavi prima di stasera. Volevo chiamarti, ma Tolly...»

«Mamma!» grida di gioia Tolly, spingendo indietro il padre e lanciandosi verso di me. «Siamo a casa! Sei stupita? Ti abbiamo fatto una sorpresa?» Mi stringe le braccia al collo. «Non volevo che sentissi più la nostra mancanza» dice, con un minuscolo tremore nella voce.

Tolly ha solo quattro anni: anche una sola notte senza la

mamma può sembrare un'eternità a quell'età. La maggior parte delle volte accetta i fine settimana con il padre e Caz senza fare una piega, ma qualchc volta gli viene nostalgia di casa, e Andrew è abbastanza sensibile da cogliere i segnali del figlio quando questo succede, cosa di cui gli sono grata.

«Grazie mille per essere tornati a casa prima» gli dico abbracciandolo stretto. «Mi mancavi da morire. Non ho dormito quasi per niente, anche se sapevo che ti stavi divertendo con papà.»

«Vado a cercare Bagpuss» annuncia, allontanandosi da me all'improvviso, la tristezza già dissolta. Se solo fosse sempre così semplice essere madre. «Credo di essere mancato anche a lui.»

Bagpuss! Menomale Tolly me lo ha ricordato. Sapevo che stavo dimenticando qualcosa.

Bella si scontra quasi con il fratello mentre corre fuori dalla stanza. «Perché le nostre valigie sono nell'ingresso?» chiede. «Che succede?»

«Papà e Caz sono stati molto gentili a farci stare qui, ma abbiamo imposto la nostra presenza abbastanza» dico fermamente. «Torniamo a casa. Sarà un po' come essere in campeggio finché non è finita la cucina, ma...»

«Non voglio andare a casa» interviene Bella. «Mi piace qui. Posso rimanere papà? Farò la brava da sola, te lo prometto. È più vicino a scuola, posso prendere l'autobus...»

«Hai sedici anni!» sbotto. «Non starai qui da sola.»

«Papà...»

«Mi dispiace Bella.» Andrew alza le spalle. «Sono d'accordo con tua madre in questo caso.»

«Bella» mi arresto bruscamente. «Che cos'hai in bocca?»

Per un attimo sembra nervosa, poi alza il mento. «Mi sono fatta il piercing sulla lingua» dice.

La guardo inorridita. «Che cosa hai fatto?»

«Questo è il mio corpo» dice Bella con aria di sfida. L'effetto è un po' offuscato dalla leggera lisca provocata dal piercing nella bocca. «Ho il diritto di farci quello che mi pare.»

«Sei ancora una bambina!» urla Andrew, chiaramente sconvolto quanto me.

Ci lancia un'occhiataccia, le labbra serrate come se volessimo strapparle via il piercing. A giudicare l'espressione sul volto di Andrew, lui ci sta pensando. Da quando la nostra dolce bambina si è trasformata in questa estranea imbronciata e aggressiva?

«Deve esserselo fatto ieri» dice Andrew impotente. «Mi dispiace tanto Lou. Non avevo idea che fosse uscita di nascosto per farselo.»

«A dire il vero» dice una voce dietro di noi, «non è affatto "uscita di nascosto". L'ho accompagnata io.»

Caz ci raggiunge in cucina, appoggiando la borsa di Prada color crema, esageratamente cara, sul bancone come se fosse una busta di Sainsbury's.

«Per l'amor del cielo» dice Andrew risentito. «Perché hai accompagnato mia figlia a farsi fare un piercing sulla lingua?»

«Ha sedici anni, non è illegale. Se lo sarebbe fatto comunque, quindi ho pensato che fosse meglio che mi assicurassi che il posto fosse rispettabile e usassero aghi puliti.» Caz alza le spalle. «Non è come un tatuaggio, non è permanente. Può toglierlo in qualsiasi momento.»

«Caz non c'entra nulla» dice Bella lealmente. «Ha ragione, l'avrei fatto comunque.»

Le due si scambiano un'occhiata complice. Bella odiava Caz, ma all'improvviso sono pappa e ciccia, mentre io sono quella esclusa.

«Non ne avevi il diritto» Andrew scatta verso Caz. «È mia figlia. Quando è sotto il mio tetto è una mia responsabilità.»

Non posso fare a meno di notare l'improvvisa tensione tra i due. E non è solo per il piercing. So che aspetto ha Andrew quando è sulla difensiva. Caz sta sbagliando: a lui non piace avere torto e troverà un modo per incolpare lei. Se dovessi tirare a indovinare, direi che ha visto il video che Bella ha pubblicato sulla pagina del padre la scorsa settimana. Bella non aveva cattive intenzioni – il video le è probabilmente apparso nella sezione dei ricordi di Facebook e lo ha solo condiviso con lui – ma devo ammettere che i miei intenti invece non erano così innocenti quando l'ho visto e ho taggato Caz. Può anche voler riscrivere la storia e dire a se stessa che Andrew non mi ha mai davvero amata, ma non è vero, e quel video ne è la prova. Tutto ciò che è andato storto tra noi può essere ricondotto all'entrata di quella donna nelle nostre vite e merita che ogni tanto qualcuno glielo ricordi.

Tolly corre improvvisamente in cucina, facendoci sobbalzare tutti. «Bagpuss ha vomitato!» piange, gli occhi spalancati dal dramma. «Tutto sul letto di papà!»

«Sulla mia coperta?» esclama Caz. «È vigogna peruviana!»

Mio figlio si blocca, improvvisamente incerto. «Va tutto bene» gli dico velocemente. «Non è colpa tua. Caz non sta incolpando te. Grazie per avercelo detto.»

«Gli hai dato del tonno, mamma?» accusa Bella.

Esito. «Solo un pochino. Gli piace leccare la scatoletta.»

«Mamma! Lo sai che lo fa stare sempre male!»

«Suppongo che sia il motivo per cui glielo ha dato» mormora Caz.

Andrew sospira. «Bella, vai a sistemare. Fatti aiutare da Kit e Tolly.»

Bella è sul punto di protestare, ma qualcosa nell'espressione del padre le fa capire che non è il momento. Sospira in modo teatrale, prende un rotolo di carta da cucina dal bancone e sale pesantemente le scale con i ragazzi.

«Senti, sistemerò la coperta» dico con un tono di finto dispiacere. «La faccio lavare a secco o in qualche altro modo. Sono sicura che non è messa male come sembra. Oppure te ne compro una nuova…»

«Non si lava a secco la vigogna» dice Caz aspramente. «Ed è insostituibile. L'ho comprata quando sono stata a Machu Picchu. Ma che ci fa quel gatto in casa mia? Sai che sono allergica. Andy ti ha detto di non portarlo.»

Ho chiesto specificamente a Andrew se andava bene che portassi Bagpuss e lui ha detto che era okay. Chiaramente non ha ricevuto l'approvazione dai piani alti. Incrociamo lo sguardo e leggo la sua preghiera silenziosa perché non lo metta nei guai. «Mi dispiace» dico, commettendo un mezzo harakiri. «Non sapevo che altro fare con lui. È così vecchio, non va d'accordo con il cane di mia madre e i ragazzi di Min sono così agitati…»

Caz mi interrompe. «Lascia stare. Ormai è fatto. Suppongo che non importi visto che comunque ve ne state andando.»

Un secondo dopo, Andrew entra in scena. «Senti, Louise. Non è che non siamo stati felici di aiutare, è solo che… penso che abbiamo bisogno tutti di un po' di spazio per andare avanti.» Tossisce e dondola imbarazzato da un piede all'altro. «Non credo che accettare il lavoro alla Whitefish sia stata una buona idea, ad essere onesto. Sono favorevole al tenere un comportamento civile, ma hai messo Caz in una posizionc un po' complicata. È difficile per lei fare bene il suo lavoro quando c'è così tanta storia personale tra voi due.» Guarda lei, poi di nuovo me, chiaramente cercando di ricordarsi il copione che gli ha dato da recitare. «Prendiamoci una pausa. Solo per non darci noia. Potrei... ehm... darti il numero del mio tuttofare, così non devi chiamare me. E Bella è abbastanza grande per portare Tolly da me nei weekend senza mettere te nel mezzo.»

Mi bruciano le guance dall'umiliazione. Dal modo in cui mi dipinge sembro disperata e bisognosa, col naso appiccicato alla finestra a sbirciare le loro vite: una triste ex moglie non amata che non riesce ad andare avanti. Com'è possibile che, per quanto una donna possa avere successo o essere attraente, se un uomo la lascia viene definita da quel rifiuto un oggetto di pietà, solo perché un uomo senza palle non riesce a tenerlo dentro i pantaloni?

Raccolgo tutta la dignità che riesco a trovare. «Temo di non poter deludere Chris, Andrew. Non adesso che ho accettato il lavoro.» Sorrido freddamente a Caz. «Sono sicura che noi due sistemeremo le cose al lavoro.»

«Sono certa che ce la faremo» dice Caz. «Adesso che ci capiamo a vicenda.»

Tre settimane prima della festa

21

Caz

Le visite a mia madre possono andare solo in due modi. Ci sono giorni in cui è impaziente di vedermi, salta eccitata dalla sedia nel momento in cui entro nella stanza bombardandomi di domande prima che mi sia ancora tolta il cappotto e mi racconta tutti i gossip del quartiere nelle settimane passate dalla mia ultima visita. Quelli sono i giorni in cui la sua condizione è pessima, quando crede che sia ancora il 2006 e che io abbia quindici anni. Mi chiede com'è andata a scuola e mi stuzzica chiedendomi del ragazzo seduto accanto a me a matematica. Non ha idea di chi sia Andy o che suo nipote Kit addirittura esista. Se provo a ricordarglielo, si innervosisce e si confonde. Ho imparato che è più semplice assecondare la sua realtà, perché almeno in quella è felice.

Poi ci sono giorni in cui sa esattamente chi sono. Quelli sono i giorni in cui si rifiuta di salutarmi e si gira dall'altra parte quando mi avvicino per darle un bacio. Non so cosa sia peggio: la dolceamara finzione del suo mondo prima dell'incidente o la dura realtà di un presente dove è rinchiusa in una prigione di cupo rancore e autocommiserazione.

Oggi è la seconda. Seduta davanti alla finestra, guarda dura il parcheggio sottostante quando entro. Non nota nemmeno la mia presenza. È su una sedia a rotelle, anche se può camminare perfettamente. L'incidente ha influito sull'equilibrio, ma le capacità di movimento sono perfette. Gli assistenti della casa di cura la assecondano perché rende le loro vite più facili.

«Ciao mamma» dico mentre appoggio la borsa sul tavolino. «Come stai oggi?»

Non mi aspetto una risposta e non mi sorprende non riceverla. Mia madre ha qualche amico, ma non sono la compagnia o l'amicizia che le mancano: è qualcuno con cui litigare. Quando a nessuno frega niente di quello che pensi, è impossibile da ferire. Mi ignora perché sa benissimo che sono l'unica che anche solo se ne accorge.

Vado nel piccolo cucinotto nell'angolo della stanza e accendo il bollitore, anche se so che si rifiuterà di bere qualsiasi cosa io prepari, solo per principio. «Un po' di tè, mamma?» le dico, prendendo due tazze senza aspettare una risposta. «E ti ho portato dei Digestive al cioccolato, come hai chiesto.»

Questa cosa finalmente provoca una risposta. «Non mi piace il cioccolato» sentenzia senza girarsi.

«L'ultima volta, quando ti ho portato quelli normali, mi hai detto che li volevi al cioccolato.»

«Hai portato quelli con il cioccolato al latte. Ho detto fondente.»

«Mi dispiace» dico impassibile. «La prossima volta li porterò fondenti.»

Preparo due tazze di tè leggero, proprio come piace a lei, e ne metto una sul tavolo lì vicino, poi allontano la sedia a rotelle dalla finestra. «E questo lo chiami tè?» Mi schernisce mentre sbircia dentro la tazza e io mi siedo. «Guarda che colore ha. Sembra acqua sporca.»

«Te lo posso rifare...»

«Non disturbarti. Tanto non rimarrai a lungo per vedermi berlo.»

«Vorresti che rimanessi un po' di più?»

Mia madre alza lo sguardo seria. Le regole sottese del nostro gioco implicano che lei non può ammettere di volere che io rimanga, ma se dice di no, non si deve lamentare quando vado via al termine dell'abituale ora di visita. I suoi occhi si assottigliano nel rendersene conto. Uno a zero per me.

Sorseggio il mio tè, guardandola fissa da sopra la tazza. «La ex moglie di Andy è appena venuta a lavorare alla Whitefish» le dico, sapendo quanto gioirà della mia disgrazia. «Sta lavorando proprio ad una delle mie campagne.»

Il volto di mia madre si illumina di un sadico piacere. «Oh, scommetto che è come aver lanciato un gatto in mezzo ai piccioni!»

«Non parlarmi di gatti» mormoro, ancora ferita per la mia coperta peruviana. «È venuto fuori che il mio nuovo capo in questa campagna è la migliore amica di Louise. Ha provato a farmi licenziare anni fa, quando io e Andy ci siamo messi insieme. È solo questione di tempo prima che ci riprovi.»

«Ti sei scavata la fossa da sola» replica mia madre con evidente soddisfazione.

«Sì, ho pensato che ti avrebbe fatto piacere.»

«Gli uomini sposati non sono un bersaglio facile, Carol. Te l'ho detto quando l'hai conosciuto.»

Mio malgrado, mi si drizzano i peli sul collo. «Non chiamarmi Carol.»

«Perché no? È il tuo nome.»

«Non più» scatto.

Andy si è innamorato di Caroline, una ragazza di Chelsea,

dagli orecchini di perle fino alla punta dei piedi in stivali Hunter. Non ha idea della mia reale provenienza e di cosa ho dovuto fare per arrivare dove sono. A differenza di Louise, io mi sono guadagnata il posto al tavolo principale. Ho fatto due lavori per pagarmi l'università, dove non ho studiato solo business management e marketing, ma anche i sicuri e privilegiati studenti intorno a me, il modo in cui parlavano e mangiavano. Ho imparato a dire "tovagliolo" invece di "fazzoletto" e "servizi" invece di "bagno"; come una Eliza Doolittle dei giorni nostri, ho imparato a pronunciare correttamente le "h" e a parlare come se avessi delle biglie di vetro in bocca. Al momento della laurea Carol era morta, sepolta sotto le tendine di tulle e i piatti regalo commemorativi. E così rimarrà.

Mia madre si sporge per prendere uno dei tanti disprezzati biscotti al cioccolato al latte e faccio finta di non accorgermene. «Il tuo è un uomo difficile da tenere a bada» osserva. «Proprio come tuo padre. Se ne vanno tutti alla fine.»

«Papà non se n'è andato, è morto, mamma.»

Sbuffa. «Continua a ripetertelo se ti fa sentire meglio.»

Sospiro dentro di me. Anche quando mia madre è più o meno in sé, commette ancora qualche sporadico scivolone nel suo mondo parallelo, dimenticandosi i dettagli e iniziando a confondersi. Penso sia più appetibile della verità per lei: se è vivo, c'è sempre la possibilità che possa tornare.

«Andy non mi lascerà, mamma.» le dico. «Si sente solo in colpa per i suoi figli, tutto qui.»

Sorride con scherno. «Non sei preoccupata che torni da lei, allora?»

È solo un colpo sparato alla cieca, ma colpisce nel segno. «No» rispondo brevemente.

«Tu pensi di batterla, eh?»

«Non è una questione di battere...»

«Ah, no? A me sembra che sia sempre stato così.»

Mia madre potrà anche essere pazza a volte, ma mai stupida. «È un duello» dice improvvisamente, i suoi occhi che bruciano dentro i miei. «Un duello a morte. Devi togliere i guanti, Carol. Porta la battaglia da lei. Andy è tuo ora. Devi ricordarglielo.»

Ho un brivido. *Un duello a morte*. Non ha senso, ovviamente. Sta tornando verso pazzolandia, riconosco i segnali. Ma il suo commento mi fa innervosire comunque. C'è sempre un momento di ombra tra i periodi di lucidità e di fantasia di mia madre, nei quali sembra che abbia un qualche tipo di sesto senso. Sono preoccupata per la questione di Louise da settimane ormai, al punto di escludere quasi tutto il resto. Quella donna si è insinuata nella mia vita, facendosi strada in casa mia e nel mio lavoro, ma sono io che le ho dato il permesso di risiedere nella mia testa.

Tutti assecondiamo la finzione che mamma abbia avuto un "incidente", ma la verità è che ha cercato di uccidersi quattro anni dopo che ha perso mio padre. Mi ricordo di lei quando ero piccola: era bellissima, intelligente e divertente, quel tipo di spirito che ti fa uscire il latte dal naso dalle risate. Quando è morto, è stato come se fosse morta anche lei insieme a lui. Non mi sono mai resa conto che stavo trattenendo il respiro in attesa che succedesse qualcosa di terribile, fino al giorno in cui sono tornata a casa da scuola poco dopo dopo il mio quindicesimo compleanno e l'ho trovata appesa alla ringhiera dell'ingresso.

Non ero abbastanza forte per tirarla giù. Quindi le ho messo una sedia della cucina sotto i piedi per alleggerire il peso mentre chiamavo i soccorsi, cercando di allentarle la cravatta – di mio padre – dal collo. Pensavo fosse morta. Aveva il viso viola, gli occhi striati di sangue fuori dalle orbite, la lingua che sporgeva in mezzo alle labbra cianotiche. Non avevo idea che fosse ancora viva finché i paramedici l'hanno tirata giù e hanno iniziato a rianimarla.

È stata in ospedale quattro mesi, la prima settimana in coma in terapia intensiva, poi è stata trasferita nel reparto psichiatrico. Mi hanno mandata in una casa-famiglia; la gente con cui abitavo era carinissima, ma non si interessava molto a me se non per l'assegno che ricevevano per avermi presa con loro. Alla fine, mamma è stata dimessa e mi hanno lasciato andare a casa con lei. I servizi sociali ci tenevano d'occhio, ovviamente, ma fisicamente stava bene. L'hanno messa sotto antidepressivi, è andata in terapia da uno strizzacervelli una volta a settimana per qualche mese; tutto sembrava, se non proprio normale, almeno non peggio di mille altre famiglie disfunzionali e distrutte.

La perdita di memoria è iniziata circa un anno dopo. All'inizio non ci facevo molto caso; si dimenticava piccoli dettagli, parlava di avvenimenti successi anni prima come se fossero successi una settimana prima, quel tipo di cose. Ero troppo presa dalla mia vita all'epoca per rendermene conto davvero. Ma poi sono tornata a casa da Bristol alla fine del mio primo semestre all'università e mamma pensava che stessi ancora studiando per il diploma. Dopo settimane di test i medici non si erano minimamente avvicinati ad una diagnosi, ma supponevano che avesse sofferto un qualche danno al cervello durante il tentato suicidio. In ogni caso, non poteva vivere da sola, quindi ho venduto la casa e le ho trovato una struttura per il ricovero che riuscisse a tollerare. All'età di diciotto anni ero da sola.

Mia madre mi afferra la mano improvvisamente, le unghie conficcate nella mia pelle. «Lo vedo in te» dice. «Vedo che cosa sei.»

Cerco di allontanarmi ma la sua presa è più forte di quanto sembri. «Che cosa vedi, mamma?» chiedo stancamente.

«Me» risponde. «Vedo me.»

22

Louise

So che Caz si vendicherà per l'invasione di territorio e che non ci vorrà molto prima che faccia la prossima mossa. Ma quello che mi coglie di sorpresa è che sia stato Andrew a lanciare la bomba.

«Mi riporti in tribunale?» domando quando ricevo la lettera dal suo avvocato e lo chiamo al lavoro. «Lo sai che a malapena tiro avanti!»

«Alla Whitefish guadagni tre volte tanto rispetto a quello che ti dava l'università» risponde Andrew freddo. «Hai un contratto da consulente, guadagni più di Caz. Mi sembra giusto rivedere gli assegni familiari di mantenimento.»

«Non è necessario andare in tribunale! Potremmo parlarne e trovare un...»

«Caz è molto arrabbiata» scatta Andrew. «Se continui a perseguitarla così, non puoi lamentarti se ci sono delle conseguenze.»

Il guanto di sfida è davvero stato lanciato adesso. Andrew rischia a starmi addosso così. Non che abbia intenzione di metterlo nei guai con Caz raccontandole cosa è davvero successo la notte della tempesta: non posso provarlo e lui è un bugiardo di prima categoria. Ma sta contando sulla mia decenza nel non causare problemi tra loro e c'è un limite alla punizione che posso sopportare.

Se continuo con questo incarico alla Whitefish, lo faccio a modo mio. Nascondermi nell'ufficio di Chris quando vado a Londra non funzionerà se voglio battere Caz al suo stesso gioco.

«Vuoi un ufficio alla Whitefish?» esclama Chris quando le chiedo di organizzare la cosa. «Pensavo non volessi nemmeno avvicinarti a Caz.»

«Tieni vicini i tuoi amici, e i tuoi nemici ancora di più» mormoro. «Voglio tenerla d'occhio e assicurarmi che non faccia casini con il tuo cliente solo per vendicarsi di me.»

Non ottengo un ufficio ma una scrivania nel mezzanino open space, proprio nel mezzo dell'azione. Sono una giornalista: estrapolare la vera storia dietro al titolo è il mio lavoro. Scopro presto che Caz è intelligente e indubbiamente brava nel suo lavoro, fantastica con i clienti, ma è una manager terribile. Fa innervosire tutti, è autocratica, prepotente e al team creativo non piace lavorare con lei. È AJ che la segue e sistema i suoi casini, calmando le acque turbolente e usando tutto il suo fascino per assicurarsi che le sue direttive vengano rispettate nei tempi stabiliti. Senza di lui affonderebbe. *Potrà tornarmi utile*, penso cautamente, *in caso di bisogno.*

Ma non voglio davvero arrivare a tanto. Sono stanca di questo assurdo occhio per occhio. Non posso permettermi di andare in tribunale, mi costerebbe migliaia di sterline e guadagno appena sopra la soglia per avvalermi del patrocinio gratuito. Se Andrew non rallenta, avrò ancora più debiti. Il lavoro alla Whitefish aveva lo scopo di far pensare Caz due volte prima di intromettersi nella mia vita. Invece lei ha alzato ulteriormente la posta in gioco. Inizio a chiedermi dove andrà a finire tutto questo.

Prendo i ragazzi a scuola, arrabbiata e abbattuta. Tolly è solare come sempre, ma Bella non mi rivolge nemmeno la parola mentre sale in macchina. È ancora indispettita per quell'odioso piercing alla lingua. È stato Andrew a farglielo togliere ma dà la colpa a me. È ancora più imbronciata e taciturna questa settimana, se ciò è possibile.

Quando arriviamo a casa, entro nel vialetto e aspetto che Bella scenda per aprire la porta del garage. «Perché non ne mettiamo uno elettrico?» si lamenta, come fa ogni singola volta che le chiedo questo favore.

«Stesso motivo di ieri» dico con tono piatto. «Stesso motivo di domani.»

Tolly si allunga sul seggiolino, tirando le cinture. «Io! Io!»

«Non arrivi al volante, tesoro.»

Bella si trascina verso il garage con riluttanza, lo apre con una lentezza disarmante e reprimo un'ondata di nervosismo in arrivo mentre rimane in piedi nel mezzo del vialetto bloccandomi la strada per controllare il cellulare. Quando finalmente si sposta, le cade un auricolare Bluetooth – un regalo estremamente stravagante di Andrew – e si prende tutto il tempo del mondo per raccoglierlo, mentre io ticchetto con le dita sul volante e sopprimo la voglia di cacciare un urlo.

Alla fine si toglie di mezzo così posso parcheggiare. Aiuto Tolly a scendere e giro intorno alla casa. Gli operai stanno ancora lavorando al portico e la loro impalcatura blocca l'ingresso principale, quindi dobbiamo entrare dal retro. Devo ammetterlo, Gary Donahue sta facendo un bel lavoro. Il lato frontale della casa non pende più in avanti per la prima volta da quando abbiamo comprato la casa.

«Ho trovato questo nel vialetto» dice Bella lanciandomi qualcosa in modo maleducato mentre mi passa avanti nell'ingresso.

È un orecchino con una pietra semipreziosa di colore blu: topazio forse, oppure acquamarina.

«Di chi è?» chiedo, lasciando cadere la borsa sul tavolo della cucina.

«È di Caz. Ce l'aveva la settimana scorsa. Puoi metterlo in un posto sicuro finché non glielo rendo? Io lo perdo sennò.»

«Com'è finito nel nostro vialetto?»

Bella alza le spalle, rimettendosi l'auricolare nell'orecchio. «Forse è caduto dalla macchina di papà. Non chiamarmi per cena» aggiunge mentre sale le scale. «Non ho fame.»

«Bella...»

Sospirando, metto l'orecchino nel piattino del sapone sulla finestra, tentata però di gettarlo nella spazzatura, e prendo il cibo per il gatto. Devo preparare presto la cena per i ragazzi perché ho promesso di andare da mia madre e aiutare lei e Min con i preparativi per la festa, alla quale mancano meno di tre settimane. Mi fa ancora più male il cuore al pensiero. Vorrei davvero che mamma non avesse invitato anche Andrew e Caz. Questi festeggiamenti dovrebbero essere in famiglia e invece dovrò avere a che fare con Caz e i suoi perfidi giochetti. Sembra che non riesca mai a liberarmi di lei in questi giorni.

Griglio un paio di hamburger nel barbecue in giardino e ne porto uno dentro a Tolly. Di solito non li lascio mangiare davanti alla TV e reagisce come se gli avessi dato le chiavi di Disneyland. Copro la cena di Bella e la lascio sul tavolo, in caso cambiasse idea mentre sono fuori.

Salgo in camera sua e mi affaccio alla porta per farle sapere che sto uscendo. È rannicchiata nel letto con lo sguardo rivolto verso il muro, coperta da una pesante trapunta di lana tirata su fino alle spalle nonostante sia luglio e ci siano 29 gradi.

«Bella?» dico con dolcezza. «Sei sveglia?»

Non risponde, ma capisco che non dorme da come respira.

«Faccio un salto dalla nonna» le dico. «Chiamami se hai bisogno di qualcosa. Tornerò prima che faccia buio.»

Bella non si muove. Mi avvicino a lei e le sistemo la coperta, con una morsa che mi stritola il cuore. Nonostante l'atteggiamento da teenager, è sempre la mia bambina e adesso, senza trucco e con il corpo avvolto tra coperta e cuscini, non sembra molto più grande di Tolly.

Mentre mi giro, il telefono sul comodino si illumina per un messaggio di Taylor e non riesco a non leggerlo.

Devo trovarlo sono disperata

Mi sale un lampo di preoccupazione materna. Di cosa potrà mai aver bisogno quella ragazza così urgentemente?

Prima che possa indagare, suona il mio telefono, un messaggio da Luke. *Hai idea di cosa stia succedendo a papà?*

Mi faccio un promemoria mentale riguardo a Taylor e rispondo a mio fratello mentre scendo le scale. *C'è qualche problema? Mamma non mi ha detto nulla.*

Dice che sta male.

Sospiro dentro di me. *Sto andando lì, ti faccio sapere.*

👍

Tipico di mia madre, penso nervosa mentre esco per andare in macchina. Se papà fosse stato male davvero me lo avrebbe detto. Invece inscena un dramma contattando Luke, sapendo che la prima cosa che farà è chiamare me. In qualche modo mio fratello evita di essere risucchiato dai suoi giochetti come io non sono mai riuscita a fare. Ha preso da papà: calmo e schivo, di solito scivola al di sotto del radar di mamma, apparendo – letteralmente e metaforicamente – quanto basta da essere lasciato ai suoi affari per il resto del tempo. Ho notato che segue la stessa linea con Min.

Entro in casa dei miei genitori. «Mamma?» chiamo. «Ci sei?»

Papà passeggia in cucina per venire a salutarmi con una copia stropicciata del *Telegraph* in mano. «Ciao bambina» dice sorpreso. «Non sei al lavoro?»

«Oggi lavoro da casa, papà» gli dico baciandolo sulla guancia. «Tutto bene? Mamma ha detto che sei stato poco bene.»

«Sono stato poco bene... è così che ha detto?» Sbuffa. «"Non ero d'accordo con lei sull'ingaggiare una band per la festa" è più corretto.»

Lo scruto attentamente. È come sempre: alto e magro, spilungone come un teenager, con un'aureola scompigliata di capelli bianchi intorno agli orecchi e un paio di occhiali a mezzaluna senza montatura costantemente appoggiati sulla punta del naso. Ha oltre di dieci anni in più rispetto alla mamma, ma ha quell'aria giovanile di malizia che neanche la scomparsa di Nicky è riuscita ad attenuare. Ho sempre pensato che fosse eterno, ma mi rendo conto che il prossimo aprile farà ottant'anni. Li porta bene, ma ottanta significa essere anziano per tutti gli standard.

«Ti ho sentito, Brian» dice mamma arrivando dalla porta sul retro. Stava falciando il prato e ha le scarpe coperte di erba tagliata. Non so come trovi l'energia con questo caldo. Tra l'altro i miei hanno una falciatrice a spinta vecchio stile, non una di quelle a benzina che ti fanno risparmiare tempo e fatica.

«Ciao Louise. Mi piace come ti sta quel vestito. Ti cade alla perfezione adesso che hai qualche chilo in più.»

«Grazie mamma» dico, non abboccando all'amo.

Si allunga per sistemare i capelli a papà. «Davvero Brian, guarda in che stato sei. Sembra che tu sia stato trascinato all'indietro attraverso una siepe.»

«Mi sono addormentato sulla sedia» replica papà, imperturbabile.

«Nel bel mezzo del pomeriggio?»

«Churchill faceva sempre dei pisolini» dice serenamente, girando le pagine del giornale e poi ripiegandolo mentre torna nel suo studio.

«Churchill doveva governare un paese e vincere una guerra» risponde mamma dopo che se n'è andato. «Be', visto che sei qui Louise, forse puoi darmi una mano con le carote» aggiunge passandomi il pela verdure. «Luke e Min verranno più tardi con i ragazzi. Mi fa comodo un aiuto.»

Apro il cestino delle verdure e prendo le carote. «Luke dice che gli hai riferito che papà non è stato bene» dico.

«Non sta ringiovanendo. Acqua fredda sulle carote, Louise.»

«Ma sta bene o no?»

«Si dimentica un po' le cose ultimamente, tutto qui. Ha dimenticato le uova a bollire l'altro giorno e dà cibo al cane di continuo. Ieri le ha dato la colazione quattro volte, avrà pensato che fosse Natale.»

Vorrei dirle che se ha bisogno di me deve solo chiedere, non c'è bisogno di inscenare una crisi. Ma non è così che fa lei. Non ha mai chiesto direttamente aiuto, nemmeno immediatamente dopo la scomparsa di Nicky. Trova i nostri punti deboli e li usa per metterci in riga senza alzare un dito.

Le passo una carota pelata e la fa a cubetti agilmente, poi la versa dal tagliere nella padella. «Min mi ha detto che sei tornata a casa questo weekend» dice. «Hai gestito molto male la cosa, sai.»

Mi blocco con una carota pelata a metà in mano. «Ho gestito male cosa?»

«Ho capito cosa stavi facendo, trasferendoti in casa di Caz» dice. «Sono sicura che l'abbia turbata alla grande. Ma devi stare più attenta, le hai dato motivi concreti perché si lamentasse con Andrew, e non è una mossa furba.»

«È stata una sua idea» protesto. «Pensi che volessi stare in casa loro?»

Appoggia il coltello e mi guarda dritta negli occhi. «Be', certo che sì.»

«No, io...»

«Louise, ho parlato con Gary Donahue.»

Questo mi fa tacere.

«Ha detto che il danno alla cucina non era assolutamente tremendo come sembrava. Ha riparato il soffitto e coperto il buco nel muro il primo giorno. La casa era perfettamente agibile due settimane fa. Ha detto che te ne ha parlato e te l'ha detto.» Torna alle sue carote e ricomincia a tagliarle. «Non è salutare quello che stai facendo. Devi allontanarti da Andrew.»

Mia madre ha ridefinito il concetto di passivo-aggressivo trasformandolo in una forma d'arte. Di solito la ignoro, come con la critica mascherata da complimento riguardo al vestito, ma la palese ingiustizia di questa affermazione è troppo anche per me.

«Sei stata tu ad invitarlo alla tua festa di anniversario» le dico stizzita. «Anche se ti avevo chiesto di non farlo. E la cena dopo la recita di Bella? Non avevo alcuna intenzione di imbucarmi finché tu non hai interferito!»

«L'ho fatto per mia nipote» dice mamma. «Ho pensato che sarebbe stato carino per lei avere entrambi i genitori insieme nella sua grande serata.»

«E lo è stato. Ma...»

«Andrew mi piace, ma al contrario di ciò che pensi, non voglio né ho bisogno che voi due torniate insieme» dice mamma. «Se è quello che vuoi, farò qualsiasi cosa per aiutarti, ma l'unica cosa che mi importa veramente è che tu sia felice.» Fa una pausa. «Ho bisogno che tu sia felice, Louise.»

Mi vuole bene, lo so. Da quando abbiamo perso Nicky ha riversato tutte le sue energie nel rendere me e Luke felici. Ma adora Andrew, farebbe di tutto per farci tornare insieme. Vede il mio divorzio come un fallimento personale da parte sua. «Mamma, ho superato la faccenda di Andrew molto tempo fa» le dico con tono pacato. «Non torneremo insieme e mi va bene così. È il padre di Bella e Tolly, tutto qua.»

«Non ti sto giudicando, Louise» dice mentre si lava le mani. «Non mi importa che tu menta a me, ma non mentire a te stessa.»

Non è che stia esattamente mentendo. Ma se ti ripeti una cosa abbastanza spesso, poi inizi a crederci.

Due settimane prima della festa

23

Caz

Quando arrivo alla cantina messicana, AJ mi sta già aspettando al tavolo con un drink di dubbio gusto davanti, corredato di ombrellini e una ciliegia candita. Quando AJ ha fatto coming out ufficialmente alla festa di Natale di quattro anni fa, nessuno è rimasto sorpreso.

«Scusa il ritardo» gli dico, scivolando nel posto di fronte a lui. «Sono rimasta bloccata in riunione con Nolan. Che diavolo stai bevendo?»

«*Sex in the woods*. È come il *sex on the beach*...»

«Non importa, non voglio saperlo.» Mi giro verso la cameriera. «Prendo quello che non prende lui. Vodka martini, liscio, con due olive.»

«Sei molto dolce a fare questo» dice AJ giocherellando nervosamente con gli ombrellini del drink. «Mia mamma muore dalla voglia di conoscerti. Ti prometto che non si tratterrà a lungo, ha il treno per Crawley dopo pranzo.»

La cameriera torna con il mio drink. Tolgo le olive dal bastoncino di plastica e le strizzo nel martini. «Nessun problema, non vedo l'ora.»

Di solito non sono il tipo di persona che uno vuole portare a casa, ma ho il sospetto che AJ non abbia molti amici che lo fanno sentire a suo agio quando li presenta alla madre. A essere onesta, non credo che abbia molti amici, punto. La Whitefish è la sua vita. È sempre il primo ad arrivare in ufficio e l'ultimo ad andarsene, il che potrebbe essere uno dei motivi per cui le sue relazioni non durano. Ha iniziato come fattorino appena finita la scuola e in qualche modo è riuscito a guadagnarsi un posto nel team pubblicitario grazie alla sua totale dedizione e determinazione. Il suo trasferimento temporaneo come mio assistente è la sua grande opportunità di farsi notare. Se fa un buon lavoro, il posto sarà permanente.

Riconosco la signora James nel momento in cui entra nel ristorante. È uguale a AJ, fino allo smalto rosa che porta anche il figlio. «Tu devi essere Caz!» Esclama lanciandomi le braccia intorno al collo mentre mi alzo un po' stranita. «AJ parla sempre di te! Non mi avevi detto che era così bella» aggiunge lanciando un'occhiata maliziosa al figlio. «Adesso capisco come mai fai sempre tardi.»

«È un piacere conoscerla, signora James...»

«Ti prego, chiamami Annie. Mi chiamano tutti così.»

Si siede accanto a AJ. «Allora, il mio ragazzo lavora sodo?» chiede. «Ha il controllo della situazione?»

«Non potrei farcela senza di lui» le dico onestamente.

Gli stringe il braccio. «Allora sei proprio una ragazza fortunata. È anche un cuoco straordinario» aggiunge. «Ha imparato da solo. Ha dovuto, in realtà, io ho dei seri problemi a cuocere due uova.»

Per un momento mi chiedo se la povera donna abbia l'impressione che mi stia candidando al ruolo di nuora, ma poi mi fa un occhiolino e mi rendo conto che sta scherzando.

Ascolto mentre lei e AJ chiacchierano in quel modo familiare e rilassato che ho visto in altre famiglie, ma mai nella mia. Anche prima dell'incidente di mia madre non abbiamo mai avuto quel tipo di rapporto. Quando non era ubriaca, era rannicchiata sul divano in camicia da notte a piangere. Mi vergognavo sempre troppo per invitare qualcuno a casa tranne Angie, quindi non ho mai accettato inviti a casa di altri perché non potevo ricambiare. La madre di Angie è emigrata in Spagna con il secondo marito quando la figlia era piccola, lasciandola qui con il padre; quindi non siamo nemmeno mai andate da lei. È una delle cose che ho sempre invidiato a Louise: il rapporto con la madre.

La madre di AJ mi estorce la promessa di andare a trovarla a Crawley, poi se ne va per prendere il treno proprio mentre il mio telefono vibra per un messaggio di Patrick: *Vieni in ufficio il prima possibile.*

«Merda!» esclamo. «Patrick ha bisogno di me in ufficio. Puoi farti fare il conto? Poi ci vediamo là, AJ. Ti rendo i soldi dopo.»

Il ristorante è a soli cinque minuti a piedi dall'ufficio. Mi metto in marcia, con lo stomaco in agitazione. Ho un brutto presentimento. Non so cosa stia succedendo, ma non è da Patrick essere così secco. Spero che non sia andato storto qualcosa con la Univest. Louise sta solo aspettando l'occasione giusta per fregarmi. Forse non avrei dovuto montare Andrew riguardo agli assegni familiari, ma quella donna sta ottenendo tutto quello che vuole da troppo tempo. È semplicemente troppo vederla seduta a una scrivania a due metri da me. Da quando Celia mi ha invitata alla festa di anniversario, Louise è in cerca di sangue. Qualsiasi cosa io faccia, lei arriva. Devo trovare un modo per mettere fine a tutto questo, una volta per tutte.

Nel momento in cui esco dall'ascensore vedo Louise parlare con Franco, uno dei miei clienti, sul lato opposto dell'ufficio. Guarda in alto e i nostri sguardi si incrociano, poi Franco si gira e mi vede, la sua espressione è truce. Alcuni secondi dopo Patrick esce dal suo ufficio e mi fa cenno di raggiungerli in sala conferenze. Non sembra felice.

«Che cavolo sta succedendo?» biascico rivolta alla sala in generale. Nessuno mi guarda. Sta succedendo qualcosa di brutto, lo sento.

Nessuno si accorge di me quando entro in sala conferenze. Mi siedo il più lontano possibile da Louise nei limiti dello spazio disponibile, con lo stomaco ribaltato dall'ansia. Non ho idea di cosa succederà, ma non sarà bello.

Il direttore creativo, Nolan Casey, e Finn Redford, il direttore artistico, ci raggiungono con aria diffidente. È chiaro che nemmeno loro hanno idea di cosa stia succedendo. Intravedo AJ attraversare l'ufficio verso la sua scrivania e gli faccio cenno di raggiungerci, ma Patrick gli sbatte la porta della sala conferenze in faccia.

Lo sguardo di Patrick si posa freddo su di me. Apre il portatile sul tavolo di vetro della sala e lo gira verso di me senza aprire bocca.

Guardo il monitor a bocca aperta, incredula. «Ma che diavolo?»

«Ti rendi conto di cosa significa?» chiede Franco improvvisamente. Un piccolo muscolo freme ai lati della sua mascella. «Su Twitter sono già iniziati i commenti negativi. Abbiamo dichiarato che la compagnia è in crisi manageriale, ma questo ci costerà una fortuna. Ci vorranno anni per ricostruire il nostro marchio.»

«Non capisco» esclamo. «Questo non sarebbe mai dovuto...»

«Temo che dovremo sollevarvi dalla nostra campagna, Patrick» interrompe Franco. «Anche se volessi rimanere con voi, il consiglio non lo approverebbe mai dopo questo.»

«Franco, sono desolato» dice Patrick. «Faremo ovviamente tutto il possibile per rendere questo spostamento il più diretto possibile.» I suoi occhi sembrano pietre quando si gira verso di me. «Voglio sapere come diavolo è potuta succedere una cosa del genere. Qualcuno deve aver autorizzato questo cambiamento e dato l'okay.»

Fisso di nuovo l'immagine sullo schermo. Non posso biasimare Franco per averci lasciati. Le ripercussioni di questa cosa saranno enormi. Altri nostri clienti avranno buone ragioni per preoccuparsi; se non viene gestita in modo corretto, potrebbe distruggere la nostra agenzia. «Patrick, non so chi avrebbe potuto fare una cosa del genere» dico impotente. «L'abbiamo ritirato, non sarebbe mai dovuto passare.»

«Cosa intendi con ritirato?» interviene Louise.

«Louise, non per essere maleducata, ma questa campagna non ha niente a che vedere con te» le dico bruscamente. «A essere onesta, non sono nemmeno sicura del perché tu sia qui.»

«Come ho appena detto a Patrick e Franco» dice Louise senza staccare lo sguardo da me. «Ero in ufficio quando l'ordine di modifica è stato comunicato per telefono. Ho sentito chi l'ha fatto. Sei stata tu.»

NOLAN CASEY
INTERROGATORIO REGISTRATO PARTE PRIMA

Data: 28 luglio 2020
Durata: 32 minuti
Luogo: Whitefish Advertising Agency, King's Road, Londra

Condotto dagli agenti della Polizia di Devon e Cornwall

(cont.)

POLIZIA Quindi, l'ordine di modifica non è venuto da lei come direttore creativo?

NC Certo che no. AJ ci ha detto di ritirarlo, perciò ho parlato col team e lo abbiamo cestinato.

POLIZIA Ma la pubblicità è andata comunque in stampa?

NC Non so come… Ho parlato con Bette e ha detto che era stata cancellata. Lei era la principale creativa nella campagna Vine. Se n'è accorta… cioè, dopo che Caz l'ha fatto notare abbiamo concordato tutti. Quel logo giallo su un pigiama a strisce? Saremmo stati… Be', ha visto cosa è successo.

POLIZIA Quindi la campagna è stata del tutto accantonata?

NC Sì. Stavamo lavorando da tutt'altra angolazione. Finn

	ha avuto questa ispirazione. Era come se stesse andando…
POLIZIA	Mi scusi se la interrompo, signor Casey. Ma voglio essere chiaro. Come è finita in stampa se era stata cancellata?
NC	Non è “finita” in stampa. Guardi, c’è un processo. Ci sono prove, approvazioni di copie, poi bisogna prenotare lo spazio pubblicitario e tutto il resto. Non è che si può semplicemente premere *invio* e subito dopo la pubblicità è su tutti i bus.
POLIZIA	Quindi cosa è successo?
NC	Be’, qualcuno deve aver confermato l’ordine di modifica.
POLIZIA	Chi ha l’autorità per fare ciò?
NC	Solo Caz o Patrick. Ma ovviamente Patrick non l’ha fatto e Caz sostiene di no, quindi…
POLIZIA	Le crede?
NC	[Inudibile.]
POLIZIA	Per la registrazione, il signor Casey ha scosso le spalle.
NC	Caz sostiene di non averlo fatto. Lei era, be’, era molto… Ha accusato Louise.
POLIZIA	Perché pensava ciò?
NC	Le due non vanno esattamente d’accordo.
POLIZIA	Secondo il signor Thatcher, le due donne avevano un rapporto cordiale.
NC	[Inudibile.]
POLIZIA	Mi scusi?
NC	Patrick vede quello che vuole vedere.
POLIZIA	Lei non è d’accordo?
NC	È stato strano, tutto. Fin dal primo giorno che è arri-

vata, lei e Caz hanno litigato furiosamente in terrazza. Le abbiamo viste tutti.

POLIZIA È possibile che Caz abbia semplicemente commesso un errore e confermato l'ordine di modifica dopotutto?

NC [Pausa.] Suppongo.

POLIZIA Ma non ne è sicuro?

NC Caz non commette errori del genere. Può essere difficile lavorare con lei, ma è molto precisa. Lei e Louise avevano questa specie di *faida*. Caz ha iniziato a parlare di una qualche cospirazione tra Louise e Tina. È impazzita del tutto.

POLIZIA In che senso impazzita?

NC Ha iniziato a urlare e inveire contro Louise, dicendo di aver fatto finta di essere lei e aver inviato la conferma dell'ordine di modifica. Ha avuto una crisi isterica, tutto l'ufficio l'ha sentita. Alla fine Patrick è uscito e le ha detto di tornare a casa.

POLIZIA Il signor Thatcher ha incolpato Caz?

NC Tutta questa faccenda è stata un incubo di PR dall'inizio alla fine. La Vine ha dovuto presentare delle scuse pubbliche, li abbiamo persi come clienti e molti altri hanno minacciato di andarsene. La Whitefish è un'agenzia piccola, non possiamo permetterci questo genere di casini. Patrick era furioso con Caz. L'ha quasi licenziata, se non fosse per il fatto che non c'erano prove di quello che era successo.

POLIZIA Quando è successo?

NC Qualche settimana fa, mi pare un paio.

POLIZIA Quindi… un attimo, Perry puoi portarmi… grazie.

	Ciò sarebbe, ah, dieci giorni prima dell'incidente fuori da casa dei Page quando è stata chiamata la polizia?
NC	Sì, forse. Sì.
POLIZIA	È plausibile che l'alterco vertesse su questo?
NC	Il litigio a casa di Caz?
POLIZIA	Sì.
NC	Oh, quello non è stato per la campagna Vine. Era qualcosa di *molto* peggio.

24

Louise

Ad ogni chilometro che il treno si allontana da Londra, mi sento più al sicuro. Non avrei mai dovuto accettare l'incarico alla Whitefish. Min mi aveva avvertita, ma non ho ascoltato. Non era preoccupata tanto per quello che avrebbe potuto fare Caz, ma per quello che il lavoro avrebbe potuto fare a me. E aveva ragione: il testa a testa con Caz ha scatenato un'oscurità in me che pensavo di aver superato anni fa. Mi sono lasciata risucchiare in una faida con lei, vendicandomi ogni qualvolta sferrasse un colpo, quando invece avrei dovuto lasciar correre. Ma non è troppo tardi. Non posso cancellare il risentimento che c'è tra di noi, ma domani chiamerò Chris e le dirò che non posso più lavorare alla Whitefish. Ciò significa che probabilmente dovrò tirare la cinghia finché non troverò altri incarichi come freelance, ma sarà comunque meglio di questo continuo stato di guerra.

Sono sbalordita anch'io dalla violenta crisi di nervi di Caz di oggi pomeriggio. Non avevo mai visto nessuno così arrabbiato. Ho sempre saputo di cosa è capace, ma è la prima volta che la vedo perdere il controllo in pubblico. E a giudicare dalla sconvolta reazione di Patrick, era la prima volta anche per lui.

Almeno non pensa che metterei a repentaglio il sostentamento di centinaia di persone per uno stupido battibecco con la nuova moglie del mio ex marito. Mi dispiacerebbe molto perdere la sua considerazione, specialmente adesso che ho bisogno di referenze.

Quando finalmente arrivo a casa, sono le sette passate. Mia madre ha preso i ragazzi a scuola per me e poi ha lasciato Bella a fare da baby sitter. Scalcio via i tacchi e vado in salotto. Tolly è addormentato sul divano, i resti della crosta di una pizza provano che almeno hanno mangiato. Lo scuoto gentilmente per svegliarlo e lo prendo in braccio. «Avresti dovuto essere a letto un'ora fa» sussurro.

«Hai detto che potevo rimanere sveglio fino a quando tornavi a casa» borbotta.

Sospiro. «Sì, l'ho detto. Okay, adesso in piedi» aggiungo. «Bella ha dato da mangiare a Bagpuss?»

Si strofina gli occhi, troppo assonnato per rispondere. Lo metto giù e prendo la scatola di croccantini dalla cuccia provvisoria nel bagno al piano di sotto. Non vedo l'ora che la cucina sia finita per poter smettere finalmente di vivere come squatter. «Hai visto Bagpuss?» chiedo a Tolly, quando il gatto non arriva. Nonostante l'artrite, di solito appare dal nulla appena sente il rumore dei croccantini nella ciotola.

Ora che è sveglio, Tolly inizia a gattonare per il salotto sbirciando sotto il divano e dietro le porte, chiamando il gatto per nome. «Sarà meglio controllare che non sia rimasto chiuso in camera o da qualche altra parte» gli dico quando Bagpuss ancora non si vede. «È rimasto nell'armadio della biancheria tutta la notte l'altro giorno...»

Vengo interrotta da un urlo agghiacciante dal piano di sopra. «Mammaaa!»

Il mio istinto materno mi spinge a immaginare arti spezzati e caviglie slogate. Corro verso le scale con il cuore che batte a mille, proprio mentre Bella le scende di corsa con il gatto accoccolato contro il suo petto.

La paura accentua il mio tono. «Ti sei fatta male?»

«Bagpuss!»

Il povero gatto sta avendo problemi a respirare. Gli occhi si girano in modo disgustoso all'indietro e inizia ad avere improvvisamente le convulsioni, il corpo si irrigidisce tra le braccia di Bella. Non ho idea di cosa abbia né di come aiutarlo.

«Dobbiamo portarlo dal veterinario» dico con apprensione. «In macchina, tutti e due.»

Non c'è bisogno che lo dica due volte. Il veterinario è solo a pochi chilometri da qui, nella periferia di Pulborough; sono aperti fino alle otto, se ci sbrighiamo dovremmo essere lì in meno di dieci minuti. Entriamo in macchina, Bella sul sedile anteriore con il gatto ancora in braccio. Mi rendo conto di essere ancora scalza quando schiaccio il piede sull'acceleratore una volta raggiunta la strada principale.

«Vai più veloce, mamma!» piange Bella mentre mi precipito sulla strada tortuosa più veloce che posso.

«Sto facendo del mio meglio» dico impotente. «Non sarebbe d'aiuto per Bagpuss se ci schiantassimo contro un trattore nell'altra corsia.»

«Che cos'ha?» chiede Tolly.

«Non lo so, tesoro. È piuttosto vecchio. Forse sta avendo qualche tipo di convulsione o un ictus.»

«Non è un ictus» dice Bella con la voce piena di lacrime. «È stato avvelenato. Ha lo stesso aspetto dei topi nel fienile dopo che papà gli dette quella roba.»

Bagpuss sta respirando con piccoli e rapidi affanni e mi rendo conto che non abbiamo molto tempo. Improvvisamente inizia a vomitare e, con una calma sorprendente, Bella prende un vecchio asciugamano che teniamo in macchina e lo pulisce, mormorando dolcemente al gatto durante l'operazione.

Di sfuggita noto qualcosa verde acceso nell'asciugamano mentre Bella gli pulisce la bocca, e mi si spezza il cuore. Deve aver mangiato della belladonna o qualche altra pianta o fiore tossico. La sua vista non è più quella di un tempo e se anche il suo olfatto sta svanendo, è ovviamente a rischio di ingurgitare qualcosa di velenoso per errore. Non avrei dovuto lasciarlo uscire. Il mio povero, caro Bagpuss. Ci spezzerà il cuore se gli succede qualcosa. Lo abbiamo sin da quando Bella era piccola, perderlo ora in questo modo sarebbe devastante.

Inchiodo davanti allo studio del veterinario e Bella corre dentro con Bagpuss mentre io sgancio Tolly e lo faccio scendere dall'auto. Tamzin Kennedy è la nostra veterinaria da anni, conosce Bagpuss da quando era un cucciolo. Sembra affranta nel vederlo così. «Da quanto è incosciente?» chiede, sollevandolo delicatamente dalle braccia di Bella e posandolo sul tavolo visite.

«Sono tornata a casa quindici, forse venti minuti fa» dico. «Bella l'ha trovato così nel bagno del piano di sopra qualche minuto dopo.»

«Ha vomitato questa roba verde accesa» dice Bella in lacrime. Passa a Tamzin il vecchio asciugamano coperto di vomito del gatto e sono impressionata dalla prontezza che ha avuto nel portarlo dentro. «Ha un odore strano, dolciastro.»

Tamzin lo annusa. «Antigelo» dice tristemente. «Lo riconoscerei ovunque.»

«Antigelo?»

«Non è usato solo per prevenire il congelamento dei motori» dice Tamzin, aprendo una confezione sterile contenente siringa e ago. «È utilizzato anche nei liquidi per freni idraulici. I gatti di solito entrano in contatto con questo liquido dalle perdite sul terreno del motore di un auto. All'inizio ha un sapore dolce e quando il retrogusto cattivo si fa sentire è ormai troppo tardi. Non ci vuole molto perché stiano molto male.»

«Morirà?» chiede Tolly con gli occhi spalancati dalla paura.

«Non se riesco ad aiutarlo, piccolo. Jamie!» urla per chiamare il giovane assistente veterinario nel retro dello studio. «Ho bisogno che tu vada a prendere della vodka dal negozio in fondo alla strada. Più veloce che puoi. Più è costosa, meglio è. Prendi i soldi dalla scatola del fondo cassa. Corri!»

«Vodka?» chiedo allibita.

«Un trucchetto che ho imparato quando lavoravo in Australia. Se riusciamo a immettere alcol puro nel sangue, metabolizzerà quello dell'antigelo, e la vodka è la forma più pura che possiamo trovare in questo momento.»

«Non gli farà male?» chiede Bella con apprensione

«Avrà un po' di postumi forse, ma questo è quanto» risponde Tamzin. «Se il suo corpo riesce a metabolizzare la vodka, darà all'antigelo il tempo per svanire in un modo meno tossico. Darà un po' di tregua al fegato e ai reni.»

Aggrotto le ciglia confusa. «Non capisco come possa essere entrato in contatto con l'antigelo. Parcheggio sempre in garage, quindi se anche l'auto avesse delle perdite, Bagpuss non avrebbe trovato nulla per terra.»

«Potrebbe trattarsi di qualcos'altro a cui non penseresti mai» dice Tamzin, accarezzando dolcemente la testa di Bagpuss.

«Nelle sfere di neve è presente, ad esempio. Una cosa del genere potrebbe essersi rotta e l'avrebbe potuta leccare… c'è un motivo se i gatti hanno nove vite. Ne hanno bisogno.»

«O qualcuno l'ha fatto apposta» interviene Bella.

«Chi mai lo farebbe?» protesto.

Tamzin sospira. «Si leggono cose del genere ogni giorno. Ci sono tante persone malate in giro.»

«È quel contadino pazzo» dice Bella. «Quello che vuole farti vendere il recinto. È proprio una cosa da lui.»

Riappare Jamie ansimante. «Vodka russa purissima» dice brandendo la bottiglia. «Basterà?»

«Speriamo» dice Tamzin.

Ci raggruppiamo tutti intorno ansiosamente mentre diluisce la vodka e prepara la flebo per Bagpuss. I suoi occhi si aprono brevemente e ci guarda con un'improvvisa lucidità. Ci vedo la stanchezza e il dolore e mi assale un improvviso senso di colpa nel mettere i nostri sentimenti davanti ai suoi. «È giusto per lui?» mormoro a Tamzin.

«Gli ho somministrato degli antidolorifici» dice. «Ti prometto che non lo farò soffrire.»

Tolly appoggia la testa sul tavolo accanto a Bagpuss, accarezzandogli dolcemente gli orecchi, e mi si stringe il cuore dall'ansia. «Starà bene adesso?»

«Temo che l'unica cosa da fare sia aspettare» dice la veterinaria mentre arruffa dolcemente i capelli di Tolly. «Avete fatto tutto ciò che potevate venendo qui velocemente. E brava Bella per aver portato l'asciugamano. Faremo delle analisi del sangue ma sono piuttosto sicura che sia avvelenamento da glicole etilenico, cioè antigelo.»

Devo farmi forza per non piangere mentre guardo i miei

due bambini che abbracciano protettivi il loro adorato gatto. Nonostante i migliori sforzi di Tamzin, so che le possibilità che ce la faccia sono pochissime.

Non riesco a capacitarmi di come qualcuno possa deliberatamente infliggere una tale sofferenza a un animale innocente. Ma se una persona malata se ne va liberamente a giro ad avvelenare gatti con l'antigelo, perché mai dovrebbe arrivare fin quaggiù? Abitiamo alla fine di una stradina remota, l'unica persona nei paraggi è Gavin, il contadino di fronte a me, ma credo che neanche lui possa essere così malvagio da uccidere il nostro gatto. Non ha alcun senso.

Poi improvvisamente mi ricordo dell'orecchino color topazio sul piattino del sapone in casa mia.

ELISE MAHONEY
INTERROGATORIO REGISTRATO PARTE PRIMA

Data: 29 luglio 2020
Durata: 36 minuti
Luogo: 17 Felden Road, Londra SW6

Condotto dagli agenti della Polizia di Devon e Cornwall

(cont.)

POLIZIA	Allora, lei vive a due portoni dai signori Page, corretto?
EM	Avrei dovuto dire qualcosa prima? Avrei dovuto, vero? È solo che... non volevo causare problemi a nessuno.
POLIZIA	Non si preoccupi, signora Mahoney, va benissimo. Noi...
EM	È una cosa terribile. Non riuscivamo a crederci quando abbiamo sentito la notizia. Era un uomo così adorabile, si fermava sempre a salutare se ci vedeva in strada. Le persone non si comportano più così oggigiorno, no? Non a Londra almeno. Sono tutti sempre di fretta. Ma il signor Page si fermava sempre a fare due chiacchiere.

POLIZIA Non poteva sapere cosa era successo, signora Mahoney.

EM È stata la moglie? È sempre la moglie o il marito, no?

POLIZIA Forse potremmo iniziare da...

EM Quei poveri bambini, perdere il padre così. È tutto molto triste.

POLIZIA Signora Mahoney, vorrei ripercorrere gli eventi della sera del dieci luglio... Lei era a casa con suo marito?

EM Il dieci luglio?

POLIZIA La sera dell'alterco.

EM Oh, mi scusi tanto, ho una memoria terribile per le date. Ma sono bravissima con i numeri – mi chieda un numero di telefono e glielo dico, come un elenco delle Pagine Gialle con le gambe, a detta di Ernie. Non c'è mai bisogno di andare su quel Google, deve solo chiedere a me: Elise, hai il numero del dentista? E io glielo dico. Ma...

POLIZIA Mi scusi se la interrompo, signora Mahoney. Voglio solo chiarire, lei ha detto a uno degli agenti al telefono che si trovava a casa quella sera con suo marito e che ha assistito al litigio tra Caroline Page e Louise Page?

EM So che probabilmente non è rilevante, ma ho pensato che avreste dovuto saperlo quando ho sentito cosa era successo al signor Page.

POLIZIA No, sono molto felice che ci abbia chiamati, ci aiuta a ricostruire quello che è successo nei giorni precedenti. Si ricorda che ore erano quando ha sentito gridare?

EM Be', avevamo appena spento la TV, altrimenti non

l'avremmo sentito. Di solito rimanevamo in piedi per guardare il notiziario delle dieci, finché non hanno iniziato a cambiare l'orario. Mettevamo addirittura la sveglia per guardare il notiziario delle dieci. Alastair Burnet e Sandy Gall. Forse lei è troppo giovane per ricordarsi, giusto?

POLIZIA Mi dispiace.

EM E Trevor McDonald. Ci piaceva, un uomo così colto.

POLIZIA Quindi è stato dopo il notiziario delle dieci? Circa le dieci e trenta, quindi?

EM Oh, no. Non lo guardiamo più. Gliel'ho detto, continuavano a cambiare orario. Il notiziario delle dieci e trenta, delle nove, delle undici. Un continuo vai e vieni. Il notiziario dell'ora qualsiasi, lo chiamavamo. Abbiamo provato col quello della BBC, ma non fa per noi, tutte quelle brutte notizie prima di andare a letto… Provocano degli incubi a Ernie. Quindi non lo facciamo più.

POLIZIA Non fate cosa?

EM Guardare il notiziario.

POLIZIA Capisco. Mi scusi, mi sono perso.

EM Oh, sì, mi scusi, Ernie dice che divago. Di solito andiamo su… questo è quello che intende, andiamo su a letto verso le undici, più o meno. Non dormo se andiamo a letto prima.

POLIZIA Ed è allora che ha sentito urlare?

EM Era principalmente l'altra donna, la prima moglie del signor Page, Louise, giusto? L'ho vista qui qualche volta prima di allora a lasciare i figli. Urlava come una pazza, urlava. Ma poi la signora Page, quella giovane, si è arrabbiata, comprensibilmente, e ha iniziato a urlare anche lei. Le due erano davvero sul piede di guerra. Non sapevamo cosa fare. Ernie disse che era sola – la giovane signora Page, intendo – che saremmo dovuti andare lì, ma non volevamo interferire, sa. E poi l'altra, ha iniziato a dire tutte quelle cose orribili, a minacciare.

POLIZIA Che tipo di minacce?

EM [Pausa.] È stato tutto molto orribile in realtà.

POLIZIA Capisco che possa essere sconvolgente, signora Mahoney, ma qualsiasi cosa ci potrà dire sarà d'aiuto.

EM Be', siamo andati fuori, solo per... sa, vedere se potevamo fare qualcosa. E abbiamo visto la signora Page, Louise Page, che prendeva qualcosa dall'auto...

POLIZIA Ha visto che cos'era?

EM No, era avvolto in uno di quei sacchi neri della spazzatura. Lo sbatteva in faccia alla giovane signora Page. Ha detto: "Vediamo come ti senti quando si tratta di qualcuno che ami".

POLIZIA "Vediamo come ti senti quando si tratta di qualcuno che ami"? Ha detto questo?

EM Qualcosa del genere, con lo stesso effetto, sì. Ed è allora che la giovane signora Page è corsa in casa e non molto dopo è arrivata la polizia.

POLIZIA Abbiamo un rapporto dell'incidente di Caroline Page, ma non è menzionata nessuna minaccia specifica.

EM Era molto scossa. Forse non si ricordava esattamente. Mi è rimasto impresso. Una cosa così terribile da dire. Io e Ernie abbiamo perso nostro figlio quattordici anni fa in un incidente in moto. Non lo augurerei a

	nessuno, nemmeno al mio peggior nemico, di perdere qualcuno che ami.
POLIZIA	Mi dispiace per la sua perdita.
EM	Grazie.
POLIZIA	[Pausa.] Quindi secondo lei era una minaccia quello che Louise Page ha detto?
EM	Be', non pensavo che avrebbe fatto davvero qualcosa all'epoca. Ma poi il povero signor Page è stato ucciso e ho pensato si fosse avverato. Quella adorabile ragazza ha appena perso qualcuno che amava, giusto?

25

Caz

Appoggio la schiena alla porta d'ingresso come se potesse esplodere verso l'interno da un momento all'altro. Sono riuscita a chiuderla giusto in tempo, un altro istante e Louise sarebbe entrata.

Il panico mi pervade mentre sistemo, tremante, la catena di sicurezza, ho i brividi lungo la schiena. Non mi sorprenderebbe se mi pugnalasse davvero alla schiena. Non l'ho mai vista così prima d'ora. Come se fosse posseduta. Conosco la sua storia, so di cosa è capace, ma fino a questo momento non l'avevo mai davvero capito.

Sento sbattere la cassetta delle lettere e vedo la punta delle sue dita muoversi nell'aria. «Fottuta stronza assassina!» urla Louise. «Torna fuori e affrontami!»

Prendo il telefono dalla tasca posteriore. La polizia dovrebbe essere qui a momenti, ma ho il terrore che riuscirà ad entrare in casa prima di allora. Louise sapeva che Andy non sarebbe stato a casa, ovviamente; presenta il telegiornale notturno in questo periodo e non finisce la diretta prima delle undici. «Vai a casa, Louise» dico tremante. «Non ho toccato il tuo gatto. Non mi ci sono mai nemmeno avvicinata!»

«Bugiarda!»

«Ho chiamato la polizia» piango. «Sarai tu quella che finirà in prigione quando scopriranno cos'hai fatto!»

Kit appare improvvisamente in cima alle scale, strofinandosi gli occhi dal sonno. «Mamma, cos'è questa confusione?»

«*Shhh*, va tutto bene» gli dico forzando un sorriso debole. «Torna a letto, tesoro. Sono solo degli stupidi in strada. Mamma sarà da te tra un minuto per rimboccarti le coperte.»

«Posso avere un po' d'acqua?»

«Te la porto su. Adesso vai, torna a letto.»

I colpi si fermano all'improvviso. Corro in salotto e sbircio attraverso la tenda, cercando di vedere cosa stia facendo adesso. Non c'è modo di entrare in casa dal retro, queste proprietà con terrazze sono attaccate l'una all'altra. Ma non posso evitare che versi benzina o roba del genere attraverso la cassetta delle lettere. Salto all'indietro verso le scale e mi siedo su uno degli scalini in fondo, controllando mio figlio. *Vediamo come ti senti quando si tratta di qualcuno che ami.* E se provasse a fare del male a Kit? È abbastanza pazza per farlo.

Premo le nocche della mano in bocca così non mi sente piangere. È il giorno più brutto della mia vita. Un avvertimento finale da Patrick, con indagine in corso nella débâcle con la Vine, e ora questo. Come può Louise pensare seriamente che ucciderei il suo gatto solo per vendetta nei suoi confronti? So che mi odia, ma che razza di persona pensa che io sia?

La casa è avvolta in un sinistro silenzio. Sono tesa mentre aspetto il rumore di vetri infranti di Louise che riesce a entrare. Quanto ci vuole perché la polizia arrivi? Sembrano passate ore da quando li ho chiamati. Gli urli di Louise probabilmente hanno svegliato l'intera strada. Qualcun altro deve aver chiamato la polizia come me. Non ci potrà volere ancora molto, no?

Suona il campanello e quasi salto dalla paura. «Polizia» dice una voce maschile. «Va tutto bene là dentro?»

Perlustrano l'intera area quando racconto loro l'accaduto. Ma Louise non si trova. La sua auto non c'è più e se non fosse per il sacco nero di plastica vuoto sulla cancellata fuori da casa nostra, potrei anche credere di aver immaginato l'intera scena.

Mi rendo conto che i due agenti si stanno chiedendo la stessa cosa. Sono entrambi uomini, uno sui trenta e l'altro di una decina d'anni in più, e sono sicura che pensano che sia pazza. Ma riesco ancora a vedere Louise che mi sbatte il gatto morto in faccia, la testa che penzola disgustosamente fuori dal sacco della spazzatura. Riesco ancora a sentire il terribile tonfo di quando è atterrato sulla soglia della porta dopo che me lo ha lanciato. Mi sale la bile in gola un'altra volta mentre descrivo la scena.

Prendono appunti, ma anche se mi credono, non possono fare nulla. Non mi aspettavo nient'altro in realtà, anche se almeno la loro apparizione sembra aver mandato via Louise. E l'incidente è negli archivi. Se continua, dicono gli agenti, posso denunciarla per stalking e molestie. Non aggiungono, anche se glielo leggo in faccia: *per quanto le potrà servire.*

Sto ancora tremando quando Andy arriva a casa quasi a mezzanotte, proprio mentre la polizia sta andando via. «Che diavolo è successo?» esclama, scioccato nel vedere i due agenti. «Va tutto bene? Kit sta bene?»

«Abbiamo ricevuto una segnalazione per disturbo della quiete pubblica» risponde con tono grave l'agente più anziano.

«Sua moglie era molto sconvolta. Sostiene che la sua ex moglie si è presentata sulla porta con un gatto morto.»

Con mia grande sorpresa, Andy ride. «È per questo che siete qui? Pensavo fosse successo qualcosa di grave!»

«Andy!»

Mi ignora parlando sopra di me ai due agenti. «Mi dispiace molto. È tutto un malinteso. Ho già parlato con *mia moglie*. Il nostro gatto di casa è appena morto ed era sconvolta. Lo ha portato qui così che potessi dirgli addio. Temo che Caz abbia frainteso e reagito esageratamente.»

«La tua *ex* moglie» scatto prima di riuscire a fermarmi.

Vedo che gli agenti si scambiano un'occhiata con Andy. Non alzano proprio gli occhi al cielo ma quasi.

«Tu non c'eri!» protesto. «Era impazzita, mi minacciava...»

L'espressione dell'agente più anziano cambia. «Cosa intende con minacciare, signora?»

«Ha detto: "Vediamo come ti senti quando si tratta di qualcuno che ami." È il modo in cui l'ha detto, Andy, come se ne fosse convinta. Mi ha fatto venire i brividi. E poi mi ha lanciato il gatto. È stato orribile!»

«Era solo sconvolta» dice Andy brevemente.

«Si è fatta cento chilometri nel bel mezzo della notte con un gatto morto sul sedile!» esclamo. «Andy, questo non è un comportamento normale, indipendentemente da quanto fosse sconvolta. Ha sbraitato e delirato in strada per un'ora come se stesse avendo una crisi psicotica!»

«Senta, mi dispiace avervi fatto perdere tempo» dice Andy agli agenti con tono fermo. «Fa chiaramente parte di una lite domestica in corso e non avremmo dovuto disturbarvi. Vi chiedo scusa.»

«Nessun disturbo» dice l'agente anziano. «Meglio prevenire che curare.»

Tornano alla loro volante e riesco a sentire le risate. Dubito che sporgeranno denuncia. Ancora una volta Louise se l'è cavata.

«A che cosa pensavi quando hai chiamato la polizia?» Andy domanda appena la porta si chiude. «Amava quel gatto quasi quanto lo amavano i bambini. E anch'io, a dire il vero. Voleva che lo salutassi un'ultima volta e *tu* hai chiamato la polizia?»

«Tu non c'eri» dico furiosa. «Batteva alla porta come una pazza! Mi ha fatto davvero paura, Andy!»

Si versa un bicchiere abbondante di scotch dal mobile in salotto. «Stai esagerando. Cosa pensi che minacciasse di fare? Far male a Kit? O a me?»

Se la mette così, effettivamente sembra ridicola. Ma ho visto il suo volto quando mi ha lanciato il gatto. Non mi sorprenderebbe affatto se facesse qualcosa, colpisse qualcuno, per vendicarsi di me.

«Questa cosa tra voi è andata abbastanza oltre» dice Andy bruscamente. «Non avrei mai dovuto permetterti di convincermi a riportarla in tribunale. Domani chiamerò l'avvocato per dirgli di fare marcia indietro. Lou ha sbagliato ad accettare il lavoro alla Whitefish, e gliel'ho detto, ma accusarla di averti assalita con un gatto morto e chiamare la polizia...» La sua espressione di pietra è spietata. «Tu e Louise dovete deporre l'ascia, e possibilmente non una nella schiena dell'altra.»

«Andy...»

«Basta Caz. È stata una giornata lunga. Non ne voglio davvero più sapere.»

Si butta sul divano piegando la testa all'indietro sui cuscini e chiude gli occhi, mettendo fine alla conversazione. Non ha senso cercare di farlo ragionare. Sa di cosa è capace Louise, si rifiuta semplicemente di vederlo.

Improvvisamente vengo assalita da un'ondata di gelo e rabbia. È così maledettamente *debole*. Ho sempre pensato che avesse una personalità forte, ma mentre lo guardo adesso, mi rendo conto che non è altro che un abile camaleonte, che riflette l'immagine dell'osservatore, progettato perfettamente per quel povero mezzo di comunicazione che è la televisione. Mille sfaccettature per tutti, nessuna delle quali reale.

Come ho fatto a vivere con quest'uomo per quattro anni e non accorgermene? Dovrebbe stare dalla mia parte contro Louise, ma invece si rifiuta di prendere posizione perché vuole ancora che lei lo ami, anche senza contraccambiarla. Improvvisamente mi sembra una figura inconsistente e bidimensionale, nient'altro che una nullità nella battaglia in corso tra me e Louise.

Mia madre aveva ragione: Andy è quasi irrilevante ora. Che ci piaccia o no, io e Louise siamo bloccate in un combattimento mortale, legate l'una all'altra da qualcosa che va molto più in profondità della nostra relazione con Andy. Un duello a morte, l'ha definito mia madre. Sto iniziando a pensare che abbia ragione.

26

Louise

Sono una giornalista, trovare le persone è il mio lavoro.

Guardo attraverso il parabrezza bagnato dalla pioggia verso il malandato edificio di mattoni rossi dall'altro lato della strada. Gran parte delle persone non sono difficili da rintracciare una volta che si inizia a scavare. Oggigiorno è quasi impossibile non lasciare tracce virtuali a meno che non si facciano seri sforzi per rimanere invisibili. Social media, archivi pubblici: è tutto lì, a portata di click. E quello che non si riesce a trovare online è solitamente facile da scoprire con qualche telefonata. Non passo mai dall'ufficio stampa, sono sempre molto cauti, ma se si riesce a parlare con i veri guardiani, gli amministratori, le segreterie e i centralinisti, è sorprendente dove ti conduca la gentilezza. A volte devo un po' distorcere la verità, principalmente omettendo dettagli: le persone fanno supposizioni e non mi preoccupo di correggerle. Ma non devo raccontare nemmeno una piccola bugia a fin di bene per trovare la madre di Caz. Lo staff della casa di cura dove vive mi dà tutte le informazioni di cui ho bisogno per telefono, senza nemmeno chiedere chi io sia.

Prendo la borsa dal sedile del passeggero ed esco dall'auto. Basta stare a casa ad aspettare il prossimo colpo di Caz. Se avessi risposto al fuoco con il fuoco, prima, forse Bagpuss non sarebbe morto, ora.

Uccidere un gatto non è la vendetta di una donna gelosa. Portare mia figlia a farsi fare il piercing alla lingua, farmi licenziare, queste cose sono state perfide e spiacevoli, ma sono il tipo di cose che molte donne farebbero se provocate a dovere. Quello che Caz ha fatto a Bagpuss è da psicopatici. Sono terrorizzata all'idea di cosa potrebbe fare ancora, ai bambini o a me. Devo sapere esattamente con chi ho a che fare. Non mi aspetto una prova schiacciante, ma sono una giornalista da molto tempo. So che c'è qualcosa di più nella storia di Caz, qualcosa nel suo background che devo scoprire.

La cosa che mi spaventa di più è la presa che Caz sembra avere su Bella. Pensavo che mia figlia non volesse aver più niente a che fare con lei dopo la storia di Bagpuss, ma si rifiuta categoricamente di credere che Caz sia coinvolta. Forse l'ho gestita nel modo sbagliato andando a Londra di corsa per affrontare Caz la settimana scorsa, ma ero troppo arrabbiata per pensare strategicamente.

«Ma è ovvio che è stata lei!» ho urlato quando Bella ha accusato me di essere quella pazza. «Chi altro potrebbe averlo fatto?»

«Letteralmente chiunque!» ha urlato Bella. «Quel contadino schizzato, bambini, chi lo sa! Caz non è una psicopatica! Non farebbe mai una cosa del genere!»

Ho lanciato l'orecchino di topazio sul tavolo della cucina in mezzo a noi. «Sei stata tu a trovare questo nel vialetto vicino al garage» scatto. «Dimmi come ci è arrivato dato che Caz non è mai stata a casa nostra!»

«Te l'ho detto! Quello stupido orecchino probabilmente è

caduto dalla macchina!» esclama Bella. «L'ha guidata lei negli ultimi quattro anni, ricordi?»

L'unica cosa che mi ha sostenuta durante le buie notti di dolore e miseria dopo che Andrew se n'era andato era sapere che avevo comunque il meglio di lui: Caz può anche avermi rubato il marito, ma non avrebbe mai potuto portarmi via il mio essere madre, i miei bambini. Sentire mia figlia adesso prendere le sue parti contro di me mi ferisce più di qualsiasi altra cosa dopo la morte di Nicky.

La pioggia aumenta mentre chiudo la macchina e attraverso la strada verso la casa di cura. A una prima occhiata, è facile supporre che Caz provenga da una famiglia benestante, con quell'incarnato rosa tipico inglese e l'accento della Londra perbene. Ma ho sempre saputo che c'era qualcosa che non andava in lei: anche i giovani reali hanno qualche inflessione dialettale di questi tempi. Andrew chiaramente ci è cascato in pieno. È uno snob terribile: un ragazzo della classe operaia che viene dalle case popolari di Manchester, che si è fatto strada ma non è mai stato troppo sicuro del suo successo e ha sempre avuto un debole per le ragazze snob. La mia famiglia aveva finito il denaro quando sono nata io, ma i miei genitori hanno ancora uno strano scaldavivande in argento a giro per casa, e Andrew si vantava spesso del fatto che il mio padrino sia un baronetto. Scommetterei una bella somma che non sa che la sua attuale suocera vive in una casa di cura popolare a Dagenham.

Spingo la porta per entrare nell'ingresso e vengo immediatamente assalita da un odore istituzionale di pennarelli e cavolo bollito. Siamo nel fine settimana e non c'è nessuno dietro al bancone di fòrmica da quattro soldi della reception, pieno di tazze con avanzi di caffè ormai freddo, come se fossero state improvvisamente abbandonate lì a metà turno. Mi sporgo, cercando un campanello per chiamare qualcuno. Il computer quadrato, stipato nell'angolo della scrivania, sembra provenire dal secolo scorso e una serie di cartelle cliniche in cartoncino manila sono accatastate disordinatamente da una parte. L'intero posto trasuda incuria e mancanza di fondi, e sono solo all'ingresso. Dio solo sa come può essere il resto dell'edificio se questa è la faccia che presentano al mondo.

Da un piccolo ufficio in fondo all'ingresso appare improvvisamente una donna: si sta togliendo la maionese dalle labbra. Panino ai gamberi, a giudicare dai piccoli crostacei che pendono dal notevole davanzale sotto la felpa blu elettrico. «Posso aiutarla?» chiede sospettosa.

«Sono qui per vedere Ruth Clarke» le dico.

«Amici o famiglia?»

Esito. «È personale» dico evasiva.

«Stanza 243» risponde la donna, alquanto annoiata. «Secondo piano. Dovrà prendere le scale, l'ascensore non funziona.»

Le scale puzzano di urina e sigarette, e il linoleum economico e segnato non è chiaramente mai stato cambiato da quando negli anni Sessanta è stata costruita la proprietà. Ma cosa diavolo fa Caz, molla sua madre in un posto del genere? Lei e Andrew hanno abbastanza risorse per permettersi qualcosa di meglio. C'è qualcosa sotto, lo sento.

La porta della stanza 243 è spalancata, come tutte le altre davanti a cui sono passata. I residenti sono sottoposti a bagni e cambi di catetere in piena vista di chiunque si trovi a passare. Busso sonoramente alla porta di Ruth Clarke prima di entrare, ma la donna sulla sedia a rotelle non alza nemmeno lo sguardo.

«Signora Clarke?» chiamo. «Le dispiace se entro?»

Per un attimo penso che non mi abbia sentita. Poi mi guarda da sopra la spalla ossuta e vedo subito come Caz sarà fra trent'anni. La donna ha gli stessi bei lineamenti e gli zigomi alti, che fanno da supporto ad una pelle cadente ormai grigia per la mancanza di sole. Ha gli stessi occhi azzurri della figlia, anche se i suoi capelli sono crespi e tirati indietro in un nodo poco grazioso alla base del collo. Ma comunque è bella, a modo suo.

«Chi è lei?» scatta.

«Ero sposata con il marito di sua figlia» dico senza mezzi termini.

Il suo sguardo si aguzza improvvisamente. Annuisce tra sé un paio di volte poi allontana bruscamente la sedia a rotelle dalla finestra. «Che cosa vuole da me?»

«Vorrei parlarle, se ha qualche minuto da dedicarmi.»

«Non è che debba andare da qualche parte» dice acida.

Do un'occhiata alla stanza mentre mi siedo sull'unica sedia disponibile, di fronte a lei. Non ci sono foto personali da nessuna parte: nessuna immagine di Ruth che tiene in braccio Caz da piccola, o Ruth stessa al suo matrimonio. La stanza è sciatta e sterile come se fosse arrivata stamani, anche se so che è finita qui più di sette anni fa. Non ci vuole uno psicologo esperto per capire che abbandonare tua madre a marcire in una cella senza amore come questa non è segnale di un buon rapporto.

«Allora, cosa vuole sapere?» chiede Ruth.

«Tutto» le dico.

27

Caz

Andy si allunga sul bancone della cucina per dare un bacio a Kit, reggendo la cravatta di lato per non inzupparla nei cereali. Cerco di non notare il fatto che solo qualche settimana fa avrebbe fatto il giro intorno al bancone per dare un bacio anche a me. «Non ti scordare che i ragazzi saranno qui questo weekend» dice drizzandosi. «Devi togliere tutta quella robaccia dalla camera di Bella. Non puoi usare il suo letto come ripostiglio.»

Vorrei far notare che fino a una settimana fa quella stanza era il mio studio. Ma ora che i ragazzi vengono a Londra il fine settimana, Andy ha decretato che Bella ha bisogno del suo spazio, così può invitare gli amici.

Non è poi del tutto un male. Rinunciare al mio ufficio mi ha fatto guadagnare dei punti con Bella, cosa che farà impazzire Louise.

«Ah, un'altra cosa» dice Andy mentre apre la porta d'ingresso. «Andiamo nel Devon il prossimo venerdì mattina, non sabato, quindi devi prenderti un giorno libero dal lavoro. Celia ci ha invitati alla cena di famiglia all'hotel venerdì sera, ed è più sensato essere là il giorno prima della festa così non siamo di corsa.»

Lo rincorro nell'ingresso. «Non andremo mica alla festa?» chiedo incredula. «Dopo quello che ha fatto Louise?»

«Certo che ci andiamo» risponde tagliando corto. «Non è cambiato niente. Non rovinerò il gran giorno di Celia solo perché tu e Louise avete bisticciato.»

«Abbiamo bisticciato?»

«Caz, non so cosa sta succedendo tra voi due, ma dovete trovare una soluzione. Questo weekend sarà un'opportunità per voi per mettervi tutto alle spalle e fare pace.» Si guarda nello specchio dell'ingresso e raddrizza la cravatta. «Devo andare o farò tardi alla riunione del mattino. Ne possiamo discutere più tardi.»

«Si è presentata a casa nostra con un gatto morto!» esclamo, prendendolo per il braccio. «La voglio a un chilometro di distanza da mio figlio!»

Mi scuote via. «Io andrò alla festa e anche Kit. Tocca a te decidere se vuoi rimanere a casa e tenere il muso.» La sua espressione si fa più dura. «Ed è anche mio figlio, ricordatelo.»

«Andy...»

È andato. Rientro in casa, mi trema tutto il corpo. Mi sento male e leggermente stordita. Non so cosa ci stia succedendo. Andy non mi ha mai parlato come ha appena fatto, liquidandomi come se non contassi nulla. Non l'ho mai visto guardarmi in quel modo, distante e irraggiungibile. In tutti gli anni che abbiamo passato insieme c'è sempre stato fuoco, fiamme e sentimento tra noi, anche quando litigavamo. Ma nell'ultima settimana, da quando è venuta la polizia, è chiuso, freddo e chirurgicamente arrabbiato, ben preciso nell'indirizzare il suo disgusto. Mi domando se era così anche negli ultimi periodi del matrimonio con Louise.

Quattro anni fa, quando Andy l'ha finalmente mollata, ho pensato di averla sconfitta. Ma la mia era solo una vittoria di Pirro sin dall'inizio. Andy non ha lasciato Louise per me. L'ho vinto per mancanza di alternative. Si è presentato alla mia porta, incandescente di rabbia e disperazione, non perché si era finalmente reso conto che non poteva vivere senza di me, ma perché aveva scoperto che Louise lo aveva tradito.

È stato come un cancro al cuore della nostra relazione, che cresceva lentamente ma era sempre presente. Non ha scelto me. Non sceglie mai me.

Mi lascio cadere su uno scalino, nello stesso posto dove mi sono seduta la settimana scorsa per proteggere mio figlio dalla follia della sua ex moglie, e affondo il volto nelle mani. La maggior parte delle coppie inizia la relazione in un bozzolo di intimità, ma per me e Andy quel prezioso e irrecuperabile periodo è sempre stato offuscato dalle costanti battaglie in corso con Louise. In qualche modo ne siamo usciti e abbiamo raggiunto acque tranquille. Lei comunque non se n'è mai andata, sempre una spina nel fianco, e io e Andy abbiamo spesso litigato per lei, ma non ha mai seminato zizzania in questo modo. Un mese fa non mi sarei immaginata che saremmo arrivati a questo punto, amaramente divisi più che mai. Siamo in bilico sull'orlo di qualcosa dal quale non sono sicura che ci riprenderemo.

In qualche modo mi riprendo e finisco di prepararmi per andare al lavoro. Lascio Kit all'asilo e mi dirigo verso la metropolitana, prendendo un latte macchiato da asporto e cercando di schiarirmi le idee così posso concentrarmi sulla giornata che mi attende. Patrick ha bloccato l'emorragia di clienti dopo la débâcle con la Vine, ma so benissimo che ho molto terreno da recuperare. Non posso permettermi un altro errore adesso.

Mi vibra il telefono, un messaggio in arrivo da AJ mentre salgo le scale per arrivare al binario di Parsons Green.

Patrick vuole vedermi subito.

Esco dal fiume di pendolari e appoggio la tazza di caffè per terra in mezzo ai piedi così posso rispondergli. *Ti ha detto perché?*

No, ma ci sarà anche Sheila.

Merda. C'è solo un motivo per cui Patrick vuole qualcuno delle Risorse Umane presente a una riunione. Farà una bella strigliata a AJ e si copre le spalle, così non potrà giocare la carta dell'omofobia se le cose dovessero andare improvvisamente male. *Niente panico. Arrivo appena posso. Fammi sapere.*

Spero davvero che Patrick non sollevi AJ dalla campagna Univest perché ciò mi lascerebbe completamente esposta con Tina Murdoch. Ma sta punendo tutti quelli coinvolti nel casino Vine, togliendoci clienti prestigiosi e facendo tagli alle ferie extra. AJ è solo il mio vice. Prima della Vine, stava per essere promosso in via permanente, ma Patrick può sempre ributtarlo nella marea degli altri assistenti.

Mi stringo per entrare nella metro, cercando di non versare il caffè mentre la folla spinge dietro di me. AJ è più del mio braccio destro: è i miei occhi e le mie orecchie alla Whitefish.

È nevrotico e qualche volta ingenuo, ma è anche molto leale, lavora sodo ed è una delle creature più rare al mondo: una fonte di gossip che sa quando tenere il becco chiuso. Perderlo nell'affare Univest potrebbe lasciarmi a corto di staff e politicamente vulnerabile. È praticamente l'unica persona nella mia vita di cui mi fido ciecamente. Per molti versi è un amico migliore per me di quanto lo sia Andy stesso.

Cambio a Earl's Court e il mio telefono si accende per la

valanga di email che arrivano appena risalgo in superficie. Le scorro velocemente mentre scendo dai binari. Quattro messaggi di Tina, un paio in copia da Patrick e Sheila, un segno nefasto, un altro di Nolan, più un secco promemoria da Andy che mi ricorda di andare a prendere Bella e Tolly alla stazione domani. E non sono ancora le otto e trenta.

Mi fermo improvvisamente di sasso nel mezzo del marciapiede. Louise sta mandando a rotoli i miei rapporti sia di lavoro che familiari, ma ce n'è uno solo che posso effettivamente recuperare.

Voglio chiarire con Andy. Sarà stanco quando arriverà a casa stasera e dato che è più facile che scavare in quello che sta realmente succedendo, copriremo i graffi e faremo finta che stamani non sia successo niente. Andy non è perfetto, Dio solo sa quanto può essere narcisista e superficiale, ed è terribilmente debole nei confronti di Louise e costantemente maleducato con me. Ma è il padre di Kit. Quando è buono è, come si suol dire, una pasta d'uomo, ma quando è cattivo è orribile. Mi rifiuto di accettare la sconfitta. So che possiamo tornare a essere quelli di una volta, se solo riuscissimo a superare questo brutto momento. Non voglio passare un'altra settimana nel modo in cui ho passato quest'ultima, dormendo con un estraneo di pietra che mi dà la schiena ancor prima che sia entrata nel letto. Voglio lasciarmi tutto questo casino alle spalle e se ciò significa chiedere scusa a Louise, immagino che dovrò ingoiare il rospo e farlo.

Rimetto il telefono in borsa, mi butto nuovamente nel fiume di pendolari e corro giù per le scale verso la Piccadilly Line. Se vado alla INN adesso riuscirò a vederlo prima che inizi la riunione giornaliera delle dieci.

Mezz'ora più tardi entro nell'atrio della reception della INN. In quattro anni sono stata qui solo una volta; i giornali non mi hanno fatto una bella pubblicità quando Andy ha lasciato Louise, la quale piaceva molto ai suoi colleghi della INN, e un solo assaggio di ostilità mi è bastato. L'atrio è luminoso e arioso, ricoperto di acciaio cromato e vetro. Enormi gigantografie dei presentatori principali della rete, incluso Andy, appese a fili invisibili cadono dal doppio soffitto come bandiere alle Nazioni Unite. Forse dovrei smettere di nascondermi e far sentire un po' di più la mia presenza. Non devo chiedere scusa a nessuno per essere la moglie di Andy. Devo smettere di comportarmi come se dovessi farlo.

«Sono qui per Andrew Page» dico alla ragazza dietro al tavolo della reception. «Sono la moglie.»

Si gira verso il computer. «Solo un momento, signora Page, gli dico che è qui.»

Mi squilla il telefono, guardo lo schermo e vedo il numero di AJ. Maledizione. Deve aver finito la riunione con Patrick, ma non posso parlarci ora. Rifiuto la chiamata, sentendomi un po' in colpa. Uno dei motivi per cui io e Andy stiamo litigando è che ho speso troppo tempo ed energie pensando al lavoro invece che a lui. Devo mettere il mio matrimonio al primo posto se voglio salvarlo.

«Signora Page? Temo che il signor Page non risponda. Vuole che le passi la segretaria?»

«Sarebbe fantastico, grazie.»

Mi indica un telefono sul bancone della reception e alzo la cornetta. «Ciao Jessica» dico. «Andy è in giro?»

«Oggi è fuori» dice la segretaria con tono sorpreso.

Come presentatore è raro, ma non insolito, che Andy vada

sul campo. Forse sta presentando da un posto lontano, o facendo una grossa intervista. «Sai a che ora torna?»

«Ti aspettava?» chiede Jessica.

«No, stavo solo passando in zona. È fuori per una storia?»

«Non che io sappia.»

È deliberatamente evasiva. Mi si drizzano i peli sul collo. «Sai quando torna in ufficio?»

«In realtà oggi non c'è proprio» dice riluttante. «Si è preso il giorno libero. Declan lo sostituirà nel notiziario di oggi.»

Per un attimo, mi chiedo se ho frainteso. Ma poi mi ricordo il tono secco di Andy quando ha detto che avrebbe fatto tardi per la riunione del mattino.

28

Min

Mi tolgo il camice da ospedale e prendo uno Snickers dalla macchinetta mentre esco nel parcheggio. Il turno di notte non è mai divertente, ma a volte può capitare di riuscire a dormire qualche ora nella saletta del medico di guardia. Quello, oppure un mega tamponamento o un'esplosione chimica che fanno salire l'adrenalina e ti fanno dimenticare che non dormi da ventidue ore. Ma la scorsa notte è stata la peggiore di entrambi gli scenari: un flusso costante di ferite lievi ed eruzioni misteriose che mi hanno tenuta impegnata ma che in realtà sarebbero di competenza di un medico generico. Abbiamo già abbastanza ipocondriaci di giorno, ma c'è sempre un gruppetto di gente facilmente allarmabile che non ama altro che presentarsi al pronto soccorso alle quattro del mattino con la convinzione di avere l'ebola. Non mi dispiacerebbe se, una volta ogni morte di papa, qualcuno l'avesse davvero.

Mi aggancio la cintura e accendo la radio. È quasi mezzogiorno, potrei fare un pisolino di un paio d'ore prima di andare a prendere Archie e Sidney a scuola, ma non mi sembra che ne valga la pena. E comunque, sono troppo in ansia per Louise per dormire.

Con uno scatto improvviso, mi sgancio la cintura e prendo

la borsa dal sedile. Quello di cui ho bisogno è una veloce passeggiata e un po' di aria di mare. Ci vogliono solo pochi minuti per andare dal Royal Sussex al lungomare, sorprendentemente tranquillo nonostante siamo nel bel mezzo dell'estate. Quando arrivo capisco perché: un vento freddo spira dal mare e, nonostante il sole, sembra più ottobre che luglio. Il che è una cosa buona, perché ho bisogno di schiarirmi le idee per pensare.

I ciottoli scricchiolano e rotolano sotto i miei piedi mentre scendo sulla spiaggia. Non ho idea di cosa fare con Lou. Ero preoccupata quando si è trasferita in casa di Andrew e ha accettato quel lavoro nell'ufficio della moglie, ma tutta questa storia di Bagpuss è a un altro livello di follia. Uno che vorrei con tutto il mio cuore non riconoscere.

Come medico di pronto soccorso, mi sono imbattuta nella sindrome di Münchhausen qualche volta negli anni. È una delle malattie mentali più difficili da diagnosticare, in parte perché le persone fingono deliberatamente o esagerano i sintomi, ma principalmente perché va escluso tutto il resto prima. Ancora peggio è quando i pazienti fanno del male a qualcun altro, di solito bambini piccoli in custodia, qualche volta un parente anziano. È terribile, ovviamente, ma di solito non lo fanno per un beneficio concreto, tipo il denaro. Vogliono la compassione e le attenzioni speciali che vengono date alle famiglie di coloro che stanno male davvero. Le persone affette da questa sindrome non sono cattive, sono malate mentalmente.

Forse è esagerato includere un gatto nella diagnosi, ma Lou ha tutta la compassione e l'attenzione che potrebbe desiderare adesso, specialmente da Andrew. E non sarebbe la prima volta che ha percorso questa strada buia.

Un'onda mi bagna i piedi facendomi saltare; allora mi giro e ritorno sulla spiaggia, stringendo le spalle per il vento freddo, atipico in questa stagione. Mi rifiuto categoricamente di credere che Louise possa aver compiuto un gesto così terribile come avvelenare il suo gatto, non riesco nemmeno a pensarci, ma ho una paura matta che sia proprio quello che ha fatto. Nessuno voleva crederci nemmeno l'altra volta, quando è esploso tutto il casino con Roger Lewison e la moglie, ma si è rivelato vero. Se c'è anche una sola possibilità che succeda di nuovo, è sicuramente meglio parlare adesso, prima che le cose sfuggano ulteriormente di mano, no? La settimana scorsa era il povero vecchio Bagpuss, ma se – Dio ce ne scampi – la prossima volta toccasse Tolly o Bella?

No. Non farebbe mai del male ai bambini. Lou è mia amica e le voglio bene. Se lancio l'allarme ora potrei far scattare qualcosa di impossibile da fermare. E potrei anche sbagliarmi di grosso. Forse è stato davvero il contadino vendicativo che ha ucciso Bagpuss, come ha suggerito Bella. O anche la donna gelosa di Andrew. Devo parlare con Lou, cercare di capire meglio cosa ci sia nella sua testa, prima di dire o fare qualsiasi cosa.

Con improvvisa determinazione torno verso il lungomare. Dovrei avere più fiducia in Lou. Se dice che quella donna ha avvelenato Bagpuss, dovrei fidarmi. Dovremmo farlo tutti. Celia deve smettere di fare giochetti con quel dannato invito alla festa e chiarire una volta per tutte che siamo tutti senza riserve dalla parte di Lou.

Appena raggiungo la strada principale, il sole scompare. Mi affretto verso il parcheggio dell'ospedale mentre la prima grossa goccia di pioggia cade e poi scorgo all'improvviso Andrew e Bella uscire dal Ginger Dog a circa trenta metri da me. Che strano. È venerdì: Bella dovrebbe essere a scuola, non a pranzo in un pub di Brighton con il padre. È in uniforme, quindi ovviamente non è neanche un giorno libero. Sono ancora abbastanza lontana ed entrambi sono girati di schiena, quindi nessuno dei due mi nota mentre Andrew mette affettuosamente un braccio intorno alle spalle di sua figlia, tirandola a sé e accarezzandole i capelli.

C'è qualcosa in questa scena che non è del tutto a posto. Non riesco bene a capire cosa, ma sento un evidente senso di disagio quando spariscono dietro l'angolo. Sta succedendo qualcosa in questa famiglia, qualcosa di pericoloso e malsano. E l'istinto mi dice che non abbiamo più tempo per fermarlo.

Una settimana prima della festa

29

Louise

Mancano dei soldi sul mio conto. Non mi sto sbagliando, non ho fatto errori nel calcolare quanto ho speso per benzina e cibo nell'ultimo mese. Sono state prelevate trecento sterline in contanti con il mio bancomat giovedì scorso e dato che la carta è di nuovo al sicuro nel portafogli, l'unica persona che può averlo fatto è Bella.

Non è la prima volta che "prende in prestito" soldi da me. Di solito si tratta solo di cinque o dieci sterline qua e là per comprarsi un caffè da Starbucks quando esce con gli amici, oppure per una nuova – inevitabilmente nera – maglia da Primark. Ma non ha mai preso così tanto prima. Ha intaccato lo scoperto e il messaggio di avviso della banca è arrivato subito. Sono meno preoccupata del buco provocato nelle mie finanze che del motivo per cui ha bisogno di così tanti soldi. Controllo le transazioni passate dall'app della banca, consumata dall'ansia. Sono droghe? Questo spiegherebbe ovviamente gli sbalzi d'umore. Ha sedici anni, suppongo sia inevitabile che prima o poi le provi. Ma trecento sterline? È un bel po' di erba.

Alzo lo sguardo quando mio fratello Luke fa capolino nell'ingresso di casa dei miei. «Vieni?» chiede. «Il pranzo è in tavola.»

Scorro il resto delle transazioni. Nessun prelievo inaspettato, è già qualcosa. Suppongo. Conosco genitori che sono sempre gli ultimi a sapere cose del genere, ma davvero non riesco a immaginarmi Bella che si droga. È una fanatica della "vita pulita" e non prende nemmeno il paracetamolo quando ha mal di testa. Abbiamo dovuto patire le pene dell'inferno per farle il richiamo del tetano qualche anno fa. Ma se non si tratta di droghe, per cosa ha bisogno di soldi?

«Louise!» chiama mia madre.

Mi affretto nella sala da pranzo dei miei proprio mentre papà porta in tavola l'arrosto della domenica, orgoglioso come se l'avesse cacciato e infilzato lui stesso. Mia madre fa posto nel mezzo del tavolo mentre appoggia il vassoio. «Faccio gli onori?» chiede papà retoricamente, come fa sempre.

Taglia fette perfette di maiale rosato mentre mia madre passa una zuppiera fumante di cavoletti di Bruxelles. I due figli più piccoli di Luke e Min, Sidney e Archie, mimano il gesto di vomitare finché Min li raggiunge dall'altra parte del tavolo e li bacchetta acidamente sulle mani con una forchetta.

«È vero che è morto il tuo gatto?» chiede Archie, cinque anni, all'improvviso.

«Certo che è vero» risponde Sidney con sdegno, dall'alto dell'autorità dei sette anni. Abbassa la voce con tono drammatico. «È stato avvelenato.»

Archie mi tira la manica. «È stato avvelenato davvero, Lula?»

Mi sono sempre rifiutata di farmi chiamare "zia Louise": mi fa sentire come una zitella del periodo edoardiano. «Ho paura di sì, Archie. Ha mangiato qualcosa che non avrebbe dovuto.»

Archie guarda il suo piatto. Min gli ha messo un cucchiaio

di cavoletti mentre non stava guardando. «Per caso erano cavoletti?» chiede abbattuto.

Dopo pranzo, papà va in salotto a leggere il giornale e Luke porta i ragazzi fuori a giocare un po' a pallone. Io e Min cacciamo mia madre dalla cucina così possiamo lavare i piatti, ma invece di ribellarsi mentre glielo diciamo, esce a lavorare in giardino. Riesce a stare ferma cinque minuti tanto quanto il sole può decidere se sorgere a ovest.

La guardiamo mentre passa dalla finestra della cucina con il cesto da giardino al braccio, diretta verso la nuova area di pomodori. «Sai che gliel'ha costruita Andrew?» chiede Min.

So esattamente dove va a parare. «Min, per favore, non iniziare.»

È come cercare di fermare un treno in corsa. «Non fa bene a nessuno» continua. «Devi parlare con Celia e farla ragionare. Potrebbe stare a sentire se le parli tu.» Strofina la padella dell'arrosto con più vigore del necessario. «Tu e Andrew dovete separarvi in modo adeguato. Le vostre vite sono troppo intrecciate ultimamente. Sono sicura che Celia l'ha invitato alla festa con le migliori intenzioni, ma le cose sono cambiate, anche lei lo deve ammettere.»

«Non sono poi così sicura delle sue intenzioni» mormoro.

«Ha sollevato un vespaio con quell'invito» prosegue Min, irritata. «È lì che sono iniziate tutte queste assurdità.»

«Non dico il contrario.»

Appoggia la padella dell'arrosto sullo scolapiatti e si gira verso di me, mentre dalle mani le cadono bolle di sapone sul pavimento. «Lou, sono molto preoccupata per te. Questa terribile storia di Bagpuss…»

«Min, sai quanto apprezzi i tuoi consigli» la interrompo.

Sospira. «Sì, ma non li ascolti mai.»

Ha buone intenzioni, questo lo so. Qualsiasi preoccupazione abbia nei miei riguardi, è dettata dall'amore. E a differenza di tutti gli altri, inclusa mia madre, non ha dei piani segreti. Vorrei potermi confidare con lei e dirle quello che ho scoperto durante la visita alla madre di Caz. Ma ammettere di aver cercato quella donna ed essere andata a trovarla aumenterebbe la convinzione di Min che sono ossessionata. So che se lo sta già chiedendo per la storia di Bagpuss. Non la biasimo: dati i miei precedenti, farei lo stesso.

«Min, cara» dice mia madre entrando dalla porta sul retro e facendoci saltare entrambe. «Che ne diresti di andare fuori con Luke e i ragazzi? Posso aiutare io Louise a finire qui in cucina.»

Min sa riconoscere una domanda imperativa: può sembrare una domanda, ma in realtà è un ordine. Mima con la bocca: "Parlale!" verso di me e sparisce fuori.

Mia madre appoggia il cesto di pomodori sul bancone e si mette i guanti di gomma, pulendo i piatti nell'acqua insaponata. «Stai gestendo Andrew nel modo completamente sbagliato, Louise» dice dal nulla, mentre sciacqua una ciotola sotto il rubinetto. «Te l'ho già detto. Correre a Londra come una pazza...»

«Sì, lo so» dico risentita. «Non avrei dovuto, ma ero arrabbiata.»

«Gli devi ricordare delicatamente a cosa ha rinunciato quando ti ha lasciata, non a bastonate» dice mia madre. «Sai quanto conti la famiglia per lui. Non ha lasciato solo te quando se n'è andato, ha lasciato tutti noi e lo rimpiange da allora.»

Prendo i piatti e inizio ad asciugarli. Non voglio affrontare questa conversazione, ma non c'è modo di fermare mia madre quando ha il coltello tra i denti. Ma ha ragione su una cosa: la famiglia è sempre stata importante per Andrew. I genitori sono morti entrambi giovani, quando aveva venticinque anni, ed è figlio unico. Finché non ci siamo sposati, non aveva parenti di cui parlare, eccetto alcuni lontani cugini a Salford, dove è cresciuto. Aveva bisogno della mia famiglia allargata tanto quanto noi avevamo bisogno di lui per riempire il vuoto lasciato da Nicky.

«Mamma, non rimpiange di avermi lasciata» sospiro. «Avrebbe potuto provare a tornare, ma in quattro anni non ha mai mostrato il minimo desiderio di farlo.»

«Ti ama, Louise. Sì, forse pensa di amare anche lei» aggiunge impaziente, liquidando le mie obiezioni. «E senza dubbio vuole bene a Kit. Ma il matrimonio è ben più dell'amore e invecchiando te ne rendi conto. Andrew ha bisogno di far parte di qualcosa di più grande.» Mi passa un altro vassoio da asciugare. «È il motivo per cui le persone come lui vanno in televisione. Hanno bisogno di un pubblico, dell'adorazione di massa. Hanno bisogno di sentire che appartengono a qualcosa. Sto cercando di aiutarti, Louise, ma non la stai rendendo facile.»

«Aiutarmi in cosa?»

«A ottenere quello che vuoi.» Si gira per guardarmi in faccia, con le mani ancora nel lavello. «Andrew. Lui è quello che tu vuoi ancora, no?»

Per un breve momento, il mio stupido cuore osa sperare. Una pellicola illuminata dal sole proietta un film romantico a tutta velocità nella mia testa: io e Andrew che ci svegliamo nel letto insieme, ridendo con i bambini al tavolo della colazione, passeggiando mano nella mano sulla spiaggia con il vento che ci scompiglia i capelli e i gabbiani che volano intorno sopra di noi...

Mi fa male la testa. «Non è un'opzione, mamma.»

«Certo che lo è.» Afferra la ciotola della salsa e svuota il contenuto gelatinoso nel cestino. «Tutto ciò di cui ha bisogno è un motivo per tornare. Ma devi smetterla di rincorrerlo. Deve venire lui da te.»

«Non lo sto rincorrendo...»

«Trasferirti in casa sua?» mi interrompe brusca. «Accettare un lavoro nell'ufficio di sua moglie?»

Arrossisco. «Ho già detto a Chris che lascio la Univest e la Whitefish. Sto cercando di comportarmi da adulta.»

«E il gatto?»

«La polizia non farà nulla. Dicono che non ci sono prove, quindi...»

«Caz non ha avvelenato il tuo gatto, e lo sai» continua mia madre.

«Lo so che è difficile da credere, ma...»

«Louise Roberts, puoi mentire alla polizia, puoi mentire a Andrew, puoi mentire anche a te stessa. Ma non pensare mai di mentire a me.»

Mi blocco un attimo.

Mi schiarisco la gola. «È stato molto tempo fa, mamma.»

«Non sono cieca, Louise. Vedo cosa sta succedendo. Ti ho avvisata l'ultima volta, ma non hai ascoltato.» Si gira di nuovo verso il lavello, lavandosi letteralmente le mani della mia situazione. «Te ne pentirai. Se commetti lo stesso errore con Andrew come hai fatto con Roger Lewison, finirà esattamente allo stesso modo.»

Non è giusto che mi sbatta in faccia quella storia. Avevo solo diciannove anni, ero giovane e innamorata per la prima volta. Chi non commette errori a quell'età?

Roger Lewison era il mio tutor a Oxford. Era anche sposato, cosa che dimenticò di dirmi all'epoca.

Dopo due mesi dall'inizio della nostra storia, la moglie ci scoprì e Roger fu obbligato a uscire allo scoperto. Lei minacciò di dirlo all'università se non avesse terminato la nostra relazione; avrebbe perso il lavoro e io sarei stata espulsa. Ma ero così innamorata di lui, non potevo semplicemente accettare che fosse finita. Pensavo che se fossi riuscita a far capire alla moglie quanto ci amavamo, non avrebbe continuato a mettersi in mezzo. Lo avrebbe lasciato libero, pensavo, una volta scoperto che era senza speranza. Nessuna donna vuole che un uomo stia con lei per pietà. Sarebbe stato tutto molto triste per lei ovviamente, ma io e Roger eravamo fatti per stare insieme. Eravamo anime gemelle.

Quindi cercai di parlarle, di spiegarle, ma non ne voleva sapere. Riattaccava il telefono quando chiamavo e si rifiutava di parlarmi. Le spedii anche un paio di lettere scritte a mano, ma ignorò anche quelle. Iniziai a girare vicino al suo ufficio – era una docente di psicologia in un altro corso – ma continuava a non volermi vedere e infine mi fece proibire dal custode l'accesso al cortile.

Alla fine non mi lasciò scelta. Volevo solo parlare con lei. Roger teneva un corso serale ogni mercoledì, quindi avevo calcolato i tempi per non trovarlo a casa. Jennifer mi fece entrare. Non si aspettava che comparissi alla sua porta e sfruttai la sua confusione per entrare e parlarle. Stava preparando la cena: indossava un grembiule a strisce blu e bianche vecchio stile ed era sporca di farina sulla guancia. Aveva anche un coltello nella mano destra.

Fu la vista di lei col grembiule, l'ambiente domestico: questa donna, la moglie di Roger, che gli preparava la cena mentre aspettava che tornasse a casa. I miei ricordi di quella sera sono confusi, un turbine di immagini violente e spaventose. Mi ricordo di lei che si lanciò verso di me, poi un'improvvisa fitta sul lato sinistro della mia pancia. Jennifer disse alla polizia che le avevo preso il coltello di mano e che mi ero deliberatamente pugnalata nello stomaco. Cercai di spiegare che era stata *lei* ad attaccare *me*, ma era la sua parola contro la mia, e lei era un'eminente professoressa all'università di Oxford, mentre io ero una studentessa innamorata che aveva avuto una storia con suo marito e aveva fatto irruzione in casa sua. Jennifer Lewison chiese un'ordinanza restrittiva nei miei confronti. Sono stata fortunata a non essere stata espulsa dall'università.

Mi ci sono voluti diversi anni di terapia per riuscire ad ammettere quello che era successo veramente. L'analista mi mostrò che avevo cercato la pietà di Roger, che volevo farmi vedere da lui come la damigella in pericolo cosicché potesse venire a salvarmi. Nella mia confusa testa da adolescente infatuata, disse l'analista, avevo cercato di rendermi letteralmente la vittima e far passare Jennifer per l'aggressore che credevo che fosse. Per quanto mi riguardava, non stavo mentendo: io credevo veramente che Jennifer mi avesse attaccata.

Ma questo è stato quasi venticinque anni fa. Ho quarantatré anni ora, sono una giornalista di successo, sono stata una moglie e sono comunque una madre. Conosco la differenza fra realtà e fantasia. E non mi sto inventando questo.

«Non ho avvelenato Bagpuss» dico fermamente. «È Caz quella che mente. E posso provarlo.»

Non ho intenzione di rivelare a mia madre che ho trovato la madre di Caz, per lo stesso motivo per cui non l'ho detto a Min, ma ho bisogno che capisca adesso quanto è pericolosa Caz. «Ha mentito su tutto, mamma» dico con impazienza. «Chi è, da dove viene. E non è la parte peggiore. Non hai idea di che persona sia veramente. Non è quella che sembra.»

Mia madre mi guarda duramente. «Chi lo è?» dice.

JENNIFER DAVITT
INTERROGATORIO REGISTRATO PARTE PRIMA

Data: 28 luglio 2020
Durata: 31 minuti
Luogo: Livingstone College, Oxford

Condotto dagli agenti della Polizia di Devon e Cornwall

(cont.)

POLIZIA	Quindi lei e il signor Lewison siete divorziati?
JD	Professor Lewison. E sì.
POLIZIA	Posso chiederle perché?
JD	È rilevante?
POLIZIA	È quello che stiamo cercando di stabilire, signora Lewison – o professoressa?
JD	Dottoressa in realtà. E sono tornata al mio nome da nubile, Davitt, dopo il divorzio.
POLIZIA	Dottoressa Davitt, il suo ex marito ha avuto una relazione di tipo sessuale intorno al novembre 1995 con una sua studentessa, la signorina Roberts, è corretto?
JD	Tecnicamente parlando, non era una sua studentessa. Lui era il suo consulente accademico. Ma sì, scopavano.
POLIZIA	E sa per quanto hanno… quanto è durata la relazione?

JD	Non la definirei una relazione. È successo forse tre o quattro volte.
POLIZIA	Ne era al corrente?
JD	Non finché Roger ha cercato di porre fine alla cosa.
POLIZIA	Sa il motivo per cui lo ha fatto?
JD	Immagino si fosse annoiato. La fedeltà non è la sua dote migliore. Di sicuro non perché lo avevo scoperto, anche se mi è stato riferito che è quello che disse a lei.
POLIZIA	Suo marito ha interrotto la relazione con la signorina Roberts all'incirca nel gennaio 1996?
JD	Sì.
POLIZIA	E cosa successe?
JD	La ragazza mi telefonava. Mi diceva che avevano una relazione, che erano innamorati e mi pregò, testuali parole, di lasciarlo andare. Roger le aveva raccontato che avevo minacciato di presentarsi alla sua università e smascherarlo se non fosse tornato da me. [Pausa.] Non è un brav'uomo.
POLIZIA	Questa è stata la prima volta che ha scoperto la relazione?
JD	Avevo il sospetto che Roger fosse stato infedele in passato, ma era la prima volta che ne avevo la conferma.
POLIZIA	Quindi cosa fece?
JD	Dissi a Roger che avrebbe dovuto chiudere la storia, o lo avrei lasciato. È stato umiliante. Era una sua studentessa.
POLIZIA	E la chiuse?
JD	Disse che ci aveva provato, ma che lei non voleva sentire ragioni. Continuava a telefonare a casa, anche se

dopo la prima volta non rispondevo più alle sue chiamate. Poi iniziò a spedire lettere. Andavano avanti per pagine e pagine, decine e decine di lettere. Ne scriveva forse due o tre al giorno.

POLIZIA Le ha conservate?

JD Certo che no.

POLIZIA Cosa scriveva in quelle lettere?

JD Il solito. [Pausa.] Lei e Roger erano anime gemelle, erano fatti per stare insieme, roba da telenovele. Si è anche presentata nel mio ufficio del college e il custode le ha dovuto chiedere di andarsene.

POLIZIA La segnalò alla polizia?

JD Fino a quel punto non aveva fatto niente di illegale. Era infatuata di lui, ovviamente, ma non la ritenevo un pericolo per nessuno. Davo per scontato che tutto si sarebbe sgonfiato da sé, con il tempo. [Pausa.] Mi dica, quante volte è andato in un bar o in una palestra solo perché era pazzo di una ragazza che frequentava il posto? Oppure si è iscritto a un club di cui lei faceva parte solo per avere la possibilità di parlarle?

POLIZIA [Ride.] Ho passato due mesi a imparare a ballare la salsa perché mia moglie era l'insegnante.

JD Lo abbiamo fatto tutti. C'è una sottile linea che divide il comportamento normale, se così si può dire, di qualcuno innamorato e lo stalking criminale. Non avrei chiamato la polizia perché una diciannovenne con tutta la vita davanti a lei aveva il cuore spezzato da un uomo che non riconoscerebbe la verità nemmeno se gliela sbattessero in faccia.

POLIZIA Quindi, la prima volta che ha incontrato Louise Roberts di persona è stato quando si presentò a casa sua, la sera del 4 febbraio 1996?

JD Sì.

POLIZIA Può raccontarmi cosa successe?

JD Sono sicura che ha letto il rapporto della polizia.

POLIZIA Le vostre storie non coincidono, come sa, preferirei sentirlo direttamente da lei.

JD Stavo preparando la cena. Roger aveva una lezione tardi, ma appena ho aperto la porta sapevo chi era.

POLIZIA L'ha fatta entrare?

JD Mi ha colto di sorpresa. È semplicemente entrata e non l'ho fermata.

POLIZIA Avete parlato?

JD No, in realtà. Disse qualcosa sul liberarlo, o una cosa del genere, lo stesso tipo di frasi che usava nelle lettere. E poi mi ha preso il coltello dalla mano…

POLIZIA Aveva in mano un coltello?

JD Stavo preparando la cena. Stavo sbucciando delle mele per una nuova ricetta, una salsa agrodolce. Oddio, è buffo ricordare certi dettagli.

POLIZIA Cosa fece una volta afferrato il coltello?

JD Successe tutto molto rapidamente. Lo prese e si pugnalò allo stomaco. E intendo con forza, non una ferita superficiale. C'era sangue dappertutto.

POLIZIA Che cosa fece lei?

JD Be', per un attimo rimasi scioccata, poi presi il grembiule e cercai di tamponare la ferita, infine chiamai i soccorsi.

POLIZIA A quell'epoca, sostenne che fu lei a pugnalarla.

JD Se sa questa cosa, deve anche sapere che la sua versione degli eventi non resse all'indagine e mi fu concesso un ordine restrittivo nei suoi confronti. Se ricordo bene, ha passato del tempo in una clinica.

POLIZIA Quindi mentiva?

JD Non è così semplice. Come sono sicura che sappia, la memoria è un narratore molto inaffidabile, detective. Tutti noi pensiamo che i ricordi vengano memorizzati nel nostro cervello come su un computer. Una volta registrati, i dati sono salvati e alla fine ricordati. I fatti non cambiano. Ma la verità è che ogni volta che ricordiamo qualcosa, ricostruiamo l'evento, lo riassembliamo prendendo le tracce presenti nel nostro cervello. Inoltre, sopprimiamo ricordi dolorosi o che danneggiano l'autostima. I nostri ricordi si rimodellano per adattarsi alle nuove situazioni che affrontiamo. La memoria è flessibile.

POLIZIA Non sono sicuro di seguirla.

JD In parole povere, Louise Roberts era così plausibile perché credeva a tutto quello che aveva detto. Avrebbe passato il test della verità, fidatevi.

POLIZIA Sta dicendo che non sa riconoscere la differenza fra realtà e finzione?

JD In un certo senso.

POLIZIA Lei è una psicologa, giusto? Pensa che fosse pazza?

JD Penso che fosse innamorata. Che è una forma di pazzia, non crede?

Cinque giorni prima della festa

30

Caz

So che è un tentativo disperato, ma se non ci provo non me lo perdonerò mai. Patrick è un astuto imprenditore con un occhio sempre rivolto al profitto, ma è un brav'uomo. Se fossi stata qui venerdì scorso invece di rincorrere Andy, forse avrei potuto parlare per AJ e avrei potuto impedire che succedesse del tutto.

«Se c'è qualcuno da incolpare per l'affare Vine, sono io» dico prima ancora di essermi seduta. «Ti prego, Patrick. Sono l'account director. Sono io quella che dovresti licenziare, se devi far fuori qualcuno.»

Con mia sorpresa, sento chiudersi la gola. Patrick mi fissa a lungo, poi senza parlare prende una scatola di fazzoletti dalla scrivania e me la porge. Ne prendo uno e mi soffio il naso, sforzandomi di non piangere. Odio le donne che piangono sul posto di lavoro. Riesco a sentire mia madre con quel tono acido tutte le volte che da piccola mi tremava la voce: *Sì, brava, fai la piagnucolona. Pensi che riporterà indietro tuo padre?*

«Mi dispiace davvero tanto per AJ» dice Patrick mentre appallottolo il fazzoletto e guardo fisso il mio grembo. «Non è stata una decisione che ho preso con leggerezza. Ma sappiamo entrambi che è stata una carica temporanea. Lo hai coperto più di una volta. Le cose non stanno andando alla grande economicamente, abbiamo perso molti clienti a causa della Vine. AJ non si impegnava abbastanza e si risparmiava. È un peso morto che non possiamo permetterci.»

Patrick si sbaglia: AJ si impegna, ma non dove conta. Ed è colpa mia per questo: sono i miei casini che AJ perde tempo a sistemare. So di non essere popolare con il team creativo, non ho la pazienza di parlare dolcemente per fargli fare il lavoro per cui sono pagati. AJ è fantastico nel rendere felice il team di progettatori, ma le politiche dell'ufficio non sono mai state il suo forte. Non posso fargli prendere colpe che sono mie. Non si farà mai valere: è un cucciolo di labrador in un mondo di rottweiler.

«Patrick, ho davvero bisogno di AJ con la Univest» supplico. «Sono già piena di lavoro per conto mio. Non posso permettermi di perderlo. E so che piace anche a Tina. Potremmo ridistribuire le responsabilità, assegnargli esclusivamente la Univest…»

«Questa richiesta proviene dalla Univest» dice Patrick.

È tutto chiaro ora. La Univest vuol dire Tina, Tina vuol dire Louise.

Smetto di combattere, sapendo che è una battaglia persa. Patrick non rischierà mai di far innervosire Tina, e lei e Louise sono pappa e ciccia. Mi sento come se mi avessero appena tagliato le gambe. AJ è stato alla Whitefish per tutta la mia carriera. Non riesco a pensare di lavorare lì senza di lui. Non credo di aver mai odiato Louise più di quanto la odio adesso.

Esco dall'ufficio di Patrick e corro nei bagni, chiudendomi in uno per poter piangere in pace. Non è solo perdere AJ. È tutto il resto. Patrick non si fida più di me, altrimenti mi avrebbe avvisato del licenziamento di AJ la settimana scorsa. Sto rischiando il mio posto di lavoro e in questo momento non sono nemmeno sicura di voler lavorare ancora qui. E poi c'è Andy. Ancora non ho idea di dove fosse veramente venerdì scorso. Quando è tornato a casa e gli ho chiesto com'era andata al "lavoro", mi ha guardata negli occhi e mi ha mentito spudoratamente, raccontandomi di essere rimasto bloccato in studio tutto il giorno. Ma ho tracciato il suo cellulare: so già che ha passato la giornata a Brighton. Con lei.

Andy impazzirebbe se sapesse che ho installato una spia nascosta nel suo telefono, ma non sono stupida. Il lupo perde il pelo ma non il vizio.

Squilla il telefono, facendomi sobbalzare. Faccio un respiro profondo, cercando di eliminare le tracce di pianto dalla mia voce, poi rido per l'incredulità quando vedo il nome sullo schermo. La totale sfrontatezza di questa donna è disarmante. Se Louise fosse a portata di mano, le infilerei il telefono in gola fino a soffocarla.

Qualche secondo dopo vibra con un messaggio. *Dov'è Andrew?*

La ignoro. Arriva un altro messaggio. *Sono al pronto soccorso con Bella. Non è al lavoro. Non risponde al telefono.*

Questo mi prende alla sprovvista. Il pronto soccorso? Voglio bene a quella ragazza anche se non mi rende sempre la vita facile. Sta bene? Rispondo. *Che cosa è successo?*

Fisso sullo schermo la frase "Sta scrivendo...", in attesa di una risposta. Ma all'improvviso la scritta sparisce e Louise non risponde più. Invio di nuovo il messaggio, e quando ancora non risponde, la chiamo. Il telefono va direttamente nella segreteria. Provo a chiamare Andy, ma non risponde nemmeno lui.

Quale ospedale? Scrivo a Louise mentre l'ansia sale. *Bella sta bene?*

Niente. Se questo è uno dei suoi stupidi giochetti...

Louise ha molti difetti, ma di sicuro non inventerebbe mai un'emergenza che riguarda i suoi figli solo per fare un dispetto a me. Probabilmente ha dovuto spegnere il telefono dentro l'ospedale. Oh, Dio, se succedesse qualcosa a Bella, il cuore di Andy si spezzerebbe. Lo spezzerebbe anche a me. Non posso stare seduta qui ad aspettare che Louise mi richiami.

Devo andare là. Dev'essere al Royal Sussex Hospital di Brighton, è il più vicino alla scuola di Bella.

Esco dal bagno e sistemo velocemente il trucco. Non mi perito a dire a nessuno che sto andando via dall'ufficio. Francamente, non mi interessa se Patrick mi licenzia. Senza AJ non rimarrò alla Whitefish un minuto più del necessario. Ho abbastanza esperienza adesso per trovare un altro lavoro in una agenzia più grande. Magari rimedio anche qualcosa per AJ e lo porto con me.

Provo ripetutamente a raggiungere sia Louise che Andy sul treno da Victoria a Brighton. La segretaria mi dice che non è al lavoro nemmeno oggi, e stavolta non mi importa nemmeno dove sia. Ovviamente non con Louise, almeno quello, o non si sarebbe disturbata a chiamare me. Il suo telefono è spento quindi non posso tracciarlo. Appoggio la testa sul freddo vetro del finestrino e chiudo gli occhi. Sono così stanca di tutte queste bugie. Non so nemmeno più per cosa sto combattendo.

Un'ora dopo Louise non ha ancora risposto ai miei messaggi. Prendo un Uber dalla stazione all'ospedale e corro verso il pronto soccorso, alla disperata ricerca di informazioni. La receptionist mi sorride stancamente, chiaramente abituata a vedere parenti disperati in cerca di notizie, e si gira verso il computer senza fare commenti quando le do il nome di Bella; clicca calma sulla tastiera mentre mi aggrappo ai bordi del bancone con le nocche bianche. «Sta bene?»

«Temo di non poterglielo dire» risponde la donna compassionevolmente. «È una familiare?»

«Sì. Be', sono sposata con il padre.»

La sua espressione si raffredda. «Quindi non vera famiglia, giusto?»

Sopprimo l'impulso di darle un pugno in faccia. «È mia figlia» dico seccamente.

«Si può accomodare, qualcuno verrà da lei a breve.»

Lancio uno sguardo alla porta doppia a destra del bancone della reception. Sono tentata di correre e trovare Bella da sola, ma reprimo ansia e frustrazione e torno nella sala d'attesa. Vado alla macchinetta degli snack e premo i tasti per un caffè forte. Mi rendo conto di non aver mangiato niente tutto il giorno e prendo anche un pacchettino di biscotti.

Mentre mi allungo verso il cassetto della macchinetta, vedo improvvisamente Bella seduta in un angolino proprio lungo il corridoio alla mia sinistra. Ha la testa piena di fasciature, ma è in piedi e scorre il dito sul telefono. Per quanto posso vedere, è sola.

Lascio caffè e biscotti e corro da lei. «Bella!» esclamo. «Stai bene? Che è successo? Ero preoccupata da morire!»

Alza lo sguardo sorpresa. «Che ci fai qui?»

«Mi ha mandato un messaggio tua madre. Stava cercando di chiamare tuo padre.» Mi guardo intorno. «Dov'è?»

«È andata a prendere la macchina. Il medico dice che

possiamo andare a casa ma non devo camminare assolutamente per un po' e ha parcheggiato lontanissimo.»

Mi siedo sul bordo della sedia di plastica accanto a lei. «Che cosa è successo?»

«Non è niente. Sono stata colpita alla testa da una pallina da rounders. Non ti preoccupare, non stavo giocando» aggiunge Bella con un filo di amaro umorismo. «Avevo un'ora libera e non avevo voglia di studiare quindi sono andata a guardare. Sono stata solo sfortunata, tutto qui.»

«Sei svenuta?»

«Sì. Sai, è vero, si vedono davvero le stelle. Ho anche vomitato, quindi la scuola ha chiamato l'ambulanza. E la mamma.» Fa una smorfia. «Ha dato completamente di matto. Sta telefonando a tutti. Mi dispiace molto che tu sia venuta fin quaggiù per niente.»

«È tua madre, è il suo lavoro dare di matto. E non sono venuta per niente. Sono venuta a controllare che tu stessi bene.» Le stringo la mani. «È successa la stessa cosa anche a me quando ero al college. Una palla da cricket. Avrai un po' di mal di testa per qualche giorno, ma riposati e starai bene.»

«Se la mamma non mi farà impazzire prima.»

«È riuscita a parlare con tuo padre?» chiedo, cercando di avere un tono neutro.

«Non penso. È al lavoro, giusto? Non risponde mai quando fa interviste o roba del genere.»

Un infermiere ci raggiunge e chiude la tenda per la privacy sorridendo a Bella. «Ti dispiace se do una controllata veloce alla pressione prima di farti andare?»

Le arrotola la fascia attorno al braccio e la manica della maglia sale mentre le prende i battiti. Bella la rimette giù velocemente, ma non abbastanza. Devo fare un grosso sforzo di volontà per non mostrare un'espressione scioccata sul volto.

«Sì, tutto a posto» dice l'infermiere slacciando la fascia. «Non provare più a fermare la palla con la testa, okay?»

Bella annuisce debolmente. Appena se n'è andato, le prendo il braccio ma lei si ritira subito. «Bella» le dico dolcemente. «Che sta succedendo?»

«Non è niente» mormora.

Esito a lungo. E poi tiro su la gonna, abbastanza da farle vedere la parte superiore delle mie cosce. «Non è *niente*» le dico.

Fissa i segni a croce delle cicatrici chiarissime sulle mie gambe. Sono quasi impercettibili ora, ma io so che ci sono. So che ci sono sempre.

Non mi faccio tagli da anni, ma il richiamo è forte. Riesco ancora a ricordare il modo squisito in cui pungevano subito prima di sanguinare e l'immediato rilascio di tutte le paure, rabbie e dolori repressi dal mio corpo, tutte le emozioni che ero incapace di esprimere. Guardando indietro adesso, non c'è un singolo giorno della mia infanzia in cui non mi sono sentita triste. Stavo sdraiata sul pavimento della mia camera, capace a malapena di respirare, così arrabbiata e disperata che piangevo per ore, odiando me stessa per qualcosa che non riuscivo a controllare, di cui non avevo colpa. Ero depressa, ma all'epoca pensavo che il mio cervello fosse guasto. L'unico modo in cui riuscivo ad affrontare il dolore era chiudendomi a tutte le emozioni, schiacciando i miei sentimenti fino a diventare insensibile.

Quando mia madre lo scoprì, mi picchiò e urlò. Iniziai a farmi i tagli intorno alle costole e sul fianco per nascondere i segni. Non riuscivo a smettere. Pensavo che sarei diventata la ragazza che si era suicidata, quindi le cicatrici non mi importavano. Non potevo immaginarmi di avere un futuro.

Angie era l'unica che lo sapeva, eccetto mia madre. È stato lui a farti questo, diceva amaramente. *Non lascerai che vinca lui, giusto?*

Sapevo che aveva ragione, ma non faceva la minima differenza. Solo quando mia madre tentò di impiccarsi la mia rabbia si diresse verso qualcun altro e non verso di me. Non aveva il diritto di togliersi la vita. Sapeva quello che stava succedendo dietro la porta chiusa della mia camera e non ha mai fatto niente per aiutarmi. Perché prendere lei la via d'uscita più facile quando ero io quella ferita?

Al college ho cercato aiuto nella terapia e in effetti è stata utile. C'è voluto tempo e spesso sembrava che ogni passo avanti che facevo mi ributtasse due passi indietro. Evitavo le amicizie e le relazioni intime, ho tagliato mia madre fuori dalla mia vita e alla fine ho smesso di volermi fare del male. E poi ho trovato Andy e per la prima volta sapevo cosa voleva dire essere felice.

Però adesso mi chiedo: è stato il vecchio odio per me stessa che mi ha fatto innamorare di un uomo che mi mette sempre, *sempre*, al secondo posto? È quello che sentivo di meritarmi?

Qualsiasi cosa abbia spinto Bella a farlo, non posso sopportare l'idea che provi tanto dolore. La rabbia che pensavo di aver domato tanto tempo fa si riaccende, ma stavolta ha un nuovo obiettivo. «Non ti chiederò perché» le dico. «Ma devi parlarne con qualcuno.»

«No» dice allarmata. «Non devi dirlo a nessuno!»

«Bella...»

«Ti prego Caz. Mi faranno andare da uno strizzacervelli. Smetterò, te lo prometto. Ci sto provando.»

So meglio di chiunque altro quanto sia difficile smettere di fare quello che sta facendo Bella. Anche se uno riesce a controllare i tagli, non significa che smetta di farsi del male. Ci sono tanti di quei modi per sabotare se stessi. Alcol. Droghe.

Relazioni tossiche.

Ma so anche che Bella ha bisogno di qualcuno che la ascolti. Adesso, nessuno dei genitori sta guardando nella sua direzione. Ci sono passata anch'io. Ha bisogno di qualcuno di cui si può fidare, non di qualcuno che le dica cosa deve fare.

«La prossima volta che senti il bisogno di farti dei tagli, chiamami» le dico prendendole la mano e obbligandola a guardarmi. «Giorno o notte. Tu chiamami, okay?»

«Okay.»

La abbraccio forte. Non so cosa – o chi – sta portando questa ragazza tanto bella, intelligente e divertente a farsi del male così, ma lo scoprirò. E poi lo fermerò, a qualunque costo.

31

Louise

Sto andando a prendere la macchina nel parcheggio dell'ospedale quando mi chiama Min. «Non posso parlare adesso» le dico mentre tengo il telefono tra collo e spalla e rovisto nella borsa per cercare le chiavi. «Hanno dimesso Bella, la sto portando a casa.»

«Cos'ha detto il medico?»

«Tutti gli esami sono a posto. Non ci sono gonfiori né sanguinamenti al cervello, grazie a Dio.»

«Grazie a Dio» fa eco Min.

Rimaniamo entrambe in silenzio per un momento, ricordando Nicky. Mio fratello stava bene all'inizio, subito dopo l'incidente; un po' malconcio, ovviamente, diverse costole fratturate, molte ferite e un brutto taglio sulla fronte dove aveva sbattuto sul parabrezza, ma il medico aveva assicurato a mia madre che non era niente che non potesse passare col tempo.

Solo che Nicky non aveva tempo, chiaramente. Il patologo concluse che aveva sofferto di una cosa chiamata "sindrome da secondo impatto", quando il cervello si gonfia velocemente e in modo catastrofico, dopo che una persona subisce un secondo trauma cranico e prima che i sintomi di uno precedente siano scomparsi. Non ci fu modo per noi di saperlo fino al giorno dell'indagine, ma tre settimane prima, Nicky era stato sbattuto a terra durante una partita di rugby. Era un infortunio lieve, si era rialzato subito e aveva continuato a giocare. Non aveva nemmeno raccontato l'accaduto una volta tornato a casa. Ma quello scontro aveva in qualche modo debilitato il suo cervello e l'incidente in auto scatenò una serie di eventi metabolici nella sua testa che furono la sua condanna, anche se l'infermiera aveva compilato i moduli per la dimissione.

Non mi importa cosa diranno i medici adesso: non perderò certo di vista Bella.

«Senti» dice Min, «ti lascio andare. Volevo solo parlare di una cosa. Mi puoi richiamare quando vi siete sistemate?»

«Certo. C'è qualcosa che non va?»

«No, no, non è niente. Può aspettare.»

Le prometto di chiamarla più tardi, poi mi dirigo verso il pronto soccorso e mando un messaggio a Bella per dirle che sono fuori. Qualche momento dopo mia figlia esce sotto il caldo sole di luglio, con la testa coperta di fasciature. Lascio il motore accesso ed esco per fare il giro intorno alla macchina, aprirle la portiera e aiutarla a salire.

Caz è più veloce di me.

È la prima volta che la vedo dalla sera in cui sono andata da lei a Londra per affrontarla riguardo a Bagpuss. Spingo le unghie nei palmi delle mani, combattendo l'impulso di cavarle gli occhi. «Cosa ci fai tu qui?»

Bella si mette volontariamente in mezzo a noi. «È venuta per vedere se stavo bene. È stato molto gentile da parte sua» aggiunge decisa.

«Ho ricevuto il tuo messaggio, Louise» risponde Caz. «Ero

preoccupata quando non mi hai risposto. Sono venuta per assicurarmi che Bella stesse bene.»

«Come sei stata premurosa» dico con tono acido. «Ma non c'era bisogno. Va tutto bene.»

«Ovviamente non ne avevo idea, visto che non hai risposto.»

Sono consapevole che Bella è vicina a noi e noto la tensione nelle sue spalle. Non avrà mai idea di quanto mi costi essere civile con questa donna. «I telefoni non sono ammessi nell'ospedale, temo» le dico forzando un sorriso. «L'ho dovuto spegnere. Mi dispiace per il viaggio a vuoto.»

«E papà?» le chiede Bella. «Viene qui anche lui?»

Caz esita per un secondo di troppo. «È al lavoro. Dipende da che ora finisce.»

Il suo tono è leggero, falsamente tranquillo, ma riesco a percepire quel tono di rassegnazione, una combinazione di dubbio, paura e negazione. È molto sottile: solo una donna che si è domandata dove fosse suo marito, e con chi, se ne accorgerebbe. «Non è in ufficio» la contraddico rapidamente. «Ho chiamato alla INN stamani. Hanno detto che si era preso il giorno libero oggi.»

«È fuori sul campo.»

«Non secondo la sua segretaria. Jessica sa sempre dove è. E ha detto che aveva cancellato una ripresa organizzata per oggi pomeriggio per prendersi una giornata libera. Non te l'ha riferito?»

«Di solito non lo controllo» risponde Caz tesa.

Sorrido. «Forse dovresti.»

Ricambia il sorriso, lo sguardo freddo. «Io non ne ho mai avuto bisogno.»

Bella sale di scatto in auto. «Non dovresti lasciare il motore acceso, mamma» dice mentre si allaccia la cintura. «È molto dannoso per l'ambiente.»

Sulla strada di ritorno dall'ospedale mi fermo velocemente a casa di mia madre per prendere Tolly, ma non mi fermo a fare due chiacchiere come al solito. A parte l'ansia di riportare Bella a casa, sono ancora troppo arrabbiata con mia madre per la discussione di ieri. Senza dubbio mi passerà, ma tirare in ballo il nome di Roger è stato un colpo basso. L'episodio con Jennifer Lewison non è stato uno dei migliori della mia vita, ovvio, ma è successo molto tempo fa. La situazione con Caz è del tutto diversa. Non mi sto inventando quello che sta facendo alla mia famiglia. Perché non mi crede nessuno?

Bella mangia un abbondante piatto di zuppa di pomodoro per cena, quindi le mie preoccupazioni riguardo a lei diminuiscono un po'. La mando a letto a riposarsi, faccio il bagno a Tolly e lo metto a dormire, poi mi verso un abbondante bicchiere di vino da quattro soldi ed esco. La luce del crepuscolo proietta lunghe ombre mentre mi rannicchio sulla sedia di vimini in fondo al giardino e tengo il bicchiere nelle mie mani. Adoro questa casa: è casa mia, l'unica che i miei figli abbiano mai visto. Ma, onestamente, non sono sicura di quanto ancora potremo permetterci di vivere qui. La situazione economica era piuttosto disastrata anche con il lavoro alla Whitefish. Senza quello siamo in guai seri. Non voglio accettarlo, ma gran parte di questa ridicola faida con Caz è colpa mia. Non avrei dovuto vendicarmi come ho fatto. Ma ancora non capisco cosa ha acceso la miccia. Per quattro anni ci siamo trascinate in una guerra fredda senza che nessuna delle due sganciasse bombe nucleari. Cosa ci ha condotto a questo punto di crisi adesso?

Punto un piede scalzo sull'erba e do una spinta alla sedia per farla dondolare mentre il cielo sfuma dal rosa all'indaco. Non riesco a nascondere di provare un briciolo di compassione per Caz. Andrew è finito tra le sue braccia solo perché io l'ho allontanato. Se non avessi combinato un casino, non mi avrebbe mai lasciata. Forse i semi di quello che sta succedendo adesso sono stati piantati allora, quando si è resa conto che non avrebbe mai avuto la sicurezza di essere la sua prima scelta.

Il vino è un po' caldo ma lo bevo lo stesso. Quello che io ho fatto a Andrew non è peggio di quello che lui ha fatto a me. La differenza è che lui non è riuscito a perdonarmi per questo.

Ho scoperto la relazione nel modo più banale del mondo. Aveva lasciato a casa un telefono, un secondo telefono, nella tasca della giacca quando era uscito per fare jogging una domenica mattina e l'ho trovato quando ha squillato. Non ero stupida, avevo capito subito cosa fosse e cosa significasse. Andrew doveva sempre essere al passo con la tecnologia più avanzata e all'ultimo grido; questo telefono era un economico prepagato con un solo numero nell'elenco chiamate. Se questo non fosse bastato a smascherarlo, le immagini nella galleria fotografica avrebbero fatto il resto.

Per quanto volessi affrontarlo nel momento in cui rientrò dalla corsa, urlare, piangere e cambiare le serrature, un istinto profondo e atavico mi disse di stare al gioco. Questa Caz, chiunque fosse stata, questa attraente bionda abbracciata a lui nel suo piumino rosa e jeans attillati che compariva nei selfie sul suo telefono, non era sua moglie. Avevo il vantaggio di avere Bella, più di un decennio di matrimonio e vite intrecciate, amici e famiglia. Ero io quella che lui ancora amava, ne ero certa.

In qualche modo sono riuscita a resistere e a non dire nulla. Ripensandoci adesso, non so proprio come ho fatto, credo che mi abbia fatto perdere un po' la testa. Per mesi ho aspettato e pregato che la relazione finisse da sé e nel frattempo avrei tenuto duro. Se Andrew si appartava per fare una "telefonata di lavoro", facevo finta di non avere idea che stesse chiamando l'amante. Gli ho lasciato pensare che se la fosse cavata quando sparì per sei giorni per un incarico a "Glasgow" e tornò abbronzato. Gli ho permesso di fare l'amore con me ogni settimana, come aveva sempre fatto, cercando di non chiedermi se lo faceva così anche con lei.

Non mi ha lasciata. Ma non ha nemmeno rinunciato a lei. E i mesi di attesa mi hanno quasi uccisa. Non riuscivo a dormire, mangiavo a malapena. Mi sentivo come se l'acido mi stesse consumando lentamente dall'interno. Ero vulnerabile, sconvolta, ragionavo a malapena. E ho commesso un errore.

Mi coglie di sorpresa il rumore di una macchina sulla ghiaia. Giro la sedia in modo da vedere il vialetto e vedo Andrew scendere da un taxi, quasi come se i miei ricordi lo avessero evocato. Conosce la storia di Nicky, deve essersi preoccupato quasi quanto me per Bella. Deve essere venuto qui direttamente dalla stazione.

Si china nel taxi per raccogliere una sacca consumata che riconosco, quella che prendeva per ogni incarico fuori città a cui sia mai stato assegnato. Rinfilo i sandali ai piedi lasciando dondolare la sedia e mi affretto lungo il lato della casa.

La luce rossa posteriore del taxi illumina il volto di Andrew in piedi in mezzo al vialetto, l'espressione stanca e abbattuta. Appena lo raggiungo lascia cadere la borsa ai nostri piedi e si aggrappa a me come uno che sta per affogare.

Mi ritraggo ansiosa e scruto il suo volto. «Che c'è Andrew? È successo qualcosa?»

«Oh, Lou» dice con voce roca. «Sono stato un maledetto idiota.»

32

Caz

Sono diretta alla stazione per prendere il treno per tornare a Londra quando Andy finalmente risponde alla mia pioggia di messaggi. *Sto tornando.*

Fisso lo schermo aspettando qualcosa in più, ma questo è quanto. *Non c'è bisogno*, scrivo in risposta. *Bella sta bene. Sarò a Londra fra un'ora.*

Non risponde. Il conducente Uber si ferma davanti alla stazione; sto per pagarlo e scendere quando ricevo un altro messaggio, stavolta da Lily, la nostra vicina di casa a Fulham. Andy ha lasciato Kit da lei per la serata e scrive per sapere se abbiamo bisogno che vada lei a prenderlo all'asilo anche domani. Ma perché diamine Andy non ha portato nostro figlio con sé? Non è certo un problema se Kit salta un giorno di asilo.

Non ha senso tornare a Londra se Andy è già uscito. Mi allungo verso il sedile anteriore e dico al conducente di portarmi alla nostra casa qui, ansiosa e arrabbiata. Dovrei preoccuparmi di più di quello che sta combinando Andy, ma non riesco a smettere di pensare a quelle brutte cicatrici sul braccio di Bella. So che procurarsi dei tagli è quasi un rito di passaggio in alcune scuole femminili elitarie oggigiorno, ma cosa potrà mai aver portato quella adorabile, intelligente e divertente ragazza a infliggersi così tanto dolore? Prego il signore che non stia succedendo a lei quello che è capitato a me...

No. No! Andy non lo farebbe mai.

Entro nella casa vuota, rabbrividendo come se qualcuno avesse appena camminato sulla mia tomba. Ho promesso a Bella che non avrei detto niente, ma se la cosa peggiorasse? Gran parte delle ragazze che si fanno del male non hanno istinti suicidi. Stanno solo cercando una via d'uscita dalle emozioni che non riescono a gestire, una scappatoia dal sentirsi insignificanti e dall'autocommiserazione; i tagli rappresentano un sollievo dall'intensa pena. Ma le poche invece che hanno quegli istinti? Non me lo perdonerei mai se Bella facesse qualcosa di terribile che io avrei potuto prevenire.

E non è solo il fatto che si faccia dei tagli. La ragazza sembra malaticcia. È bianca e tirata ed è dimagrita molto nell'ultimo periodo. Qualcosa le sta succhiando via la vita e la sta spingendo a farsi del male.

Frustrata e impaurita, apro una bottiglia di Pinot Grigio, una delle poche cose nel frigo quasi vuoto, e mi verso un generoso bicchiere, camminando ansiosamente per la casa vuota. Onestamente, penso che Bella sia in guai seri e non so cosa fare. Ho ventinove anni, non ho idea di come trattare una teenager tormentata che sta affrontando il divorzio dei genitori, la pressione degli amici e chissà cos'altro. Il fatto poi che fossi una ragazzina problematica anch'io non fa di me la candidata ideale per offrire un aiuto adeguato.

Dovrò dire a Andy quello che Bella sta facendo a se stessa, mi rendo conto all'improvviso. È l'unica cosa responsabile da fare. Bella mi odierà per un bel po', e non la biasimo, ma alla fine capirà perché l'ho dovuto fare. Voglio essere sua amica, certo, ma il mio ruolo qui è di farle da genitore.

Dannazione, dove diavolo è Andy? Ha detto di essere partito ore fa, dovrebbe essere già qui.

Controllo l'app spia sul mio telefono e appare immediatamente il puntino che localizza Andy: è sul treno per Brighton da Victoria, al momento subito fuori Crawley, a meno di mezz'ora da qui. Sono già le sei, quindi probabilmente passerà a lasciare la borsa e poi andrà diretto da Louise per controllare Bella. Ingoio un gran sorso di vino. Come se avesse bisogno di una scusa per vederla.

Impulsivamente, entro nello studio e accedo alla posta elettronica di Andy, scorrendo rapidamente i messaggi. Sono quasi tutti di lavoro, a parte alcune richieste di beneficienza e un paio di email da un editore della CNN che gli sta facendo la corte per abbandonare la INN. Niente che faccia scattare allarmi, ma Andy non è stupido. Quando ci frequentavamo alle spalle di Louise, comprò un telefono prepagato a parte, solo nel caso in cui lei gli avesse controllato l'iPhone. Sa bene come cancellare tracce virtuali incriminanti.

Apro la cronologia del browser, non ancora sicura di cosa sto realmente cercando. Tutto quello che trovo sono siti di notizie e qualche link innocuo a pagine di pesca e sport outdoor. Mi soffermo su un indirizzo che non riconosco e lo richiudo subito quando si apre una chat per minorenni. Andy sta lavorando a un documentario sul traffico sessuale che coinvolge ragazzi, ma non sono immagini che voglio imprimere nella mia mente. Invece, continuo a scorrere nelle tre settimane passate della cronologia del browser, ma non c'è niente di minimamente imprevisto. Allora perché mi sento improvvisamente così a disagio?

Quelle chat di teenager. Ma è solo per lavoro. Andy non è come mio padre. Quello che è successo a me non sta succedendo anche a Bella. Riconosco i segnali. Me ne sarei accorta.

Sospirando per l'esasperazione, chiudo il suo computer e faccio spazio sulla scrivania per il mio portatile. Basta. Sto per impazzire.

Per la mezz'ora seguente uso il lavoro per sfuggire dalla tempesta di preoccupazioni nella mia testa, rispondo a email e autorizzo alcune direttive in sospeso che aspettavano la mia approvazione. Diversi clienti hanno già sentito dire che AJ se ne va e stanno chiedendo ansiosi informazioni per sapere chi si occuperà di loro da ora in poi. So che la Univest è importante per Patrick, ma il motivo per cui ha permesso a Tina Murdoch di dettare i termini e sabotarci così mi è del tutto oscuro.

Mi borbotta lo stomaco e mi rendo conto che non ho mangiato niente in tutto il giorno. Vado in cucina alla ricerca di pasta e passata di pomodori nella dispensa, sempre con un occhio al pallino rosso che segnala i movimenti di Andy, mentre mi preparo un piatto di spaghetti al pomodoro. Arriva a Brighton nel momento in cui la pentola inizia a bollire, ma invece di dirigersi verso di me, il lampeggiante inizia a spostarsi nella strada in direzione di Petworth.

Sopprimo un impulso rabbioso. Sta ovviamente prendendo un taxi per andare diretto da Louise invece di venire prima qui. Sa che il trauma cranico di Bella non è grave. Avrebbe potuto almeno farmi la cortesia di chiamarmi prima di correre dall'altra famiglia.

A che ora sarai a casa? Gli scrivo furiosa.

"Sta scrivendo..." compare in alto sullo schermo. Passano diversi minuti prima che arrivi la risposta, il che significa che l'ha scritta varie volte ma poi l'ha cancellata e modificata fino a che il responso finale è: *Il treno è in ritardo, motivi di sicurezza. Potrei non tornare presto. Non aspettarmi sveglia.*

Tolgo l'acqua dal fornello mentre bolle, imprecando quando mi brucio un dito sul manico che scotta. Sta mentendo. Perché? È già qui, su un taxi diretto da Louise, perché non dirmi semplicemente questo?

Il cervello mi pulsa come un uccellino intrappolato dietro a una finestra chiusa. Non vuole farmi sapere che è già per strada verso casa di Louise, perché altrimenti mi aspetterei di vederlo a casa prima o poi. Ed è evidente che ha in programma di rimanere più a lungo di quanto necessiti un controllo alla figlia.

Prima di riuscire ad elaborare una risposta mi vibra il telefono. Lo alzo pensando che sia Andy, ma il messaggio è di AJ. *Mi dispiace averti abbandonata.*

Non essere stupido, rispondo. *Risolveremo la cosa, promesso.*

Non risponde. Lo chiamo e squilla diverse volte, poi va in segreteria. Termino la chiamata e ricompongo subito. La terza volta finalmente risponde.

«AJ, dove sei?» chiedo in ansia. «Posso tornare a Londra se hai bisogno di me...»

«No, è tutto okay» risponde. «Starò bene.»

La sua voce sembra lontana e devo premere il telefono forte all'orecchio per capire cosa sta dicendo. «Non mi sembra che tu stia bene» dico nervosa.

«Sei stata un grande capo, Caz. Una grande amica.»

Mi si forma un nodo di paura nello stomaco. «Dove sei?» chiedo di nuovo.

«Davvero, è tutto okay. Starai bene anche senza di me.»

Non sta parlando di lasciare la Whitefish. Questo è qualcosa di più cupo. Ho visto la disperazione prima d'ora: so che aspetto ha, che suono ha, e la sento adesso. «So che ti sembra la fine del mondo, ma le cose andranno meglio, davvero» gli dico rapidamente. «Ti vogliamo tutti bene, AJ. C'è luce in fondo al tunnel, anche se adesso non la vedi.»

Poi un lungo silenzio. «Questo posto mi mancherà» dice alla fine. «Era la mia vita.»

Questo posto. All'improvviso capisco dov'è. L'orologio che suona in sottofondo, il vento che porta via le sue parole: è sulla terrazza in cima all'edificio della Whitefish.

Corro nell'ingresso per prendere il telefono fisso e faccio il numero dei soccorsi con le dita dure come la pietra, mentre continuo a parlare con AJ al cellulare. «So che ti sembra che non ci sia speranza, ma ci sono passata anch'io, AJ, e la speranza c'è» gli dico. «C'è sempre.»

«Non per me» risponde AJ, ma percepisco un po' di esitazione nella sua voce.

Tengo il cellulare premuto sul petto mentre dico all'operatore di mandare qualcuno sulla terrazza della Whitefish a Londra il prima possibile poi mi rimetto il cellulare all'orecchio. Chiacchiero senza sosta senza sapere se quello che dico ha senso, ma riesco a sentire il respiro di AJ, quindi so che sta ancora ascoltando.

Non so quanto tempo passa prima di sentire le sirene in lontananza, poi qualche minuto dopo avverto delle voci in sottofondo. Devono essere arrivati i paramedici. Il nodo nello stomaco finalmente si scioglie e mi rendo conto di quanta paura abbia avuto. Nel giro di poche settimane AJ ha perso Wayne e ora il suo lavoro, che significava tutto per lui. Non ho idea di quanto sia andato vicino a commettere qualcosa di irreversibile, ma se lo avesse fatto, ci sarebbe stata solo una persona a cui dare la colpa. Oddio quanto odio quella donna.

«Devo andare» dice AJ. «Ti chiamo più tardi.»

Mi lascio cadere sulla sedia della cucina e mi premo i palmi sugli occhi mentre tutto il mio corpo trema. Prima Bella e ora AJ. Questo è uno dei giorni più brutti di cui abbia memoria e devo affrontare tutto da sola. Vorrei che Andy fosse qui con me per dirmi che andrà tutto bene, ma grazie a Louise non ho nessuno a cui rivolgermi. Continuo a immaginarmi AJ in piedi sul bordo della terrazza, che guarda giù verso la strada, cercando il coraggio di saltare. Deglutisco forte cercando di non vomitare.

Mando un altro messaggio a Andy, ma non sono sorpresa della mancata risposta. L'amarezza inasprisce il mio sangue. Louise penserà che sta vincendo, riprendendosi quello che era suo, distruggendo la mia vita come una palla demolitrice. Be', spero che si goda la serata. Spero che pensi che ne valga ancora la pena, una volta viste le conseguenze.

Non volevo arrivare alla guerra nucleare, ma non mi lascia altra scelta.

Ho ancora una carta da giocare.

RUTH CLARKE

INTERROGATORIO REGISTRATO PARTE PRIMA

Data: 27 luglio 2020
Durata: 24 minuti
Luogo: Casa di cura per anziani Starr farm,
Parsloes Ave, Dagenham

Condotto dagli agenti della Polizia di Devon e Cornwall

(cont.)

RC	Suo padre non è morto.
POLIZIA	Ma la signora Page ha detto…
RC	È quello che dice sempre. Più facile che ammettere di essere stata abbandonata. Non le piace la verità, cambia i fatti a suo piacimento. Per quanto ne so, Ted Clarke è vivo e vegeto, a rovinare la vita di qualche povera disperata. Dorking, che io sappia.
POLIZIA	Prendi nota, Rich. Dobbiamo parlare con lui.
POLIZIA	Signore.
RC	Allora, cosa volete da me?
POLIZIA	Quando è stata l'ultima volta che ha visto sua figlia, signora Clarke?

RC Non saprei. Forse un paio di settimane fa? Viene quando viene. Chi sono io, sua madre?

POLIZIA Signore, è sicuro... [Inudibile.]

POLIZIA Il medico ha detto che era idonea per questo interrogatorio.

RC La sto prendendo in giro, giovanotto. Sono anziana, non rimbambita.

POLIZIA Quando ha visto sua figlia l'ultima volta, signora Clarke, come le è sembrata?

RC Ha portato i biscotti sbagliati.

POLIZIA Ha mai parlato del marito?

RC Non mi ha confidato di volerlo pugnalare al collo, se è questo che intende.

POLIZIA Pensa che sua figlia abbia ucciso suo marito?

RC E lei?

POLIZIA [Pausa.] Mettiamola in un altro modo. Ha dato qualche segno dei problemi che stavano attraversando quando è venuta a farle visita?

RC Ha sposato un serpente traditore. I serpenti perdono la pelle ma non il vizio.

POLIZIA Non erano i lupi e il pelo?

POLIZIA Era un modo di dire, Rich. Sta dicendo che Andrew Page aveva una storia?

RC Come potrei saperlo? Non l'ho nemmeno mai visto. Non sono stata invitata al matrimonio. E poi si dice di onorare la madre. Ha tentato di uccidermi, poi mi ha lasciata qui a marcire. Se non ero morta dal collo in su quando sono arrivata qui, lo sono adesso.

POLIZIA Cosa intende che ha tentato di ucciderla? Chi?

RC La mia adorata figlia, chi pensava?

POLIZIA	Signore… [Inudibile.]
RC	So cosa c'è scritto nel mio fascicolo. Non ho mai tentato di farla finita. E non stava cercando di tirarmi giù quando sono arrivati i vicini, stava cercando di legarmi. Ma Carol sa essere convincente quando vuole. Non avete idea di quello di cui è capace realmente.
POLIZIA	Carol? Intende sua figlia, Caroline Page?
RC	Ha cambiato il nome quando se n'è andata di casa. Ma se togli i bei vestiti e l'accento impostato, è sempre Carol.
POLIZIA	Mi scusi, mi sta dicendo che sua figlia ha tentato di ucciderla?
RC	Non mi aspetto che mi creda.
POLIZIA	Può provarlo?
RC	Pensa che sarei qui se potessi?
POLIZIA	Signore. Io… [Inudibile.]
RC	Siete voi che siete venuti qui da me, ricordate? Pensate che non sia affidabile? Tutti raccontiamo le nostre verità, figliolo. Pensate che qualcuno vi racconti i fatti?
POLIZIA	Grazie, signora Clarke, è stata molto d'aiuto. Se abbiamo bisogno di altro, qualcuno la contatterà. Rich, adesso puoi spegnere…
RC	La moglie è venuta a trovarmi la settimana scorsa.
POLIZIA	[Pausa.] Mi scusi, signora Clarke. Che cosa ha detto?
RC	Louise Page. È stata qui.
POLIZIA	Cosa voleva?
RC	Le stesse cose vostre. Voleva informazioni su Carol. Con l'unica differenza che lei mi ha presa sul serio.

33

Louise

Il taxi scompare lungo la strada mentre Andrew raccoglie la borsa e mi segue intorno alla casa dentro alla cucina quasi finita di sistemare. Sto per accendere il bollitore e fare il tè quando ci ripenso e prendo dalla credenza del salotto una bottiglia di whisky Glenlivet invecchiato diciotto anni. Verso un abbondante dito di liquido ambrato in un pesante bicchiere di cristallo e lo porto a Andrew. L'ultima volta che ho toccato questa bottiglia o i cristalli di qualità è stato quasi cinque anni fa, il Natale prima che Andrew se ne andasse.

Andrew scola lo scotch in un solo sorso e mi porge il bicchiere vuoto. Torno al mobile e glielo riempio mentre mi sale un po' di preoccupazione. Non l'ho mai visto bere così.

Di solito non bevo alcol durante la settimana, ma ho il sentore che stasera mi servirà. Riempio un bicchiere di vino bianco e porto entrambi i drink in salotto. «Che cosa è successo?» chiedo mentre appoggio il bicchiere di Andrew sul tavolino di fronte a lui. «Cosa intendevi fuori quando hai detto di essere stato un idiota?»

Nasconde il volto nelle mani. «Oh, Dio. Non so nemmeno da dove cominciare.»

«Prova dall'inizio.»

Mi siedo accanto a lui, ma non parla per un lungo periodo. Le sue spalle sobbalzano in silenzio e mi rendo conto che sta piangendo. Le volte che l'ho visto piangere si contano sulle dita di una mano.

Le mie braccia desiderano tanto allungarsi verso di lui e confortarlo, ma non credo di averne il diritto. «Andrew, qualsiasi cosa sia, possiamo risolverla» gli dico.

Mi guarda con aria disperata. «Lou, non penso che possiamo.»

Cosa può aver fatto di così terribile? Ha a che fare col lavoro? Esamino vari scenari nella mia mente, chiedendomi cosa può averlo ridotto a una tale disperazione. Ha commesso errori in passato, ad esempio lanciando una storia senza aver controllato bene tutti i fatti, o prendendo una decisione sbagliata che ha messo lui e la sua troupe a rischio, ma istintivamente so che questo è qualcosa di più personale. Le troupe di giornalisti lavorano in edifici vicini sulla strada, produttori e reporter si accalcano in camere di hotel, viaggiando insieme per giorni. Adrenalina e alcol sono una combinazione che dà alla testa. E questa è l'epoca dell'hashtag *MeToo*. Ha oltrepassato il limite? Qualcuno lo sta accusando di molestie, o perfino abusi sessuali?

Si sentono dei passi sulle scale e appare Bella sulla porta. È molto sorpresa quando vede suo padre. «Che ci fai qui?»

«Ho sentito dire che sei stata in guerra» le dice Andrew alzandosi per abbracciarla. Nessuno a parte me riuscirebbe a notare la disperazione e la tristezza dietro al suo sorriso. «Hai un bel bernoccolo lì. La pallina in che condizioni è?»

«Ah ah.» Infila le mani nelle maniche lunghe della maglia grigia e mi rendo conto che riesco a vedere il contorno delle costole e della clavicola sotto il tessuto sottile. È diventata così *magra*.

«Tutto bene, papà?» chiede Bella. «Sembri strano.»

Effettivamente ha un aspetto terribile: occhi rossi e pelle tirata e grigia sotto l'abbronzatura estiva. Sta facendo finta di star bene per Bella, ma gli tremano le mani quando si allunga per prendere di nuovo il suo bicchiere, e da attore consumato qual è non so quanto a lungo potrà continuare questa messinscena. «Mia figlia ha passato la giornata al pronto soccorso» dice. «Un giorno capirai come ci si sente.»

«Torna su, Bella» le dico. «Devi riposarti.»

«Vuoi che venga a rimboccarti le coperte?» chiede Andrew.

Bella è allarmata. «Ha sedici anni» gli dico gentilmente. «Non ha bisogno di qualcuno che le rimbocchi le coperte. Vai su, Bella. Papà verrà a darti la buonanotte più tardi, prima di andare via.»

Bella torna in camera sua e mi verso un altro bicchiere di vino, profondamente turbata da quello che sta succedendo a Andrew. Lo shock protettivo dell'incidente di Bella sta iniziando a svanire, lasciandomi esausta e prosciugata emotivamente. La giornata di oggi ha riportato a galla tanti ricordi infelici. Non vedo l'ora che Bella si addormenti così posso sedermi accanto al suo letto e guardarla respirare.

«Sembra che stia bene» dice Andrew quando torno.

«È terribilmente magra. Non me ne ero accorta fino a quando l'ho vista sul letto dell'ospedale oggi. Ha perso molto peso negli ultimi mesi. Pensi che dovremmo preoccuparci?»

«Tutti sembrano malati in un letto di ospedale.»

«Si legge così spesso di disturbi alimentari negli adolescenti...»

«A me sembra che stia bene» dice irritato. «È sempre stata molto magra, lo sai. Ma se sei preoccupata falle fare una visita.»

«Non voglio metterle strane idee in testa.»

Sospira. «Allora non farlo.»

Si ributta sul divano, fissando con malumore il suo bicchiere. Aspetto che finalmente si decida a dirmi cosa lo preoccupa, ma è perso nei suoi bui pensieri. Il telefono vibra un paio di volte per messaggi in arrivo – Caz presumibilmente – ma li ignora.

«Andrew» provo a iniziare. «Vuoi...?»

Alza lo sguardo improvvisamente. «Non adesso» dice con una nota di disperazione nella voce. «Possiamo semplicemente passare una piacevole serata insieme, guardare TV spazzatura e non parlare di niente?»

«Se è quello che vuoi. Vuoi mangiare? Posso preparare qualcosa...»

«Non per me» risponde. «A meno che non abbia fame anche tu.»

«Sono a posto, ho mangiato prima con i ragazzi.»

Non menziona Caz e io non chiedo. Nonostante la mia ansia, non riesco a trattenere un tranquillo senso di piacere pensando che nel momento di crisi sia venuto da me e non da Caz. Può anche essere la sua attuale moglie, può anche amarlo, suppongo, ma il mio legame con Andrew è più profondo, più radicato e intenso del loro. Qualsiasi cosa sia successa, qualsiasi cosa abbia combinato, sono dalla sua parte e lui lo sa, o non sarebbe qui.

Sono stato un maledetto idiota, le parole di Andrew. Per la prima volta oso sperare che intendesse aggiungere: *Per averti lasciata.*

Prende il telecomando e accende la televisione, fermandosi su un thriller scandinavo che ho già visto e si riempie il bicchiere una terza volta. Me ne faccio un altro anchc io. È un bene che Andrew non abbia guidato fino qui; ovviamente prenderà un taxi per tornare a casa.

Stretti sul divano, sono intensamente consapevole del calore del suo corpo contro il mio, quel profumo dolce di whisky sulla sua pelle. Il divano è lo stesso che comprammo diciassette anni fa quando ero incinta di Bella; adesso il tessuto floreale è così sbiadito e pieno di macchie di cibo, sole e pennarelli che è quasi impossibile riconoscere il disegno originale. Avrei dovuto cambiarlo anni fa, ma è qui che ho allattato i miei bambini, ed è probabile che uno di loro sia stato concepito proprio qui, e non sopporto l'idea di separarmene. Le molle sono andate da un pezzo e se non fosse per le solide scatole di latta sotto ogni lato a tenere su i cuscini, batteremmo il sedere per terra. Nelle condizioni in cui è, ci spinge a scivolare verso il centro insieme come su un materasso da quattro soldi. Andrew mette il braccio intorno a me, sorreggendo entrambi, come ha sempre fatto. Sembra che non se ne sia mai andato.

«Perché sei così buona con me?» sussurra all'improvviso tra i miei capelli. «Dopo tutto quello che ti ho fatto. Non lo merito.»

È una domanda che mi sono posta almeno mille volte negli ultimi quattro anni. *Il cuore vuole ciò che vuole.* «No, non lo meriti» concordo, cercando di ignorare l'improvviso impulso tra le mie gambe.

«Avevamo così tanto in serbo per noi e siamo riusciti a mandare tutto al diavolo» dice biascicando leggermente. «Come siamo arrivati qua?»

«Andrew...»

Mi zittisce con un bacio.

Per un nanosecondo sono troppo sorpresa per reagire. Ma il mio corpo conosce i miei desideri meglio di me e il mio cuore li ricorda fin troppo bene per permettermi di esitare. Ci sono quattro anni di voglie represse nel mio bacio, quattro anni di attesa, dolore e desiderio. Ogni neurone nel mio corpo torna alla vita e mi rendo conto che sono stata come in letargo, vivendo in una dimensione sospesa, dal giorno in cui se n'è andato.

Improvvisamente Andrew si allontana. Mi preparo a delle scuse confuse: *troppo scotch, si sta facendo tardi, non avrei dovuto*. Ma si è fermato solo per far leva su quella pianta carnivora che è il divano e mi porge una mano.

La prendo.

La prendo, e gli permetto di condurmi al piano di sopra, anche se so che quello che stiamo per fare è sbagliato sotto tanti punti di vista. La prendo perché ho bevuto una bottiglia intera di vino, perché è tardi e lui è venuto da *me*, perché sono stanca di combattere i miei sentimenti, di fingere con me stessa di essermi messa il passato alle spalle ed essere andata avanti. Prendo la sua mano e lo seguo in camera *nostra*, lascio che mi spogli perché lo amo e perché nella mia testa e nel mio cuore lui è mio marito, è sempre stato *mio* marito, indipendentemente da chi ha sposato ora.

Siamo due estranei che conoscono ogni centimetro del corpo dell'altro. Ci viene facile come sempre, ma adesso il desiderio è moltiplicato dall'emozione di scoprirsi di nuovo. Avevo dimenticato quanto mi piacesse il sesso, la straordinaria capacità del mio corpo di darmi piacere.

Dopo, rimaniamo sdraiati in un abbraccio, la mia testa accoccolata sul suo petto. Andrew si è addormentato subito, come sempre. Ascolto il suo cuore battere, premendo dolcemente il palmo della mia mano contro la sua pelle. Ho fantasticato su questo momento così a lungo. Adesso che è successo, non riesco a crederci.

Mi districo dal suo abbraccio senza svegliarlo, alzandomi sui gomiti mentre lo guardo dormire. Non so perché sia tornato da me ora, dopo tutto questo tempo, ma non farò domande. Questo è quello che volevo dal giorno in cui se n'è andato: che ritornasse in sé, che si rendesse conto di quanto è stato stupido e che tornasse da me. Non ha detto esattamente questo, non ha usato queste parole, ma non abbiamo perso molto tempo in chiacchiere. È ovvio cosa intendesse. È qui. È tutto ciò che importa.

E allora perché questo strano senso di… delusione?

Non è per il sesso. Quello è stato soddisfacente sia dal punto di vista fisico che emotivo. Eppure mi sento stranamente piatta, come il giorno di Santo Stefano dopo tutta l'anticipazione e l'eccitazione del Natale. Per quanto sia stato meraviglioso, ovviamente non ha retto il peso di quattro anni di aspettative. Niente lo fa.

Vorrei poterlo lasciar dormire, ma non posso rischiare che Tolly compaia qui alle cinque del mattino e trovi il padre nel mio letto. Dobbiamo dirlo con cautela ai bambini, una volta che avremo sistemato i dettagli del suo trasferimento da noi. So quanto Bella si è avvicinata a Caz. Non voglio allontanarla ulteriormente. Ci vorrà molta delicatezza con lei.

Do un colpetto a Andrew, sorridendo appena apre gli occhi. «Odio doverti svegliare, ma i ragazzi non possono trovarti qui.»

Guarda l'orologio e si siede di scatto. «Merda. È già ora?»

«La stanza degli ospiti è pronta. Puoi...»

«Devo tornare da Caz. Si starà chiedendo dove diavolo sono finito.»

Lo guardo in silenzio mentre si rinfila i pantaloni e rovista tra i vestiti sul pavimento per cercare i calzini. Vista la borsa con cui è arrivato, supponevo che avesse già detto a Caz che la lasciava. Mi pervade un vago senso di disagio. Forse torna da lei per darle la notizia adesso. Non può deludermi un'altra volta.

Trova i calzini e si siede accanto a me per indossarli. Mi sistema una ciocca di capelli dietro l'orecchio, mi fissa profondamente negli occhi. «Sei incredibile» sussurra. «Non riesco a spiegarti quanto ne avessi bisogno.»

Digerisco la cosa per un momento. Il sesso è diverso per gli uomini, ovviamente. È il loro metodo di comunicazione. Come dimostrano l'amore. Non hanno bisogno di dirlo.

«Che cosa dirai a Caz?» chiedo esitante.

«Sa che sono venuto a vedere come stava Bella. Le dirò semplicemente che ho bevuto troppo e che ho dormito un paio d'ore sul divano per riprendermi. Non le piacerà, ma sistemerò le cose domani in qualche modo.»

Sistemare le cose? Non sistemi le cose quando vuoi lasciare la moglie. Lo fai quando non vuoi essere scoperto.

Un sasso si pianta nel mio stomaco. «Andrew» dico lentamente. «Andrew, quando hai detto di essere stato un idiota, cosa intendevi esattamente?»

Quattro giorni prima della festa

34

Caz

Cammino nervosamente nella casa vuota, aspettando che Andy torni, troppo agitata per dormire o anche solo distrarmi con insignificante TV. Passa la mezzanotte e il localizzatore pulsa fisso da casa di Louise. Non si è mosso da ore. Mi immagino Andy che guarda il telefono quando vibra per i miei messaggi, cancellando la notifica senza nemmeno degnarsi di aprirla, o magari mostrandola a Louise, i due che ridono di me mentre aspetto pateticamente il suo ritorno. Oppure il telefono è fuori portata nella tasca della giacca, appoggiata a una sedia in cucina o sul pavimento della camera. Staranno scopando adesso?

Urlando per la frustrazione lancio il telefono nella stanza e collasso sul divano a piangere. Non ha mai smesso di amarla, l'ho sempre saputo. Mia madre aveva ragione: non si costruisce una casa solida sulle sabbie mobili. È un debole. È il motivo principale per cui stiamo insieme.

La storia a cui crede Andy, la storia che ho inventato e ripetuto così spesso che quasi ci credo anch'io, è che ci siamo conosciuti per caso. Un tamponamento all'incrocio fra Clerkenwell Road e Hatton Garden: *ci siamo letteralmente conosciuti accidentalmente*, dice sempre Andy quando racconta la storia, *l'incidente più felice della mia vita.* Non si ricorda che ci eravamo già conosciuti, brevemente, sei settimane prima, quando Tina ci presentò all'asta di beneficienza della RSPCA. Avevamo scambiato a malapena tre parole quella sera, ma per me erano state abbastanza. Non fu difficile scoprire la routine di Andy e farmi trovare al posto giusto nel momento giusto: conduceva il notiziario serale della INN tutte le sere e faceva la stessa strada per andare al lavoro alla stessa ora ogni giorno. Tutto ciò che ho fatto è stato creare un'opportunità.

Ma non l'ho obbligato a iniziare una storia con me. Non si può semplicemente rubare il marito a qualcuno; non è come un rossetto che infili in tasca quando il commesso è girato dall'altra parte. Se il matrimonio di Andy fosse stato felice, ci saremmo scambiati i dati dell'assicurazione e sarebbe finita lì. Non mi avrebbe chiamata il giorno dopo per invitarmi a bere qualcosa. Non si sarebbe allungato sul tavolo del pub per spostarmi una ciocca di capelli dietro l'orecchio e dirmi che ero adorabile.

Andy mi ha ingannata, penso furiosa. Mi ha fatto credere che si stava innamorando di me, mi ha incoraggiata, è venuto lui da me quando ha scoperto che Louise lo aveva tradito. Non era obbligato, ma l'ha fatto. Mi ha sposata. Non può cambiare idea adesso. Non siamo al parco giochi, non si torna indietro da qui.

Alla fine mi addormento sul divano, una specie di mezzo sonno, finché non sento Andy rientrare; faccio un balzo quando mi tocca la spalla. «Perché stai dormendo qui?» sussurra.

Mi tiro su a fatica. «Che ore sono?»

«Quasi le tre. Mi dispiace aver fatto così tardi.» Scalcia via le scarpe e si butta sul divano accanto a me. «Ho perso la cognizione del tempo. Louise e io abbiamo bevuto qualcosa dopo che Bella è andata a letto. Più di qualcosa in realtà. Se ne accorgerà domani.» Sbadiglia. «Mi stavi aspettando sveglia?»

«Non rispondevi al telefono» rispondo decisa. «Né a nessuno dei miei messaggi.»

Si alza di scatto diretto verso il mobile dei liquori e si versa uno scotch. «Ti avevo detto di non aspettarmi in piedi» dice dandomi la schiena. «Il treno era in ritardo per...»

«Allarme di sicurezza. Ho ricevuto il messaggio.»

Riesco quasi a sentire le rotelle che gli girano nel cervello mentre cerca di capire cosa so e quanto nei guai potrebbe trovarsi. Deve rendersi conto che avrei potuto controllare facilmente la veridicità della sua storia. «Non so perché la fai così lunga» dice alla fine mentre si siede su una poltrona dall'altro lato della stanza. Mette ulteriore distanza fra noi. «Sai dov'ero.»

«Fino alle tre del mattino?»

«Vuoi che ti mandi un messaggio tutte le volte che vado a cagare?»

L'atipica volgarità è il segnale di quanto si senta a disagio in questa conversazione. «Sarebbe stato carino sapere che eri arrivato sano e salvo a Brighton» scatto. «Dato l'*allarme di sicurezza*.»

«Ascolta, ma che è questa storia?» chiede irritato. «È stata una giornata lunghissima in ufficio, sono stato preoccupato a morte per mia figlia ed è parecchio tardi. L'ultima cosa di cui ho bisogno quando finalmente arrivo a casa è il tuo terzo grado.»

Sono stanca di questa battaglia di parole. Stanca delle sue bugie. «Non c'è stato nessun allarme di sicurezza» dico fredda. «Il tuo treno non era in ritardo. Perché non mi dici tu invece che cos'è questa storia?»

Apre la bocca con fare arrogante ma poi vedo che ci ripensa. Dà un altro sorso allo scotch. «Ho passato la serata con i miei figli» dice con aria di sfida. «Ero preoccupato per Bella, okay? Solo non volevo discuterne con te. Tutte le volte che vedo Louise ne fai un dramma.» Il suo tono diventa aggressivo. «Non ti mentirei se non rendessi tutto così dannatamente difficile.»

«Quel treno è già partito» dico seccamente. «Hai chiarito perfettamente da che parte stai quando si tratta di Louise. Deve solo schioccare le dita e tu corri da lei.»

«Louise è la madre dei miei figli» dice freddamente. «Che ti piaccia o no, fa parte della mia vita. Lo sapevi quando mi hai sposato.» La sua espressione è ostile adesso. «Ha molte più ragioni di te per avere dei problemi nei tuoi confronti di quante tu ne abbia nei suoi, ma non mi fa patire così tanto.»

«Santa Louise» dico amareggiata. «Sto iniziando a chiedermi perché mai l'hai lasciata.»

«Già, be', non sei la sola.»

Cala un improvviso silenzio. Ci fissiamo mentre la distanza tra noi continua ad aumentare, incapaci o riluttanti ad attraversarla. «Scusa» Andy mormora alla fine. «Non dicevo sul serio.»

So che dovrei soprassedere. È tardi e siamo entrambi stanchi. Non è il genere di conversazione da fare alle tre del mattino, ma non riesco a smettere di stuzzicarlo. «Dov'eri oggi Andy?»

«Lo sai dov'ero» scatta Andy. «Te l'ho appena detto.»

«Intendo oggi, quando in teoria saresti dovuto essere al lavoro.»

Improvvisamente si blocca. «Ero in ufficio.»

«No, non c'eri. E nemmeno venerdì scorso...»

«Mi controlli?»

«Devo?»

«Gesù, Caz. Sai che non ero con Louise oggi, o non sarei dovuto correre da Londra quando nostra figlia è finita in ospedale!»

«E allora con chi eri?» insisto. «La tua segretaria ha detto che ti sei preso un giorno libero per motivi personali. Quanto personali, Andy?»

Sbatte il bicchiere sul tavolino. «Vuoi farla finita?» urla. «Sto indagando su argomenti molto delicati, non dico a Jessica tutto quello che faccio!» Si passa la mano fra i capelli, cercando chiaramente di tenere a bada la rabbia. Quando ricomincia a parlare, il suo tono è molto più pacato. «Senti, alcune delle mie fonti sono molto riservate, okay? A volte parlo con loro in veste non ufficiale. Possiamo farla finita ora? Non sta succedendo niente, né con Louise né con nessun altro, te lo giuro sulla mia stessa vita.»

Voglio credergli. Lo odio per avermi fatta diventare il tipo di donna che ho sempre disprezzato, gelosa e sospettosa, che rovista in tutte le tasche e controlla le mail. Sono così confusa. Sembra tutto un gioco di fumo e specchi, e non riesco più a capire cosa sia reale e cosa no. *Forse sono solo paranoica*, penso disperata. Ho lasciato che Louise si insinuasse nella mia testa. Devo riprendermi e pensare bene a questa faccenda quando sarò meno stanca. Sono troppo esausta per continuare a litigare. «Vado a letto» dico senza aspettare che mi segua.

Mi tolgo i vestiti e mi infilo a letto, ma sono troppo nervosa per dormire. Dopo poco si apre la porta e sento Andy spogliarsi al buio. Rimango ferma, rigida dalla disperazione, mentre il letto affonda sotto il suo peso. Accosta il suo corpo lungo il mio, il suo braccio pesante mi cinge alla vita. «Scusami tanto» sussurra tirandosi su sul gomito libero. «Non voglio litigare con te. Non intendevo quello che ho detto. Era lo scotch a parlare.»

Sono ancora furiosa con lui eppure il calore del suo corpo schiacciato contro la mia schiena mi fa ronzare le orecchie, anche se cerco di combattere per non lasciare che questo faccia svanire la mia rabbia.

Fa scorrere la mano sul mio fianco, la voce bassa e ipnotica. «Hai ragione, non avrei dovuto mentirti. È che so quanto ti infastidisce Louise. Non sto cercando delle scuse, avevo torto e mi dispiace.» Sento il suo respiro caldo sul mio collo. «Ha dato un po' di matto stasera, è per quello che sono rimasto lì. Avevo dimenticato quanto può diventare ossessiva. È convinta che tu abbia avvelenato il povero Bagpuss. Inizio a pensare che sia instabile come hai detto tu. Chissà quale altra pazzia commetterà.» Le sue dita scivolano nella zona umida fra le mie cosce e non lo fermo. «Vive in un mondo di fantasia. Pensa che torneremo insieme...»

Mi scosto di scatto da lui. L'ha scopata. Fino a trenta secondi fa non ne ero sicura, ma conosco Andy troppo bene, riconosco il modo in cui funziona la sua mente malata. Quel discorsetto stava solo preparando la strada per la sua difesa nel caso lei si presenti da me e ammetta che sono stati a letto insieme. *È pazza. Guarda tutte le cose folli che ha detto su di te. Sta ovviamente delirando. Non puoi credere a una parola di quello che dice.*

Andy prova a mettermi una mano sulla spalla ma quando mi allontano di scatto un'altra volta sospira in modo teatrale e si allontana da me. «Andrò a farmi una doccia veloce» dice. «Non ci metterò molto.»

Mi premo le nocche della mano in bocca. Lacrime salate cadono sulle mie dita e chiudo forte gli occhi, ingoiando i singhiozzi con grande forza di volontà. Angie aveva ragione. Mia madre aveva ragione. Tutti gli hater e i dubbiosi che mi dicevano che il lupo perde il pelo ma non il vizio avevano ragione. Che cosa mi aspettavo? Che razza di uomo lascia il figlio nato da una settimana, indipendentemente da quello che ha fatto la moglie?

La razza di uomo che tradisce, mente e ti prende in giro facendoti pensare di riuscire ad amare anche altre persone e non solo se stesso.

Andy è un figlio di puttana traditore e subdolo, ma è il mio figlio di puttana. Non ho intenzione di rinunciare a lui. Lo amo e lo odio, ma non importa. Sono facce diverse della stessa medaglia comunque.

35

Louise

Ti amo, ha detto Andrew. *Ti ho sempre amata*, ha detto.

Faccio una smorfia nello specchio del bagno, mimando la voce di Andrew. *Non hai idea di quanto tu mi sia mancata. È stato fantastico. Sono stato davvero bene.*

Entro nella doccia e giro la manopola al massimo del freddo, tenendo il viso sotto il getto gelato, furiosa con me stessa. Come ho potuto credere alle sue balle un'altra volta? Ci casco una volta, colpa tua. Ci casco due volte, colpa mia. Andrew è venuto da me in cerca di consigli sulla sua relazione con un'altra donna. È questo che intendeva quando ha detto di essere stato un idiota, non che rimpiangesse di avermi lasciata. Devo dare credito a Andrew. Ci vogliono ottime abilità per tradire due mogli contemporaneamente.

La doccia gelata non fa molto per raffreddarmi la rabbia, ma almeno mi fa passare i postumi della sbronza. Infuriata, mi metto un asciugamano intorno ai capelli e torno in camera per vestirmi. Sono sicura che Andrew non sia venuto qui aspettandosi di fare sesso, ma deve essere stato un piccolo bonus gradito. Non che mi abbia dovuto convincere per portarmi a letto… Il pensiero di lui che si appoggia compiaciuto al sedile del taxi e che segna un altro goal nell'elenco delle sue conquiste mentre torna a casa dalla moglie mi fa venire voglia di farlo fuori.

L'ultima volta che mi ha lasciata per andare da Caz mi ha spezzato il cuore. Metto alla prova i miei sentimenti adesso, cercando di misurarli come si fa quando si tocca un dente che fa male. Dovrei essere devastata dal suo ennesimo tradimento eppure, ancora una volta, mi sento stranamente piatta e apatica. Irritata, certo. Delusa, anche; ma nel modo in cui un genitore può sentirsi quando ti delude un figlio invece che come un'amante crudelmente illusa. Non riesco quasi a crederci, ma non penso che mi importi molto di cosa Andrew faccia né con chi. Credo... credo di averlo superato.

L'epifania è esilarante. I miei piedi sono meravigliosamente leggeri mentre scendo per preparare la colazione a Tolly. Forse ieri sera non è stato poi un grande errore, dopotutto. È stato necessario un ennesimo schiaffone per farmi rendere finalmente conto che ho smesso di amare Andrew molto tempo fa. Solo che non lo sapevo fino a ora. Forse è questo che le persone chiamano chiusura.

Con mia sorpresa trovo Bella già in piedi e vestita, appoggiata alla cucina ancora con i lavori in corso che mangia una ciotola di Coco Pops di Tolly. «Che ci fai in piedi?»

«Scuola» risponde, come se parlasse con una ritardata.

Cerco di dare un'occhiata alla ferita viola comparsa sulla sua fronte durante la notte. «Non hai mal di testa?»

Si allontana con la ciotola di cereali ancora in mano. «Sei tu quella che dovrebbe avere mal di testa dopo tutto quel vino» dice. «A che ora è andato via papà?»

«Tardi» dico con tono vago. «Puoi anche stare a casa oggi, tesoro. Non è un problema.»

«Sto bene.»

Sembra stia bene, o almeno credo, mentre la guardo portarsi alla bocca un bel cucchiaio di latte al cioccolato. In realtà è la prima volta che la vedo fare un'abbondante colazione da mesi. Forse ho reagito in modo esagerato riguardo al peso e agli sbalzi d'umore. È una teenager, è normale che abbia alti e bassi.

Mi viene improvvisamente in mente che non le ho ancora chiesto niente dei soldi che ha preso dal mio conto. Avrei voluto parlarne dopo il fine settimana con il padre, ma era tardi quando ha lasciato i bambini domenica e poi c'è stato il dramma della giratina al pronto soccorso di ieri. Gliene parlerò stasera, quando non saremo di corsa. Qualsiasi sia la spiegazione, deve capire che non può semplicemente rubarmi così i soldi. Anche se ce lo potessimo permettere, e non è certo il caso, sarebbe comunque sbagliato, e lei lo sa. Pensavo di aver fatto un lavoro migliore come madre nel crescerla.

Per una volta usciamo di casa presto, visto che non devo trascinare Bella fuori dal letto. Invece di precipitarmi per la strada come al solito, posso guidare a una velocità normale, entro i limiti. Ed è per questo che rimango sorpresa quando vedo un'auto della polizia sbucare dietro di me da una stradina nascosta con i lampeggianti accesi. Per un attimo penso che voglia solo superarmi, ma accende rapidamente la sirena e mi rendo conto scioccata che sta fermando me.

Bella alza lo sguardo dal cellulare. «Che succede?»

«Non lo so» le dico. «Non stavo andando veloce. Forse si è rotta una luce dei freni?»

Non riesco a non essere nervosa mentre si avvicina, anche se non ho fatto niente di male. È come quando passo sotto la luce verde all'aeroporto: non so mai se sorridere agli agenti della dogana o guardare fisso davanti a me per evitare il contatto visivo.

L'agente sembra coetaneo di Bella. Abbasso il finestrino. «Posso aiutarla, agente?»

«È la sua auto, signora?»

«Sì, certo.»

«È registrata a lei?»

Esito. «Non sono sicura in realtà. È del mio ex marito e non so se ha già fatto il cambio di proprietà a mio nome. Ma ho l'assicurazione per guidarla» dico velocemente. «È tutto regolare.»

«Le dispiacerebbe scendere dal veicolo, signora?»

«Posso chiamare mio marito, glielo dirà lui...»

«Per favore, scenda dall'auto.»

Confusa, cerco la maniglia chiudendomi dentro per sbaglio. Bella sospira e preme il pulsante di sblocco nella console centrale. «Cosa c'è che non va?» chiedo mentre seguo l'agente verso il retro dell'auto. «Sono le luci, o altro?»

«Ha bevuto, signora?»

«Cosa?»

«Ha oltrepassato la corsia due volte mentre la osservavo, e...»

«C'è solo una corsia» dico sulla difensiva. «È impossibile non oltrepassarla.»

«Ho ragionevoli motivi di sospettare che abbia fatto uso di alcol» dice l'agente gentilmente. «Le devo chiedere il consenso per un alcol test. Acconsente?»

«Alcol?» esclamo. «Sono le otto del mattino!»

«Devo avvertirla che è un crimine rifiutarsi di fornire un campione di alito...»

Si sporge minaccioso per prendere la ricetrasmittente e faccio marcia indietro immediatamente. «Okay, va bene, acconsento. Ovviamente non ho bevuto! Non ho nemmeno fatto colazione!»

Bella apre la portiera e si sporge fuori. «Mamma, che sta succedendo?»

«Rientra in macchina, Bella.»

«Mamma...»

«Rientra in macchina!»

«Dovrebbe venire nella mia auto» dice l'agente. «Prego, si sieda lì, sul sedile anteriore.»

Salgo sulla volante col cuore che batte all'impazzata. Non sono mai stata dentro un'auto della polizia, non sono mai stata nemmeno fermata. Mi sento umiliata e in imbarazzo, come se fossi una criminale. Grazie al cielo siamo ancora in strada e non c'è modo che qualcuno mi veda. Tutto ciò è ridicolo. Non riesco a capire come mai abbia fermato una madre che porta i figli a scuola alle otto del mattino. Devono avere un numero di multe da raggiungere prima della fine del mese.

Il giovane agente mi passa l'analizzatore e la secchiona che è in me stringe le labbra determinata a farlo in modo perfetto. Seguo le istruzioni mentre regge il dispositivo fermo di fronte a me, poi respiro nel tubo fino a quando il macchinario emette un *beep*. Aspettiamo entrambi imbarazzati l'analisi del campione appena fornito. Sarà ovviamente negativo. L'unica cosa che ho bevuto in tutta la mattina sono due tazze di tè.

L'analizzatore emette un altro *beep* e l'agente legge il risultato. La sua espressione non cambia. «Okay, è positivo, livello 42» dice. «Il limite legale è 35. Ha fallito il test quindi è in arresto per sospetto di guida sopra i livelli prescritti...»

«Non è possibile» interrompo. «Deve esserci un errore. Posso rifarlo? Le giuro che non ho bevuto niente stamani all'infuori del tè.»

«Faremo un altro test alla centrale, signora.»

«Ma lei non capisce» insisto. «Davvero non ho bevuto niente, nemmeno lo sciroppo per la tosse! Devo averlo fatto male, oppure...»

«Ha bevuto ieri sera, signora?»

Mi sento improvvisamente male al ricordo della bottiglia di vino che mi sono scolata con Andrew. «Sì, ma è stato otto ore fa» dico con un filo di voce. «Non sono ubriaca.»

«L'alcol rimane nel sangue più a lungo di quanto crede» dice gentilmente. «Ora la accompagno alla centrale di polizia di Brighton. Devo chiedere ai suoi figli di venire con noi, e se c'è qualcuno che può venire a prenderli alla centrale.»

«Non c'è bisogno di portare i miei figli alla centrale. Mia madre può venire a prenderli subito, abita a soli dieci minuti...»

«Temo che lei debba venire con me immediatamente. Sua madre potrà venire prenderli lì.»

Non mi sono mai vergognata tanto in vita mia mentre guardo l'agente andare verso la mia auto e chiedere ai miei figli di accompagnare la madre alla centrale di polizia. Tolly è incredulo, le guance rosse dall'eccitazione mentre l'agente sposta il suo seggiolino nella volante e gli aggancia la cintura, ma Bella non mi degna nemmeno di uno sguardo mentre sale sul sedile posteriore senza parlare.

Non biasimo l'agente: sta solo facendo il suo lavoro. In realtà, ora che il controllo è finito, sembra distendersi un pochino, chiacchiera amabilmente con Tolly che lo riempie di domande. Mio figlio racconterà a tutti di essere stato in una macchina della polizia, realizzo. Le sue maestre. Suo padre. Non c'è modo di nascondere l'accaduto.

Bella si sporge in avanti in mezzo ai due sedili. «Perché ci stava aspettando in strada?»

«Per favore, si sieda signorina.»

Ignora la richiesta. «Cioè, è uno strano posto per parcheggiare. La strada non va da nessuna parte eccetto alla fattoria dei Barlow. Nessuno la percorre eccetto noi. Perché si trovava lì?»

Capisco improvvisamente dove sta andando a parare mia figlia. «Mi stava aspettando?»

Sembra a disagio. «Abbiamo agito dietro segnalazione, sì, signora.»

«È quel bastardo di contadino, quello che vuole vendere il suo campo a quei costruttori» esclama Bella. «Scommetto che l'ha fatto perché ti sei rifiutata di lasciargli costruire il vialetto di accesso in fondo al nostro recinto. È proprio il genere di bastardata che potrebbe fare.»

«Linguaggio» dico flebilmente.

«È lui» dice avvilita. «Lo so che è stato lui.»

Non è stato il contadino. È stata Caz. L'ha fatto perché Andrew è stato qui fino a tardi, deve averle detto che abbiamo bevuto qualcosa. Sono quasi certa che non le abbia detto cosa è successo fra noi, ma per quanto la riguarda, è guerra aperta adesso comunque. Avrei dovuto saperlo nel momento in cui la volante mi ha fatto accostare.

Arrivati alla centrale seguo l'agente che mi ha arrestata in una stanza sul retro, lasciando Bella e Tolly alla reception con l'agente di turno alla scrivania. Mi sento male. Caz può anche aver informato la polizia, ma il suo piano è riuscito solo perché non ho passato il test. Sono io quella nel torto. Mio fratello è morto perché un uomo di mezza età, un idiota benestante, ha pensato di farsi un bicchierino in più e farla franca. Non mi spaventa dover affrontare i miei figli, Andrew o mia madre: non so se sarò mai più in grado di guardarmi di nuovo allo specchio.

Aspetto stordita mentre l'agente prova l'alcolimetro e poi mi chiede di soffiarci dentro di nuovo, due volte, per assicurarsi che la lettura sia accurata. Non ho bisogno di sentirmi dire in che guai mi sia cacciata. Come faccio a portare e prendere i miei figli a scuola se mi ritirano la patente? Come faccio a lavorare?

«Ha passato il test» dice inaspettatamente l'agente. «Per un pelo. La misurazione più bassa è stata 34. Non verrà accusata di niente in questa occasione, signora.»

Lo fisso imbambolata. «L'ho passato?»

«Il campione attuale la posiziona al di sotto del limite legale per la guida. In ogni caso» aggiunge con tono severo, per quanto la giovinezza e l'innata gentilezza possano concedere, «le consiglio vivamente di non guidare in futuro dopo aver bevuto molto la sera prima. La guida in stato di ebbrezza può avere conseguenze molto serie, anche se è legalmente sotto il limite.»

«Oh, grazie» ansimo. «Grazie davvero, tantissimo.»

«Non deve ringraziarmi. È stata molto fortunata stavolta, signora Page.»

Non mi arresteranno. Non ero ubriaca né criminalmente irresponsabile. «Mi dispiace molto» dico senza fiato. «Non avevo idea che avrei potuto essere ancora oltre il limite. Non succederà più, lo giuro.»

«È libera di andare. Ha bisogno che la riaccompagni al suo veicolo?»

Non posso sopportare la vergogna di rientrare in una volante della polizia. Preferisco camminare. «No, nessun disturbo. Chiamerò mia madre ora e le chiederò di venirci a prendere.» Mi guardo intorno nella reception dove ho lasciato Bella e Tolly. «Sa dove sono i miei figli?»

«Li ha presi il padre qualche istante fa» risponde l'agente dietro la scrivania. «È tutto a posto, signora, abbiamo verificato la sua identità. Se si affretta dovrebbe trovarli ancora qui fuori.»

Andrew sta mettendo il seggiolino di Tolly nel retro dell'Audi di Caz, facendo fatica a incastrare le cinture nei buchi giusti.

«Che succede?» esclamo.

Riesce finalmente ad agganciare la cintura e si alza. «Mi ha scritto Bella chiedendomi un passaggio a scuola» dice brusco. «Non sapevano quanto ci avresti messo.»

Caz si sporge dal sedile di fronte. «Come hai potuto essere così irresponsabile?» domanda attraverso il finestrino aperto. «E se fosse successo qualcosa a loro mentre tu eri ubriaca al volante?»

«Non ero ubriaca» scatto. Mi piego dentro l'auto. «Bella, Tolly, uscite. Ho risolto tutto, è tutto a posto. Andiamo Bella» aggiungo quando vedo che rimane seduta. «Dobbiamo andare, è già abbastanza tardi.»

«Non hai la macchina, mamma» mormora.

«La portiamo noi a scuola» dice Andrew. «Possiamo discutere del resto più tardi.»

Sto per rifiutare ma Bella mi guarda con sguardo supplicante e mi rendo conto di quanto voglia disperatamente che non faccia una scenata. «Okay» dico riluttante. «Portali tu. Li prendo nel pomeriggio.»

«Li riprendo io» scatta Caz.

«Senti, perché non ti prendi un paio di giorni per te stessa?» aggiunge Andrew. «Rimettiti in sesto. I ragazzi possono stare qui a Brighton con Caz. Ci prenderemo comunque il venerdì libero per la festa di tua madre, quindi non è un problema. Ne riparleremo.»

«Rimettermi in sesto?» ripeto. «Cosa vorrebbe dire?»

Non mi guarda negli occhi. «Forse è meglio se Tolly e Bella passano un po' di tempo con noi. Solo finché ritrovi un equilibrio. So che ne hai passate molte ultimamente e forse è stato un po' troppo.»

«Non vogliamo che tu abbia una ricaduta» aggiunge Caz malignamente. «O che ti agiti come è successo con Roger Lewison. Mi hanno detto che l'ultima volta è stata terribile.»

Mi sento improvvisamente come se non avessi più aria nei polmoni. Se la sta rifacendo sui miei figli. È l'ultima carta che può giocarsi. Ecco perché mi ha incastrata con la polizia; un'accusa per guida in stato di ebbrezza sarebbe un enorme punto a sfavore per me se Andrew volesse mai contestare la custodia dei figli. Vuole portarmi via i figli.

«Papà, devo andare a scuola» Bella sollecita dall'auto. «Sono già in mega ritardo.»

Andrew non riesce nemmeno a guardarmi mentre risale in auto. Lo guardo andare via tremando dalla rabbia che ho dovuto sopprimere. Come ha potuto raccontarle di Roger? Era una cosa privata, informazioni personali! Mi è costato tantissimo anche solo raccontarlo a lui, e l'ho fatto solo perché volevo essere completamente onesta prima di sposarci. Quante volte deve deludermi prima che mi dia una svegliata? Solo poche ore fa quest'uomo era nel mio letto e mi diceva che non aveva mai smesso di amarmi. Ora sta usando il segreto più intimo del mio passato per sottolineare quanto sia instabile, al punto che i miei figli non sono al sicuro con me. Non credo di averlo mai odiato prima d'ora, ma lo odio adesso.

Apro la galleria delle foto sul mio telefono e scorro fino a quella che cerco. I miei segreti sono allo scoperto. È giunta l'ora che lo siano anche quelli di Caz.

36

Caz

Non riesco a sopportare nemmeno di respirare la stessa aria di Andy mentre accompagniamo i bambini a scuola dalla centrale di polizia. Durante la notte le sensazioni di dolore e tradimento si sono intensificate e trasformate in fredda e spietata rabbia. Non ho idea di come andrà a finire. Il pensiero di dormire nello stesso letto con lui mi fa accapponare la pelle. Ma l'idea di una vita senza di lui scava un pozzo profondo nella mia anima. Mi odio per questo, ma lo amo ancora. Come posso conciliare due impulsi così contrapposti? Come posso lottare per lui se il mio primo impulso è di cacciarlo in mezzo alla strada e barricare la porta?

Forse, se avesse preso le mie parti quando questa faida con Louise è iniziata qualche settimana fa, le cose non sarebbero sfuggite così di mano. Quella donna si nutre della sua debolezza. Non avrebbe mai osato fare nemmeno la metà delle cose che ha fatto se lui avesse piantato la sua bandiera fermamente nel mio angolo, invece di cercare di compiacere entrambe. La mia amarezza è così forte che riesco ad assaporarla. Non mi libererò mai di lei. Andy non si batterà per me, non importa quello che lei farà. Non si è mai battuto per me.

Insiste nel voler accompagnare Bella dentro la scuola e li

guardo mentre si fermano fuori dal cancello a parlare intensamente. Sta succedendo qualcos'altro a Andy che ancora non so; qualcosa al di fuori dalla scopata nostalgica con Louise di ieri sera. Se non era con lei ieri, quando in teoria sarebbe dovuto essere al lavoro, allora dove diavolo era? Non credo alle balle delle fonti anonime alla Gola Profonda nemmeno per un secondo. Sta tramando qualcosa.

«Bella dice che l'agente stava aspettando Louise» riferisce appena rientra nell'auto. «È dell'idea che sia stato il contadino arrabbiato a fare la soffiata, ma non ne sono così sicuro. Non ne sai niente tu?»

Non dico una parola mentre Andy rientra sulla strada principale. Era ubriaco quando è tornato a casa ieri notte e, per sua ammissione, Louise era in condizioni addirittura peggiori. Stavo solo facendo il mio dovere di cittadina nel denunciare un guidatore ubriaco. Una madre che sta portando i figli a scuola per giunta; come uno dei tanti campagnoli che iniziano a bere alle sei di sera e continuano a diritto, senza nemmeno considerare che potrebbe essere ancora ubriaca la mattina dopo. Ma avrei dovuto sapere che Louise avrebbe trovato un modo per uscirne illesa. In qualche modo quella donna riesce sempre ad uscire immacolata dai guai. Potrebbe sparare a qualcuno in Oxford Street e Andy la elogerebbe per la sua abilità di tiro.

«Stavolta se l'è cavata» dico. «Ma non puoi passarci sopra Andy. Dovrai fare qualcosa con lei al riguardo.»

Sospira irritato. «Dài, Caz. Era al di sotto del limite.»

«*Stavolta*» ripeto. «I bambini erano in macchina con lei. E se avesse fatto un incidente? Non sono più al sicuro con quella donna.»

Mi guarda di lato. «Pensi davvero di poter prendere Bella e Tolly a tempo pieno?» dice scettico. «Facciamo fatica con un figlio, figuriamoci con tre. Non sei esattamente il tipo materno.»

«Pensi che non ce la potrei fare?»

«Penso che non sia quello che vuoi» risponde tagliando corto.

Quello che voglio non ha niente a che vedere con questa situazione. Ma se posso eliminare l'unico motivo legittimo per cui Louise deve essere costantemente presente nelle nostre vite facendole togliere la custodia dei figli, le renderò la vita un inferno. Avrà sempre il diritto di visita, ovviamente, a meno che non proviamo che sia di nuovo malata di mente, il che è assolutamente possibile. E se i bambini vivono con noi, la palla sarà molto di più nel nostro campo. Andy non sarà più ai suoi ordini. Avremo un vantaggio.

Mi vibra improvvisamente il telefono, un messaggio da Louise. È una foto. La apro e mi sale un brivido ghiacciato lungo il corpo quando vedo la foto dell'insegna scrostata: *Centro di cura per anziani Starr Farm.*

Lo sa.

Mi cade il telefono di mano sul tappetino della macchina, il cuore mi va a mille. Louise sa di mia madre. È stata da lei. Come diavolo è riuscita a trovarla? L'unica persona che sa dell'esistenza di Ruth è Angie, e non ne farebbe mai parola con nessuno. Che cosa ha scoperto Louise? E che cosa ne farà di queste informazioni?

Mi tremano le mani mentre cerco di raccogliere il telefono. Mia madre è una donna anziana con problemi di demenza senile, nessuno prenderà sul serio i suoi folli deliri. Ma cosa dirà Andy se scopre che non abita in un bellissimo edificio vittoriano, nel cuore di Chelsea, con il portiere, bensì in una casa di cura nell'Essex? Non avrebbe mai scambiato la Louise, prestigiosa donna di classe, con la Carol di Dagenham. Per quanto lo riguarda, mio padre è morto, mia madre è una donna ricca e solitaria con la quale non ho rapporti. Se scopre che non sono poi così tanto meglio di lui, potrebbe essere la scusa di cui ha bisogno per tornare dritto nelle braccia beneducate di Louise.

«Tutto okay?» chiede Andy mentre parcheggia l'auto in una strada vicino a casa nostra. «Sei molto silenziosa.»

Prendo una rapida decisione. La mia battaglia con Louise sui bambini può attendere. Devo occuparmi di mia madre prima. «Ho deciso che tornerò a Londra» dico improvvisamente. «Di' a Louise che per ora i ragazzi possono stare con lei. Sono sicura che staranno bene.»

È visibilmente sollevato. «Credo che sia un'ottima idea.»

Parliamo a malapena nel tragitto fino a Victoria. Appena arriviamo a Londra, Andy cerca un taxi per andare al lavoro e io prendo la metro per tornare a casa. Non vado alla Whitefish oggi, non sono nemmeno sicura di avere ancora un posto di lavoro a cui tornare. Entro nell'appartamento vuoto, nauseata e svuotata. Passo sopra alla pila di posta sullo zerbino senza preoccuparmi di raccoglierla e vado al piano di sopra, mi spoglio e entro nel bagno. Apro la doccia ed entro sotto l'acqua più bollente possibile. Mentre il vapore sale intorno a me, chiudo gli occhi e giro il volto sotto il getto d'acqua ustionante. Louise, Andy, AJ, Whitefish, mia madre… voglio solo lavare via tutto.

Il calore risucchia le ultime energie che mi rimanevano. Non dormo da quasi due giorni e non ricordo quando ho mangiato decentemente l'ultima volta. Voglio solo infilarmi nel letto e lasciare fuori tutto il mondo, ma ho una decina di mail che intasano la casella postale, delle quali almeno quattro sono di Patrick. Cosa più importante, devo chiamare AJ e assicurarmi che stia bene. E poi c'è anche mia madre di cui occuparmi. Non posso permettermi di distogliere lo sguardo nemmeno per un secondo.

Esco dalla doccia e cerco di afferrare un asciugamano, incespicando nel bagno offuscato dal vapore. Sbatto lo stinco nel piccolo cestino e lancio un urlo mentre questo vola via rovesciando fazzoletti stropicciati, pezzi di filo interdentale e di ovatta per tutto il pavimento. Impreco silenziosamente mentre raccolgo la spazzatura e la ripongo nel cestino.

E poi mi blocco.

Fisso le due linee azzurre del test di gravidanza nella mia mano. Il significato di questo test, di quello che ha fatto Andy, mi trivella il cuore. La domestica svuota il cestino ogni settimana, il che significa che dato che questo test di gravidanza non è mio, c'è solo un'altra persona a cui può appartenere, l'unica altra donna che è stata qui negli ultimi quindici giorni.

Bella.

Tre giorni prima della festa

37

Louise

Mentre preparo Tolly per l'asilo, sento Bella che sta male nel bagno. Lo lascio vestito a metà, vado nell'ingresso e rimango esitante fuori dalla porta del bagno. «Tesoro, tutto bene?»

Tira lo sciacquone. Un secondo dopo si apre la porta. Bella è bianca e ha gocce di sudore sul labbro superiore. «Scusa. Abbiamo mangiato tacos di pesce a scuola ieri. Non credo sia stata una buona idea.»

«Non credi sia per il trauma cranico di lunedì?»

«Forse.»

«Vuoi stare a casa oggi?» chiedo preoccupata.

Esita. «Ho il compito di chimica alla terza ora.»

«La signora Welsh te lo farà recuperare, no?»

«Immagino di sì.»

«Torna a letto e chiamo la scuola. Appena ho lasciato Tolly all'asilo torno qui e mi prendo cura di te.»

La seguo mentre si trascina verso la sua camera. Non mi sorprende che stia sudando: anche nel bel mezzo dell'estate, ha addosso i pantaloni della tuta grigi e una maglia nera, larga. Con mia sorpresa, mi lascia sistemare la coperta sopra di lei come facevo quando era piccola. «Torno presto» le dico dandole un bacio leggero sulla fronte sudata.

«Mamma?»

Mi giro sulla porta, colpita improvvisamente dalla sua vulnerabilità. Senza trucco e con i capelli tirati indietro in una coda, non dimostra più di dodici anni. «Che cosa c'è, tesoro?»

«Mi dispiace per ieri» borbotta con lo sguardo verso il basso mentre giocherella con il grande anello d'argento al dito medio. Ha un aspetto vagamente familiare, anche se non riesco a ricordare esattamente dove l'ho già visto. «Per aver scritto a Caz. Non volevo farti arrabbiare.»

Rientro nella stanza e mi appoggio sul letto. «Non mi sono arrabbiata, Bella. Dev'essere stato orribile stare a guardare tua madre che viene portata alla centrale di polizia. Mi dispiace averti fatto passare tutto ciò.»

«Sei stata fantastica» dice mia figlia inaspettatamente. «Io avrei dato di matto se mi avessero arrestata, ma tu sei rimasta... impassibile.»

«Davvero?»

«Avrei dovuto crederti» ammette. «So che non ti metteresti mai alla guida ubriaca. Be', non dopo lo zio Nicky.»

È morto molto prima che lei nascesse, ma fa ancora parte della famiglia quanto mia madre o Tolly. «Sono stata incredibilmente stupida» sospiro. «Dovevo rendermi conto che avrei potuto essere oltre il limite dalla sera prima. Non oso pensare a cosa sarebbe potuto succedere con voi due in macchina.»

«Non potevi saperlo.»

Esito. Non voglio sciupare questo delicato momento di disgelo, ma sono consapevole che non potrei mai avere un'occasione migliore per parlare con lei, vista la sua attuale franchezza. «Bella, ti volevo chiedere» dico calma. «Sono state prelevate trecento sterline dal mio conto qualche giorno fa.

Sei stata tu? Se non sei stata tu devo saperlo così posso parlare con la banca.»

Si irrigidisce. Per un attimo temo di aver rovinato tutto, ma poi espira lentamente. «Ti prego, non chiedermi di dirti per cosa erano» balbetta. «E no, non si tratta di droghe né altro di illegale.»

Riesco a soffocare le mille domande che mi esplodono dentro mentre Bella si stuzzica ansiosamente le unghie, già mangiate fino alla carne. «Mi hai sempre detto che se qualcuno è nei guai avrei dovuto aiutarlo» dice finalmente.

«Sono tanti soldi, Bella. Sei sicura di non potermi dire per cosa erano?»

È titubante. Riesco a percepire che sta soppesando le opzioni; trattengo il fiato, nella speranza che si confidi con me. Ma prima che riesca a dire qualsiasi cosa, Tolly spunta in camera chiedendo la colazione e noto Bella richiudersi in se stessa: l'attimo è passato.

Mi brucia lo stomaco per l'ansia mentre finisco di preparare Tolly per l'asilo. Sostiene che non si tratti di droghe, ma è dimagrita così tanto ultimamente, ed è così pallida. Non è nemmeno la prima volta che sta male fisicamente nelle ultime due settimane. Qualcosa sta preoccupando terribilmente la mia bambina e devo trovare il modo di aiutarla, cosa che non posso fare se non ho le informazioni adeguate. Appena torno dall'asilo di Tolly, preparo una tazza di tè allo zenzero per calmarle lo stomaco e glielo porto su. Non voglio forzarla, ma mi rendo conto di non avere altra scelta. Se è arrabbiata con me, così sia. Voglio esserle amica, ma è più importante che sia sua madre.

Bella è sveglia, sta ascoltando la musica. Si toglie uno degli auricolari quando entro in camera e sento dell'heavy metal, uno di quei terribili gruppi elettronici tedeschi che le piacciono così tanto. «So cosa stai per dire» sospira. «Lo giuro sulla vita di Tolly, non faccio uso di droghe.»

Scruto il suo volto. Forse sono sciocca, ma il mio istinto materno mi dice che è sincera. Magari ha dei segreti, ma le credo quando mi dice che non si tratta di droga.

Mi fa spazio per sedermi accanto a lei e appoggio la tazza fumante di tè allo zenzero sul comodino. «Allora per cosa avevi bisogno del denaro?» le chiedo gentilmente. «Se non sono droghe, di che si tratta?»

«Ti prego, mamma. Non chiedermelo.»

Mi fermo, combattuta. «Hai detto che non era niente di illegale?»

«Lo giuro. E ormai è fatto. Cioè, non importa più. Te li renderò, promesso.»

«Non è per i soldi.» Scelgo le parole con estrema attenzione. «Bella, sono preoccupata per te. Non c'è niente che puoi dirmi? Non urlerò né mi arrabbierò, promesso. E non lo dirò a papà, se è di questo che hai paura.»

La osservo mentre giocherella con l'anello d'argento al dito medio, avanti e indietro, avanti e indietro. Non se l'è mai tolto da quando lo ha comprato. È come se…

Ma certo! Mi do una pacca sulla fronte metaforicamente. Come ho fatto a non vederlo prima? C'è solo una cosa che ti fa perdere peso, vomitare dal nervoso e oscillare da gioia a disperazione nel giro di un secondo: l'amore, la più antica droga del mondo.

Mi ricordo dove ho visto quell'anello. O meglio, su chi.

«Bella» dico dolcemente. «Hai conosciuto qualcuno?»

Annuisce.

«Taylor» le dico. «È di questo che si tratta, giusto?»

Deglutisce e poi annuisce di nuovo. Il mio cuore soffre per lei. «Oh, Bella» sospiro. «Perché non me l'hai detto?»

«Volevo» ammette d'impulso. «Ma Taylor mi ha fatto promettere di non dirlo. I suoi genitori sono molto severi, impazzirebbero di brutto. E... è complicato.»

Da quanto tempo si porta dietro questo segreto? Sono stata così presa da me stessa che non ho fatto attenzione a quello che stava succedendo nella sua vita. Come posso essermi persa questa cosa? «Pensavi che non avrei capito?» chiedo.

Alza le spalle, pieghettando la coperta nervosamente con le dita.

«Bella, non mi importa chi o cosa ami, purché ti renda felice» dico con tono serio. «Puoi portare a casa anche un orso polare e sarebbe il benvenuto alla mia tavola.» Faccio una pausa. «Be', forse non a tavola. Per quanto ne so, gli orsi polari non sono particolarmente educati. Ma se ti innamori di un orso polare, troveremo un modo di farla funzionare. Faremo un picnic all'aperto, magari.»

«Mamma...» mi riprende Bella, ma sta ridendo.

«Taylor sa cosa provi?»

Fa cenno di sì con la testa.

«Ma non prova la stessa cosa?»

«Non è quello. Stava frequentando qualcun altro. Ma pensa che sia troppo presto. Vuole un po' di spazio. Va bene così» aggiunge rapidamente. «Preferisco essere amica che niente.»

«È per questo che sei così nervosa ultimamente?»

«Principalmente. Ma non è solo quello.» Alza lo sguardo verso di me e poi lo distoglie subito. «È Caz.»

«Non devi preoccuparti di...»

«Lei mi piace» mi interrompe facendomi zittire dalla sorpresa. «Mi piace quando c'è anche lei nei fine settimana e il resto! Non voglio che lei e papà si lascino. Non mi piace quando c'è solo papà. Voglio che le cose rimangano come sono.»

Prendo un momento per digerire la cosa. «Quello che succede tra tuo padre e Caz non ha niente a che vedere con me.»

Bella tira su le lunghe gambe e si abbraccia le ginocchia infilando la faccia in mezzo. «Non è vero, mamma.»

«Che cosa vuoi dire?»

«So cosa è successo tra te e papà l'altra sera» dice mentre intreccia le dita infelice. «Non è giusto, mamma. Incolpi lei per aver distrutto la nostra famiglia, ma non è vero.» Improvvisamente mi guarda dritto negli occhi, brillanti in modo non naturale. «So di Tolly. So che mio padre non è il suo.»

La stanza inizia a ondeggiare e girare. Rimango stupidamente a bocca aperta. Sono letteralmente senza parole, incapace anche di respirare.

Andrew ha giurato che non l'avrebbe mai detto a nessuno, era il nostro accordo. Avrebbe mantenuto il segreto, non ne avrebbe mai fatto parola con Bella o Tolly o nessun altro, nemmeno con Caz, specialmente con Caz, e in cambio accettavo di non contestare il divorzio e la miseria di denaro che mi offriva.

«Mamma?» dice Bella. «È tutto okay, capisco. Papà aveva conosciuto Caz, ti stava tradendo. Non ti do la colpa.»

Io mi do la colpa.

Mi copro il viso con le mani strozzandomi con un singhiozzo. Da quasi cinque anni cerco di sfuggire da questo momento, da questa verità. La memoria è ingannevole. Non ricorda semplicemente il passato, ma lo ricostruisce come desideriamo che sia. Puoi spingere nel retro del cervello una realtà indesiderata e sotterrarla dietro un muro di pensieri positivi e, col tempo, ti dimentichi che la verità sia lì. E poi, quando meno te lo aspetti, quel muro si frantuma e sei obbligata ad affrontare una verità diventata ancora più potente e terrificante per la lunga prigionia.

«Eri innamorata di lui?» chiede Bella con tranquillità. «Il padre di Tolly.»

Distolgo lo sguardo. Non so da dove cominciare per risponderle. Quando ho conosciuto il padre di Tolly avevo appena scoperto che Andrew aveva una relazione e volevo vendicarmi, pareggiare i conti. La vendetta al livello più elementare. E avevo anche bisogno di rassicurazioni, di sapere che ero ancora amabile e desiderabile. Sentivo il bisogno che qualcuno mi vedesse in un modo in cui Andrew non mi vedeva più.

Ma la nostra relazione era molto più di questo. Sin dal primo giorno che ci siamo conosciuti, abbiamo condiviso qualcosa che non avevo mai provato con Andrew, una connessione che mi faceva sentire come se avessi trovato quel pezzo di me stessa che non sapevo mancasse. Eppure lo conoscevo a malapena. Non eravamo nemmeno amici. Non lo so neanche adesso: può questo definirsi amore?

Per un breve periodo ero sicuramente infatuata di lui. Era tutto ciò a cui riuscivo a pensare. Sentivo le farfalle nello stomaco ogni volta che entrava nella stanza. Mi creavo delle opportunità per incontrarlo anche quando ci eravamo visti solo il giorno prima. Gli ho telefonato troppe volte, mandato troppi messaggi. E mi sono impaurita. L'intensità di quello che stavo provando mi ricordava incredibilmente Roger. Andai anche a casa sua un giorno, temendo che mi stesse mentendo e che dopotutto fosse sposato. Vidi l'anziana madre attraverso la finestra della cucina e lei vide me, anche se ovviamente non sapeva chi fossi. Mi salutò come fanno le persone quando ti conoscono ed ebbi un'improvvisa visione del modo in cui mi avrebbe considerata se avesse saputo che stavo pedinando il figlio. Perché era esattamente quello che stavo facendo. In quel momento me ne resi conto anch'io.

Scappai. Letteralmente e metaforicamente. Ruppi con lui e concentrai tutte le mie energie nel tentativo di riparare il mio matrimonio. Andrew era quello che amavo veramente, mi dissi convinta. Quello con cui avevo una vita, una storia, una famiglia. Avevamo condiviso tantissimi momenti, da quelli piccoli e insignificanti a quelli drammatici o che ti cambiano la vita. La nascita di un figlio, la scomparsa di un parente, il pranzo della domenica, dare da mangiare al gatto. Questa era l'essenza della vita, quello che era reale, non un rapporto da fiaba romantica con un uomo di cui non conoscevo nemmeno il nome completo.

E poi successe l'impossibile, il miracolo di nome Tolly, e mi convinsi che doveva essere figlio di Andrew. Qualsiasi altra cosa era impensabile.

«Lo conosco?» chiede Bella. «Il padre di Tolly.»

Scuoto la testa. Quello almeno è vero.

«Come… come lo hai scoperto?» chiedo.

«Dovevamo fare un progetto per biologia sui gruppi sanguigni e la signora Lockwood ci ha chiesto di fare una ricerca sulla nostra famiglia. Tu eri a Londra quindi ho guardato nel file sul tuo computer in ufficio.» Alza lo sguardo e arrossisce.

«Non volevo curiosare. Non avevo idea che fosse una cosa privata. Ho trovato i test che fecero dopo la nascita di Tolly, quando stavi così male e pensavano si trattasse di qualche reazione degli anticorpi Rhesus.»

Avrei dovuto bruciarli. O almeno metterli sotto chiave.

«Il tuo gruppo sanguigno è A e quello di papà è 0, come il mio» dice Bella. «Quello di Tolly è B. Il che significa che non può essere figlio di papà. È così che lo ha scoperto anche lui, giusto?»

Annuisco con lo sguardo annebbiato dalle lacrime. Mia figlia non mi perdonerà mai per questo. Come potrebbe? Non riesco a perdonarmi io stessa. È uno dei tanti motivi per cui la mia rabbia nei confronti di Caz è così amara e spietata. Non solo mi ha portato via Andrew: ha distrutto la parte migliore di me. Non avrei mai tradito mio marito se non fosse stato per lei. Non avrei mai tradito me stessa.

Non ho detto a nessuno di Tolly, nemmeno a mia madre, anche se penso che forse se lo sarà immaginato. Man mano che cresce, somiglia sempre di più al padre biologico. I segreti trovano sempre il modo di uscire allo scoperto.

«Mi dispiace tantissimo» dico con voce roca, sapendo come suonano vuote queste parole. «Immagino quanto sarai arrabbiata con me. Ma per favore, non dirlo a Tolly. Tuo padre è l'unico padre che abbia mai...»

«Non lo farei mai» dice Bella secca. «Gli voglio bene. È mio fratello.»

«Se vuoi andare a stare con papà e Caz, non mi opporrò» dico senza speranza.

Bella continua a girare l'anello d'argento al dito. «Nonna ha detto qualcosa lo scorso weekend» dice mentre fissa il suo grembo. «Quando stavamo parlando dello zio Nicky. Ha detto che l'amore è come l'acqua: se qualcosa blocca il suo corso, trova sempre un'altra via d'uscita.» Si prende una lunga pausa e sopprimo l'impulso di riempire il silenzio. «Immagino sia stato così anche per te quando papà ha conosciuto Caz» aggiunge alla fine. «Avevi bisogno di far andare quell'amore da qualche parte e il padre di Tolly era lì.»

Fisso la mia saggia e straordinaria figlia, sopraffatta da emozioni contrastanti. Sollievo, orgoglio, vergogna, rimpianto. Si è comportata meglio di tutti gli adulti coinvolti in questa saga.

«Caz non è una nemica» dice Bella dolcemente. «Ti prego, mamma. Puoi smettere di odiarla adesso?»

Annuisco. «Sì» le dico. «La smetto.»

BRIAN ROBERTS
INTERROGATORIO REGISTRATO PARTE PRIMA

Data: 25 luglio 2020
Durata: 31 minuti
Luogo: Centrale di polizia di Kingsbridge

Condotto dagli agenti della Polizia di Devon e Cornwall

(cont.)

POLIZIA	Quindi lei sta dicendo che la signora Page, sua figlia Louise Page, ha voluto l'altra signora Page alla festa?
BR	Non la metterei così.
POLIZIA	Mi perdoni, signor Roberts, ma ha appena detto che ha chiamato sua moglie due giorni fa e le ha detto che voleva che il suo ex marito e la moglie fossero presenti alla festa.
BR	Sì.
POLIZIA	Adesso sta dicendo che non è vero?
BR	No, l'ha fatto.
POLIZIA	Lei era presente quando ha chiamato?
BR	Sì. Celia ha detto che a Louise andava bene.
POLIZIA	Ciò significa che voleva che Andrew e Caroline Page venissero, dopotutto?

BR	Esatto. [Pausa.] Non era troppo felice all'inizio però, eh.
POLIZIA	Cosa intende, all'inizio?
BR	Quando Celia ha spedito gli inviti.
POLIZIA	Questo sarebbe a giugno? [Pausa.] Se potesse parlare per il registratore invece di annuire, signor Roberts.
BR	Mi scusi. Sì.
POLIZIA	Potrebbe dirci qualcos'altro riguardo a questo?
BR	Be'. Lou non era troppo felice.
POLIZIA	Così ci ha detto, signor Roberts. [Pausa.] Può spiegarlo per bene? Ha detto o fatto qualcosa per farle pensare che non fosse felice?
BR	Lou non è una che solleva polveroni.
POLIZIA	Ne ha parlato con lei?
BR	Conosco mia figlia.
POLIZIA	Certo. Sua moglie e Andrew Page andavano d'accordo, è corretto?
BR	Sì.
POLIZIA	Questa cosa infastidiva sua figlia?
BR	Dovrete chiederlo a lei.
POLIZIA	E lei? Andava d'accordo con il suo ex genero?
BR	Lou non è perfetta, ma è una brava ragazza. Non c'era bisogno di avere una relazione alle sue spalle.
POLIZIA	Con Caroline Page, intende?
BR	Sì.
POLIZIA	Perché pensa che sua moglie l'abbia invitata alla festa?
BR	Dovrete chiederlo a Celia.
POLIZIA	Quindi, per essere chiari. Sua figlia non era felice quando all'inizio ha scoperto che la madre aveva in-

	vitato alla festa sia Andrew che la seconda moglie, ma lo ha accettato, è corretto?
BR	Sì.
POLIZIA	Ma poi lei e la signora Page hanno litigato. Hanno chiamato la polizia per un alterco davanti alla casa di Andrew e Caroline Page due settimane fa, è giusto?
BR	Dovrete parlarne con loro.
POLIZIA	Quello che voglio dire, signor Roberts, è che il rapporto tra sua figlia e Caroline Page, un tempo civile, si è chiaramente rovinato nelle settimane recenti.
BR	Sì.
POLIZIA	Eppure lei ci sta dicendo che sua moglie ha ricevuto una telefonata da sua figlia che le diceva che *voleva* che il suo ex marito e la moglie partecipassero alla festa.
BR	È quello che ha detto Celia.
POLIZIA	Ne è rimasto sorpreso?
BR	[Pausa.] Celia di solito ottiene quello che vuole.
POLIZIA	È un bel dietrofront, però. Riesce a pensare a un motivo per cui sua figlia ha cambiato idea?
BR	Non lo so.
POLIZIA	È possibile secondo lei che volesse Andrew Page alla festa per un motivo particolare?
BR	Non saprei dire.
POLIZIA	Forse per poterci parlare da sola?
BR	Di cosa?
POLIZIA	Be', è quello che stiamo cercando di capire. [Pausa.] Il fatto è, signor Roberts, che meno di quarantotto ore dopo quella telefonata piuttosto sorprendente a sua moglie, Andrew Page era morto.

38

Caz

Se uno non la conoscesse, potrebbe pensare che mia madre si meriti un po' di gioia, bloccata tutto il giorno su quella sedia a rotelle e parcheggiata in una miserabile prigione beige che puzza di biscotti avariati e delusioni. Nessun amico né familiare che vada a trovarla, eccetto me, e sappiamo entrambe che non sto lì per rallegrarle la giornata. Non la biasimo per volersi prendere un po' di piacere dove riesce a trovarlo, vuotando il sacco con la mia peggior nemica per pura malvagità e noia. Ma questo non mi fermerà dallo scoppiare la sua piccola bolla di fantasie di vendetta.

«Non ti crederà nessuno» le dico quasi con dolcezza. «Puoi raccontare quello che vuoi. Più terribile è, più pazza sembrerai.»

I suoi occhi neri sono affilati come coltelli. «Ah, è così? Allora perché sei venuta qui di corsa?»

«Ti trovo divertente. Dimmi» aggiungo con tono di conversazione, «com'è andata con Louise?»

«Ecco che arriviamo al punto» dice con sollievo.

«Deve essere davvero disperata per venire da te.»

«*Tu* devi essere davvero disperata per venire da me.»

Mi siedo di fronte a lei mentre entrambe ci sistemiamo misurandoci a vicenda. Non mi illudo che mia madre mi voglia bene; anche se forse, nella rinsecchita noce che ha al posto del cuore, qualcosa c'è. Comunque sono un libro aperto per lei e sono sempre sorpresa da quanto ciò sia rilevante. Non ci sono finzioni tra noi, né vergogna. Ha visto il mio lato peggiore e io il suo.

«Dai» dico dopo un po'. «Raccontami. So che vuoi farlo. Che ne pensi di lei?»

«Non è bella come te, ovviamente. E nemmeno intelligente come te.» Si ferma un attimo per ripensarci. «No, è intelligente. Più di te. Ma non altrettanto furba.»

«Grazie.»

«Non era un complimento.»

«Sì, lo era.»

«Capisco come mai è una brava giornalista. Ti fa venire voglia di parlare. Mi è piaciuta.»

Sorrido freddamente. «A te non piace nessuno.»

«Mi è piaciuta lei.» Avvicina la sedia a rotelle. È come uno squalo che sente l'odore del sangue nell'acqua. «Tornato dalla moglie, eh?»

Non ha senso mentire, non a lei. «Non importa.» Alzo le spalle. «È tornato a casa da *me*.»

«Ah!» Mi schernisce. «Povera Carol. Lo ami ancora eh? Anche se lui non ha mai amato te.»

Mio malgrado, ho un sussulto quando colpisce il segno. *Lo amo, lo odio, lo odio, lo amo*. Non ho mai davvero perdonato Andy per avermi fatto innamorare di lui più di quanto lui ami me. È un'ancora che mi trascina verso il fondo. Il suo narcisismo, il suo bisogno, i suoi figli, il suo bagaglio, la sua ex moglie. La mia vita sarebbe stata molto più semplice e lineare senza di lui.

«Ma non è per questo che sei qui, giusto?» chiede mia madre assottigliando gli occhi. «C'è dell'altro, esatto? C'è di peggio.»

«C'è di peggio» riconosco.

Il suo sguardo malizioso mi inchioda alla sedia come una farfalla sotto un vetro. «Sputa il rospo, ragazza. Qual è il vero motivo per cui sei venuta a far visita a una povera vecchia pazza?»

Sappiamo entrambe che non è pazza. C'è stato un periodo, dopo il tentato suicidio, in cui scelse di ritirarsi in un mondo che riteneva più sopportabile, quando la depressione e le medicine l'avevano confinata in un limbo di semioscurità dove era irraggiungibile. E mi faceva comodo tenerla lì. Non potevo permettere che il nuovo scintillante mondo di Caroline potesse essere rovinato dalla maligna madre imbottita di farmaci. Quindi l'ho fatta internare e l'ho rinchiusa in una casa di cura privata fino a quando ho conosciuto Andy e ho finito i soldi. Adesso è il governo che le paga il tetto sopra la testa e le mette il cibo sulla tavola. E a nessuno importa abbastanza da porsi domande scomode, come ad esempio se è necessario che stia in un posto simile.

Certo che mi odia. È colpa mia se il mondo pensa che sia pazza. Ma dopo quello che ha permesso che succedesse a me, è esattamente quello che si merita.

La sua espressione cambia improvvisamente. È come se avesse un sesto senso satanico che le fa attaccare i punti più oscuri dell'anima. «È come tuo padre, giusto?» dice di scatto.

Vorrei che ci fosse un altro motivo per i tagli di Bella e per il test di gravidanza nel cestino del bagno. La mia mente ha combattuto per ventiquattr'ore come un coniglio in un trappola; mi staccherei la gamba a morsi per liberarmi da questa verità.

Mi fisso le mani. «Non è assolutamente come papà.»

«Non mentirmi, ragazza.» I capelli grigi e stopposi le cadono sul volto mentre distoglie lo sguardo, facendola somigliare sempre di più a una strega. «Avrei dovuto fermarlo» mormora. «Io sapevo. Mi dicevo di no, ma lo sapevo. Lo sentivo scivolare via dal letto. Sapevo dove andava, cosa faceva.» Riflette dubbiosa. «Ma non mi importava perché voleva dire che sarebbe rimasto. Fino a quando sei diventata troppo grande e ci ha lasciate.»

«Papà è morto» le dico. «Non mi ha lasciata. È morto.»

Strattona improvvisamente la sedia in avanti e mi afferra le mani, stringendo le mie dita in una presa d'acciaio. «Basta» dice con tono duro. «Non sei più una bambina, Carol. Tuo padre se n'è andato. Avrebbe potuto portarti con sé e non mi sarei battuta. Ero un'alcolizzata, ragazza. Avrebbe potuto prenderti e non avrei alzato un dito per fermarlo. Ma sei diventata troppo grande per lui. Troppo grande per i suoi gusti.» Tiro via le mani di scatto e lei ride tristemente. «È stata l'unica cosa buona che ha mai fatto per te. Hai una vita di successo, ragazza. Ti sei scrollata di dosso lo sporco e ti sei fatta strada nel mondo. Non è buono nemmeno per lucidarti le scarpe. Non lo è mai stato.»

Mio padre mi voleva bene. Mi voleva bene molto prima che capissi che quello non era il modo in cui la maggior parte dei padri dimostrava affetto per le figlie. *Il nostro segreto*, sussurrava nel mio orecchio mentre mi accarezzava in punti che non avrebbe dovuto toccare. *Non possiamo dirlo a nessuno, nemmeno alla mamma, o ce lo rovineranno. Ti porteranno via da me perché non capiranno quanto ti voglio bene.*

Non ricordo quanti anni avessi quando mi violentò la prima volta. Sette, forse? Otto? Gran parte della mia infanzia è un guazzabuglio di immagini represse, è difficile ricordare. Ci fu un grande temporale quella notte, quello me lo ricordo, i lampi illuminavano la mia camera come flash di un film horror. Mi svegliai nel letto con mio padre sopra di me, che mi schiacciava togliendomi il fiato. Non lo fermai perché pensavo che papà fosse perfetto, quindi forse doveva far male. Mi guardò negli occhi con un'espressione che non avevo mai visto prima e poi sorrise. *Sei cresciuta bambina mia*, disse. *Ti voglio un mondo di bene.*

Non ne feci parola con nessuno, nemmeno una volta. Papà non mi avrebbe mai fatto del male, mi dicevo. Mi vuole bene. Deve essere colpa mia. A volte incrociavo lo sguardo di mia madre a colazione e lei si girava subito, mentre si versava un'altra vodka.

Poi un mese prima del mio undicesimo compleanno mi venne il ciclo. Una settimana dopo tornai a casa da scuola e mio padre se n'era andato.

Ti ha abbandonata.

Papà non farebbe mai…

Ti ha lasciata.

La bambina di dieci anni dentro di me si copre le orecchie con le mani. È più facile credere che sia morto piuttosto che mi abbia abbandonata. Se mi ha lasciata, vuol dire che non mi voleva bene. E per quanto possa sembrare distorto, devo credere che mi volesse bene per farmi sopportare tutto quell'orrore.

Mia madre si allunga in avanti. Per un breve momento, mentre avvicina il suo folle volto vicino al mio, i suoi occhi pieni di paura, vedo la donna che era un tempo, la madre che avrebbe potuto essere. «Devi fermarlo» dice con fervore. Le sue mani tremano mentre si aggrappa ai braccioli della sedia e dall'angolo della sua bocca sgorga una piccola goccia di saliva. «Devi fare quello che non sono riuscita a fare io.»

Mi è passato per la testa. Brevemente e ipoteticamente. Pensiero scacciato via con la stessa velocità con cui è comparso. Quasi la stessa velocità.

«Non posso» dico secca.

«Sì che puoi. Ce l'hai dentro di te. Hai quello che serve. C'è del ghiaccio nel tuo cuore.» Ride tristemente. «E io lo so bene.» Dondola la sedia avanti e indietro, avanti e indietro sul linoleum, le ruote di gomma cigolano finché mi viene voglia di urlare. «Ho sentito del gatto» aggiunge con gli occhi improvvisamente pieni di gioia. «Avvelenato con l'antigelo. Louise pensa che sia stata tu.»

Distolgo lo sguardo. «Il gatto era vecchio.»

«Avevamo un gatto» dice mia madre astutamente. «Fece pipì sulla tua giacca nuova, ricordi? Non riuscivamo a togliere la puzza. L'abbiamo lavata tre volte.» Avanti e indietro, avanti e indietro. *Squeak, squeak.* «Abbiamo trovato il gatto nel cortile una settimana dopo, rigido come una scopa e con la schiuma alla bocca. Sembrava fosse stato avvelenato.»

«Non stiamo parlando del gatto qui» dico. «Ma di mio marito. Non posso…»

«Siamo solo noi due ora» sibila velenosa. «Non devi fingere davanti a me. Sei in grado di farlo. Salva la ragazza. E glielo puoi portare via per sempre.»

Fisso mia madre. È il ritratto della mia anima nascosta in soffitta, sempre più detestabile e deformata dai miei peccati, mentre la mia giovane pelle rimane morbida e chiara. Vengo qui per affrontare la cruda verità di chi sono, ben al di sotto della superficie laccata. Qui posso ammettere con me stessa cose che non posso ammettere in nessun altro luogo. *Lo amo, lo odio, lo odio, lo amo.* Se non posso averlo io, non lo avrà nessun altro.

Non si merita di vivere. Dopo quello che ha fatto a Bella. Dopo quello che ha fatto a me.

Raccolgo la coperta di mia madre che era caduta sul pavimento e gliela rimbocco con cura sopra le ginocchia. La riporto nel suo punto preferito sotto la finestra, bloccando le ruote, e sollevo un po' la finestra per far entrare dell'aria fresca nella stanza. Il giorno in cui mia madre ha tentato di suicidarsi sono tornata a casa prima di quanto abbia riferito alla polizia. Doveva aver appena lanciato via la sedia. Sono rimasta in piedi nell'ingresso un minuto intero a guardarla lottare, strattonarsi come una marionetta. Si fece la pipì addosso mentre cercava di appigliarsi alla cravatta intorno al collo; riesco ancora a ricordare il rumore dell'urina che cadeva sul pavimento piastrellato. Aspettai e lei mi guardò aspettare.

Mi piego e le do un leggero bacio sulla fronte. «Sono felice che ti abbiano tirata giù» le dico. «La morte sarebbe stata un ricompensa troppo generosa per te.»

Due giorni prima della festa

39

Louise

Entro nell'ingresso del parcheggio del Burgh Island Hotel e rovisto nel cruscotto per cercare il foglietto sul quale ho scritto il codice di sicurezza del cancello metallico. Sospirando pazientemente, Bella lo scova e me lo passa, poi mi allungo fuori dal finestrino per digitare i numeri. «Puoi prendere le valigie mentre sveglio Tolly?» le chiedo quando il cancello si apre. «E cerca di non trascinarle per terra. Sembra che sia piovuto prima.»

Dopo aver parcheggiato, esco e allungo la schiena dolorante mentre Bella apre il bagagliaio. È un viaggio di quattro ore da casa nostra alla costa del Devon, ma non c'è un treno diretto quindi non ho avuto altra scelta che prendere l'auto. Fisso la stretta lingua di acqua che separa la terraferma dall'isola, inspirando una profonda boccata di aria fresca e salata. Il mare scintilla sotto il sole del tardo pomeriggio mentre i gabbiani volano in picchiata e garriscono sopra le nostre teste. Londra e la Whitefish sembrano lontanissime. È una bella sensazione scappare da tutto. Sono contenta di essere venuta un giorno prima di tutti gli altri: ho bisogno di premere il tasto *reset* e riprendermi prima di essere in condizioni di partecipare a una festa.

Mentre tiro fuori dal seggiolino mio figlio, mezzo addormentato, si avvicina un uomo dall'altra parte del parcheggio con una forte cadenza irlandese. «Festa dei Page?»

«Signor Connelly?»

«Mi chiamano tutti Ryan» risponde l'irlandese raggiungendoci e prendendo le valigie da Bella. Siamo nel pieno dell'estate, ma indossa stivali di gomma, pantaloni di velluto e un pesante berretto di maglia con un pon pon. «Sta salendo la marea quindi vi porto con il trattore marittimo.»

Gli occhi di Tolly si illuminano come fuochi d'artificio quando vede il trattore parcheggiato sulla sabbia. Sembra uscito da una serie TV drammatica della BBC, con una scala metallica che conduce alla piattaforma coperta in cima a enormi ruote da trattore. Si libera dalla mia mano e sale gli scalini, sporgendosi dalla ringhiera della piattaforma per avere una visuale migliore. «Andremo sull'acqua!» urla eccitato. «Mamma, mamma! Andremo sul mare! Andremo anche sott'acqua?» Aggiunge girandosi verso Ryan che è al timone al centro del trattore.

«Non dire stupidaggini» sospira Bella. «Non è mica un sottomarino!»

Le lancio un'occhiata fulminante e alza gli occhi al cielo, ma mette un braccio intorno alle spalle del fratellino e indica l'hotel mentre attraversiamo la striscia di sabbia. L'acqua è profonda solo qualche decina di centimetri, ma con l'alta marea come adesso, l'isola è completamente tagliata fuori e riesco a vedere pericolose correnti sotto la superficie.

Il viaggio non dura più di cinque minuti e Ryan ci aiuta a scendere gli scalini metallici una volta raggiunta l'isola, facendoci strada lungo un sentiero scosceso che porta all'hotel.

«Quello è il Pilchard Inn» dice indicando un piccolo pub arroccato sulla costa vicino al minuscolo molo. «È infestato da Tom Crocker, il capo di una banda di malvagi pirati del quattordicesimo secolo.» Si abbassa verso Tolly, i cui occhi al momento sono spalancati come finestre. «Crocker e i suoi uomini hanno saccheggiato e derubato navi per anni finché sono stati catturati.» Indica la punta della collina alle nostre spalle e abbassa la voce fino a un sussurro funereo. «Fu trascinato mentre scalciava e urlava chiedendo pietà fino al punto più alto dell'isola, dove fu impiccato e dichiarato morto. Si dice anche» aggiunge spostando lo sguardo su ognuno di noi a turno «che l'inquieto fantasma cammini di nuovo ogni anno per l'anniversario della sua morte. La gente lo vede, in piedi davanti alla porta del Pilchard Inn in attesa del ritorno dei suoi uomini.»

«Fantastico» mormora Bella. «Tolly starà sveglio tutta la notte.»

«Sei fuori pericolo, giovanotto.» Ryan gli sorride alzandosi in piedi e scompigliandogli i capelli. «L'anniversario del vecchio Tom è ad agosto. Non comparirà mentre siete qui.»

Mi sento leggermente sollevata quando Ryan ci lascia alla reception. Sembra una persona per bene, ma non ho bisogno che metta strane idee nella testa di Tolly. Un facchino porta le nostre valigie in camera; mi giro verso i ragazzi: «Pensavo che potrei prendermi un tè prima di fare qualsiasi altra cosa» dico. «Qualcuno di voi vuole niente?»

«Gelato!» esclama Tolly.

Bella sorride. «Un gelato va bene.»

Poi si incammina nello spettacolare Art Deco Palm Court, con i soffitti a vetro alti e a cupola, e ci sistemiamo in delle poltrone azzurre a forma di conchiglia con vista sul mare. Il cameriere ci porta due menu e mi sforzo di non ridere. L'uomo indossa lunghe scarpe appuntite, un gilè fucsia ricamato e una scintillante e audace pelata circondata da spessi riccioli che gli arrivano fino alla linea della spalla. Sembra una comparsa del *Rocky Horror Picture Show*.

Il cameriere prende l'ordine, un tè con biscotti per me e gelato per i ragazzi, poi scivola via. «Immagino che lo staff non esca molto dall'isola» dice Bella secca.

«*Shhh*» la fulmino cercando di non ridere.

Quando hanno finito il gelato, facciamo una lunga passeggiata intorno all'isola, che è più grande di quanto ricordassi. La combinazione del lungo viaggio e della fresca aria di mare ci ha fatto stancare tutti e dopo una cena leggera al ristorante del piano di sotto metto Tolly nel letto matrimoniale che condividerà con me, mentre io e Bella andiamo in terrazza a guardare il tramonto.

«Capisco perché la nonna abbia voluto fare la festa qui» dice Bella sporgendosi dalla ringhiera e guardando verso il basso la lingua di sabbia che abbiamo attraversato prima sul trattore, adesso rivelata dalla marea che si ritira. «Dev'essere stato un posto figo per la luna di miele. È come se il resto del mondo non esistesse.»

«Bella sensazione, no?»

«Le hai parlato?» chiede dopo un momento. «Sai, di papà e Caz?»

Le stringo la mano. «Non ti preoccupare. Le ho detto che a me sta bene se vengono anche loro.»

Mia madre adesso starà pensando che sono d'accordo con il suo diabolico piano per riprendermi Andrew, ma la verità è che ci ho pensato pochissimo negli ultimi giorni. Mi sento come se mi fossi appena svegliata da un'ossessione febbrile. Non riesco a credere di essermi lasciata risucchiare in un melodramma da soap opera che pensavo di essermi lasciata alle spalle anni fa. Tutta questa faida con Caz sembra improvvisamente di una futilità ridicola.

Bella aveva ragione: Caz non è il nemico. Non lo è mai stata. Mi bruciano le guance ogni volta che penso alla folle corsa verso Londra con il povero Bagpuss sul sedile accanto a me. Ma certo che non è stata Caz ad avvelenarlo! Sarà tante cose, ma non una sociopatica. È stato solo sfortunato. Deve aver girovagato più lontano del solito da casa nostra e deve aver trovato dell'antigelo in una delle fattorie qui vicino. Tutte quelle assurdità con Caz mi hanno resa paranoica. Non si è comportata bene quattro anni fa, instaurando una relazione con un uomo sposato, ma so meglio di chiunque altro che non si sceglie di chi innamorarsi. Se c'è qualcuno da incolpare è Andrew. È lui quello che mi aveva fatto la solenne promessa.

«Vado a controllare Tolly» dico a Bella. «Torno subito.»

Rientro in camera e sorrido quando vedo Tolly spaparanzato nel mezzo del letto con braccia e gambe larghe a formare una gigantesca X. Gli metto la coperta e lui si gira senza svegliarsi. In quell'attimo, guardandolo di profilo, sono colpita ancora una volta dalla forte somiglianza con il padre. Tolly è la sua fotocopia. Hanno lo stesso identico naso, bocca e mento.

Non ho mai confessato a Patrick che Tolly è suo figlio. Nessuno conosce la verità, nemmeno Andrew. Sa che Tolly non è suo figlio biologico, ovviamente, ma non ha idea di chi sia il padre e ha sempre considerato Tolly come suo. Forse un giorno, quando si arriverà il momento giusto, lo dirò a Patrick, ma solo quando Tolly sarà abbastanza grande da capire.

Ironia della sorte, è stato tramite Caz che io e Patrick ci siamo conosciuti; una chiusura karmica del cerchio forse, che è iniziata quando Chris Murdoch ha presentato Andrew a Caz. Dopo che avevo scoperto il telefono segreto di Andrew e la sua relazione, volevo disperatamente sapere tutto dell'altra donna nella sua vita. In parte per scoprire qualcosa di terribile su di lei, qualcosa di incriminante, una debolezza che potessi usare per minare i suoi tentativi di rubarmi il marito. Ma anche perché avevo una voglia viscerale e masochista di sapere chi e come fosse: tutto, dal numero di scarpe al suo ristorante preferito. Era come grattarsi una crosticina: anche se sai che non dovresti farlo, non puoi fermarti. Quindi l'ho rintracciata alla Whitefish e poi ho sfruttato la mia posizione al *Daily Post* per lavorarmi Patrick come contatto, come informatore involontario. Ma la nostra relazione è diventata presto molto più intima di quello.

Il giorno che mi sono ritrovata di fronte a casa sua, con la madre che mi salutava dalla finestra, è stato il giorno in cui mi sono resa conto che ero andata troppo oltre. Patrick mi chiese di ripensarci dopo che avevo rotto con lui, ma quando gli dissi di no, accettò senza protestare. Ci siamo incrociati diverse volte negli anni successivi per motivi professionali ed è sempre stato caloroso e cordiale, ma non ha mai cercato di spingersi oltre. Se percepiva lo stesso sentore di questione in sospeso come me, non l'ha mai dato a vedere. Si è comportato sempre allo stesso modo durante il mio breve incarico per la Univest alla Whitefish, anche se quando la settimana scorsa gli ho detto che me ne sarei andata, il suo dispiacere sembrava genuino. «Mi mancherai» ha detto. «Mi è piaciuto averti qui.»

Dovrei rimanere in contatto con lui, penso, mentre do un bacio sulla guancia a Tolly e torno in terrazza, dove Bella è seduta su una delle scomode sedie di ferro concentrata sul telefono. Se e quando deciderò di dire la verità su Tolly, sarà molto più facile se io e Patrick saremo amici.

Bella alza lo sguardo quando esco. «Mamma, può venire Taylor alla festa sabato?»

«Non sarà un po' noioso per lei?» chiedo sorpresa.

«Ti prego, mamma.»

«Se lo vuole davvero, sono sicura che non sarà di disturbo per la nonna.» Mi viene in mente una cosa. «In realtà Bella, perché non la fai venire domani invece che sabato? La zia Min e lo zio Luke portano i ragazzi la mattina, sarai in notevole inferiorità numerica.»

«E la cena di nonna domani sera? Pensavo fosse solo per la famiglia.»

«Sono certa che una persona in più non sarà un problema.»

Annuisce, ma non così entusiasta come avrei immaginato. È ovvio che ha altro in mente. Mette il telefono sul tavolino, nascondendo le mani nelle lunghe maniche dell'immancabile maglia nera, come fa sempre. Presto attenzione immediatamente: il telefono non è quasi mai lontano dalle sue mani, il che significa che è nervosa perché vuole dirmi qualcosa. «Mamma» dice, poi si ferma e si morde il labbro.

Aspetto. Per un attimo penso che abbia cambiato idea su qualsiasi cosa stesse per dirmi, poi le parole le escono improvvisamente tutte d'un fiato. «Mamma, sei favorevole all'aborto?»

Sono sinceramente sorpresa. Di tutte le domande che mi

aspettavo, questa non era nemmeno sul radar. Il mio stomaco sussulta e devo sforzarmi al massimo per non mostrare lo shock sul mio volto. *Oh Signore, ti prego, non dirmi che la mia figlia sedicenne è incinta.* «Perché lo chiedi?» domando riuscendo a mantenere in qualche modo un tono di voce neutro.

«È per un dibattito che dobbiamo fare a scuola» mormora senza guardarmi negli occhi. «Dobbiamo elencare i pro e i contro. Pensi che sia come uccidere qualcuno?»

«È un argomento complesso» rispondo evasiva mentre la testa mi viaggia a mille. Cosa c'entra questo con quello che mi ha confessato su Taylor? A Bella piacciono anche i ragazzi dopotutto? È il motivo per cui ha detto che le cose con Taylor sono complicate? «Sai che puoi dirmi tutto, Bella» le dico con fermezza. «Sono qui per te, qualsiasi cosa tu…»

«Non sono incinta, mamma!»

Me ne sarei accorta se mia figlia fosse stata incinta, no? Ma sono stata così ossessionata dalla faida con Caz che ho lasciato nell'ombra tutto il resto. E, oh Dio, Bella è stata davvero male ultimamente. Quelle occhiaie nere sotto gli occhi, la perdita di peso – la stessa cosa che successe a me quando ero incinta di lei, fino a quando le nausee mattutine si sono placate. Ma non riesco a credere che non me l'avrebbe detto. So che abbiamo avuto i nostri problemi, ma non me l'avrebbe tenuto nascosto, no?

«Va bene» le dico.

Bella intreccia le dita in grembo, il corpo teso come un arco. È ovvio che ha bisogno di altro da me.

«È per questo che hai preso i soldi?» affondo delicatamente. «Per un'interruzione di gravidanza?»

«Pensi che sia sbagliato?»

«Non credo che l'aborto sia una cosa da prendere alla leggera, se è questo che intendi» dico scegliendo le parole con cura, consapevole di camminare sulle uova. «Ma penso che in alcune circostanze sia la cosa giusta, sia per la madre che per il bambino.»

Le cade una lacrima sulla mano e sento un pugno che mi stringe il cuore. È solo una bambina. Mi accovaccio accanto a lei. «Bella, tesoro, parla con me. Non giudicherò. Voglio solo aiutarti. Sono tua madre, ti voglio bene in ogni caso.»

«Taylor pensa che le persone che abortiscono vadano all'inferno» dice tristemente. «I suoi genitori sono cattolici, sono molto severi...»

«Nessuno andrà all'inferno!» esclamo arrabbiata. «Bella, i cattolici possono anche essere severi, ma credono anche nel perdono. Non riesco a credere che Taylor ti abbia detto queste sciocchezze. Ma certo che non andrai all'inferno!»

«Non io, mamma!» Solleva il volto segnato dalle lacrime. «Era Taylor quella incinta, non io.»

Mi odio per questo, ma non riesco a trattenere una breve ed egoistica ondata di sollievo. Sono estremamente dispiaciuta per la sua amica, certamente, ma mia figlia è la preoccupazione principale. «Oh, Bella. Mi dispiace tanto. Povera Taylor.»

«Non dirai niente, vero?»

«Certo che no.» Esito. «Suppongo non l'abbia detto ai suoi genitori?»

«Te l'ho detto, sono super severi. Non la perdonerebbero mai.»

«È un bel segreto da nascondere, tesoro. Saresti sorpresa di sapere quante cose può perdonare una madre...»

«No! Non puoi dire niente!»

«Va bene, non tradirò la tua fiducia.» Sospiro, più triste di quello che avrei immaginato al pensiero di una ragazza così giovane che attraversa qualcosa di così traumatico come un aborto senza la madre al suo fianco. «E il padre del bambino? Dov'è in tutto questo?»

«Non lo so. Non so nemmeno chi sia. Tutto ciò che mi ha detto è che è sposato. Penso sia il padre di uno dei suoi amici, altro motivo per cui non può dirlo ai suoi genitori.»

Spero che il mio volto non mostri tutto lo shock che provo. Taylor ha solo diciassette anni. Una relazione con un uomo sposato che ha il doppio dei suoi anni, un aborto segreto – è tanto per una bambina che è ancora a scuola. E non importa quanto sembri grande Taylor, questo è quello che è, legalmente e moralmente: una bambina. Che razza di uomo mette incinta una ragazza vulnerabile? Bella ha ragione: non mi meraviglia che la ragazza abbia il terrore di dirlo ai genitori.

Se fosse mia figlia a essere nei guai, vorrei ucciderlo.

Il giorno prima della festa

40

Min

Mi sembra di rincorrere dei gatti. Appena riesco e rendere pulito e presentabile uno dei ragazzi, ecco che un altro si macchia di dentifricio sulla maglietta nuova o si strappa i pantaloni facendo la ruota nell'ingresso.

«Luke, puoi controllare Archie mentre vado a vedere cosa fanno i gemelli?» dico affannata mentre fermo uno dei piccoli nell'angolo della stanza dell'hotel e gli tolgo una confezione omaggio di lucido per stivali dalle mani sudate. «Archie, ora voglio che tu stia a sedere su questa sedia e che non ti muova finché non torno a prenderti.»

Dal bagno arriva un improvviso piagnucolio. «Mamma! Il rotolo di carta igienica è caduto dentro il water!»

«Sidney! Non osare provare a tirarlo fuori!»

«Maaammaaa! Ho le mani piene di pupù!»

Luke mi fa un cenno con la mano some un poliziotto nel traffico. «Ci penso io, Min.»

«Sidney è coperto di pupù!» grida Archie saltando e correndo nel corridoio per cercare i fratelli. «Che schifo!»

Apro la borsa di emergenza che mi sono portata.

Quindici anni di maternità e quattro figli mi hanno insegnato ad avere sempre un ricambio di vestiti, una bottiglia di gin e tante salviette umidificate. Trovo la maglia di ricambio di Sidney e la porto nel bagno a Luke, che è riuscito a spogliare nostro figlio fino alla vita. È molto generoso da parte di Celia regalarci un fine settimana in un hotel a cinque stelle, ma starò sulle spine per le prossime quarantott'ore, nel tentativo di assicurarmi che i preziosi manufatti Art Deco non vengano utilizzati come bersagli e che nessuno dei miei figli cada dalla scogliera o affoghi in mare. Sarebbe stato molto più rilassante, su vari fronti, se avesse organizzato la festa per soli adulti.

Alla fine riusciamo a preparare i quattro ragazzi, anche se non sono del tutto sicura che la maglia degli Whitesnakes di Dom possa considerarsi adatta come abbigliamento serale, ma in confronto alla felpa che aveva prima con stampate parolacce è già un passo avanti. Mi cambio e mi metto un abito largo di lino blu scuro, poi vado in bagno per sistemarmi i capelli che sono diventati un cespo increspato a causa dell'umidità.

«Ti va un bicchierino veloce prima di scendere?» chiede Luke spuntando nell'ingresso.

«E chi guarda i ragazzi?»

«Ho corrotto Dom e Jack a controllare gli altri due per cinque minuti. Un decino a testa e farò finta di niente più tardi se vorranno una birra.»

«In questo caso fammelo doppio.»

Luke mi passa il grande bicchiere gocciolante di Gin tonic che teneva dietro la schiena. «Immaginavo che lo avresti detto.»

Lego i capelli selvaggi in un largo chignon e rifinisco il trucco, poi raggiungo Luke sul balcone. La brezza è più fresca di quanto pensassi e sono grata quando mio marito mi abbraccia, mentre entrambi guardiamo verso il mare come Kate e Leo sulla prua del Titanic. Riusciamo a vedere i cavalloni bianchi infrangersi sulle rocce nascoste tra noi e la terraferma e non trattengo un brivido. Il pensiero di una nave che si schianta su una di quelle rocce mortali nel buio, le povere anime a bordo perse nelle correnti infide, mi fa sentire stranamente stordita, come se avessi appena guardato giù da un altissimo davanzale.

«Sei eccitata per il weekend?» chiede Luke baciandomi delicatamente il collo.

Sospiro. «Non vedo l'ora che sia al sicuro dietro di noi.»

Luke mi stringe per rassicurarmi. Poso la testa sul suo petto, sperando che il mio senso di inquietudine sia solo un'esagerazione. Lou è venuta via da casa di Andrew e ha lasciato il lavoro all'ufficio di sua moglie, due passi nella giusta direzione. Per quanto ne so, non si sono più visti da soli, quindi non può essersi ripetuto quel bacio tremendamente sbagliato, ma l'ultima cosa di cui entrambi hanno bisogno è di trovarsi insieme su un'isola per il fine settimana in questo modo. Per la centesima volta, avrei voluto che Celia non avesse invischiato tutti nel suo giochetto. Secondo Luke, Lou ha telefonato a sua madre ieri e le ha detto che voleva che Andrew e sua moglie fossero presenti. Non voglio attribuire nessun motivo sinistro a questo improvviso cambio di idea, ma come posso evitarlo? Una settimana fa accusava la donna di averle avvelenato il gatto e adesso vuole che sia presente alla festa di anniversario di sua madre?

«Smettila di arrovellarti» mormora Luke. «Ti leggo come un libro aperto.»

«Non ci riesco» ammetto triste. «Succederà qualcosa di brutto, me lo sento.»

«Lascia stare, Gypsy Rose. Andrà tutto bene.»

Sto per controbattere quando noto Andrew e sua moglie

diretti verso l'hotel principale dalla Beach House sotto di noi. Qualche istante dopo Tolly e Kit corrono lungo la discesa del prato verso di loro, entrambi con una piccola girandola di plastica in mano.

«Lou è in forma» dice Luke sorpreso quando sua sorella appare sulla terrazza per salutarli. «Ha fatto qualcosa ai capelli?»

«Le ho fissato un appuntamento con Stephen mercoledì scorso» dico dandole un'occhiata. Ha ragione: Stephen ha tagliato almeno dieci centimetri e le ha fatto dei colpi di sole, il bob arrotondato le sta benissimo. Indossa anche il meraviglioso abito rosso che l'ho costretta a comprare. Adesso vorrei non averlo fatto. Anche da quassù non mi sfugge lo sguardo che le lancia Andrew quando la vede, e a giudicare dall'espressione irritata sul volto della moglie, non è sfuggito nemmeno a lei. Non serve essere sensitivi per sentire puzza di problemi in arrivo.

«Andiamo» dice Luke. «Facciamo meglio a scendere prima che i ragazzi riprendano a picchiarsi. Un decino a testa può farci guadagnare solo un po' di pace e tranquillità.»

Raduniamo la truppa e scendiamo al piano di sotto nel bar Palm Court, dove tutti gli altri ci stanno già aspettando. Sono impegnata a togliere di mano i telefoni a Dom e Jack prima che lo faccia la nonna, quindi per un attimo non noto Bella e la sua amica sedute in silenzio vicino al pianoforte, strette in una conversazione da confessionale.

E quando dopo un po' le noto, tutto ha un senso, tremendo e scioccante.

41

Caz

«Mi passi i gemelli?» chiede Andy mentre armeggia con le maniche della camicia.

Glieli passo. «Quindi ci sarà la famiglia al completo?»

«Certo.» Si aggiusta la camicia allo specchio. «Non è un problema, vero?»

«Non per me.»

Lo lascio a finire di vestirsi ed esco sul portico, mi appoggio alla ringhiera e guardo la vasta e vuota lingua di spiaggia di fronte a me. Una brezza calda smuove i miei capelli mentre la marea si scontra sulle rocce sottostanti; mi fa sentire un po' confortata il sussurrare delle onde sui ciottoli color miele. Il resto della famiglia Roberts è alloggiato nel corpo principale dell'hotel, ma per qualche motivo Celia ha fatto sistemare noi due quaggiù nella Beach House separata, nell'alloggio più spettacolare. Nascosta nella parete rocciosa di Burgh Island, la villa ha una vista panoramica mozzafiato sul mare e assoluta privacy. Non avrei potuto scegliere una posizione migliore per il mio scopo. Parafrasando la famosa battuta di *Alien* di Ridley Scott: in spiaggia nessuno può sentirti urlare.

Quando è pronto, Andy esce sulla terrazza, gentile e cordiale con la sua cravatta nera. I veri mostri non sono stramboidi squallidi e trasandati con capelli dritti e zigomi scuri. Sono piacevoli uomini di famiglia che vivono in mezzo agli altri, belli e affascinanti, le ultime persone di cui sospetteresti.

«Pronta?» chiede.

Sorrido. «Non vedo l'ora.»

Ma è tutto ciò che riesco a fare per non trasalire quando mi prende il braccio nudo. Il tocco della sua mano sulla pelle mi fa venire voglia di vomitare. *Ancora qualche ora*, mi dico. Sarà tutto finito tra qualche ora.

È strano per una decisione di tale importanza, ma non mi ricordo di averla effettivamente presa. Non c'è stato alcun dibattito interno né dilemma morale. Un camion minaccia di investire tuo figlio e ti lanci nel mezzo senza pensarci. Ti tirano una bottiglia e ti scansi per schivarla. Nessun pensiero, nessuna valutazione delle opzioni. Entra in gioco l'istinto di sopravvivenza, che tu lo voglia o no. *Fermalo tu stessa*, ha detto mia madre. La parte di me che è madre di Kit e moglie di Andy indietreggia inorridita per quello che va fatto, ma l'altra parte, la più oscura e più onesta, riconosce l'inevitabilità della cosa: *sì, lo farò*. Ecco come finisce la mia storia, come la mia storia è sempre finita. Non ho fermato mio padre, ma posso fermare Andy.

Saliamo lungo il sentiero che va all'hotel e mi sento stranamente eterea e distaccata, come se stessi guardando me stessa da una certa distanza. Ecco Caz, con il lungo abito a colonna di seta grigia, sottobraccio al bellissimo marito in cravatta nera e gemelli d'oro. Ecco che arriva il loro meraviglioso bambino che corre sull'erba verso di loro, il fratellino dai capelli color ruggine che urla dietro di lui, i due bambini che mostrano divertiti le girandole di plastica. Guarda Caz che si piega in avanti esclamando di gioia per il giocattolo del figlio. Guarda suo marito che prende in braccio entrambi i figli e li fa girare in aria prima di rimetterli, ridenti e incespicanti, a terra. L'immagine della famiglia perfetta, fotogenica e modernamente inclusiva.

Fratellastro, mi correggo mentalmente. Non ho idea di chi sia veramente il padre biologico di Tolly, ma di sicuro non è Andy.

«Mamma!» urla Kit, tirandomi la girandola. «Guarda cosa mi ha dato la nonna!»

«Che bella tesoro! Tu e Tolly vi state divertendo?»

«Mi ha fatto giocare con il suo mini drone!» esclama mio figlio. «Puoi farlo volare con una mano sola! E poi dice che mi farà giocare anche con il suo cucciolo robot dopo. Posso averlo anch'io un cucciolo robot, mamma?»

«Vedremo» rispondo evasiva.

«Stasera Kit può stare nella mia camera?» chiede Tolly.

Sorrido al piccolo e gli scompiglio i folti riccioli. Che bei capelli; mi chiedo se li abbia presi dal padre. «Ma certo, se va bene alla mamma.»

Louise è in piedi sulla porta del Palm Court, un sorriso disteso stampato in faccia per il bene di Andy.

Ha chiaramente fatto uno sforzo notevole con il look questo weekend. Ha un nuovo taglio di capelli, un bob asimmetrico che dà molto volume ai capelli chiari e le toglie diversi anni. Sospetto lo zampino di Min Roberts sia per il taglio di capelli che per lo splendido abito rosso che indossa. Louise di solito non indossa vestiti colorati. La sua gamma di colori preferita include un grigio spento e noiose sfumature color melma neutra, che Celia senza dubbio definirebbe "taupe", "osso" ed "écru", ma che per il resto del mondo sono beige. Lancio un'occhiata trasversale a Andy e vedo che i suoi occhi quasi strabuzzano dalle orbite.

Esce sul terrazzo e la raggiungiamo. Andy fa per darle un bacio sulla guancia ma per qualche motivo Louise fa sottilmente finta di non notarlo e lo evita.

Assottiglio gli occhi. Che cosa sa questa donna che è stata sposata con mio marito per più di un decennio? Ha la minima idea di quello che lui ha fatto alla loro figlia? Direi che non è possibile, nessuna donna lascerebbe volontariamente che succedano queste cose alla propria figlia, ma ovviamente so per amara esperienza che non è sempre vero.

«Vi siete sistemati alla Beach House?» mi chiede Louise mentre guardiamo i due bambini rincorrersi nel prato. «È una camera meravigliosa. So che è una bella camminata per arrivare all'hotel principale, ma ne vale decisamente la pena, non trovi?»

Non voglio dar ragione a Louise, ma in realtà non penso di essere mai stata in un posto così bello. Come recita il dépliant nella camera, Agatha Christie ha scritto e ambientato due dei suoi romanzi al Burgh Island Hotel. «Si pronuncia "Bear Island" cara» mi ha fatto notare Celia acidamente quando ho chiamato per confermare la nostra presenza. Quando i libri sono stati adattati per il grande schermo, hanno fatto qui le riprese; mi ricordo Hercule Poirot attraversare la spiaggia con la bassa marea sul trattore marittimo. Il fascino di quell'immagine è sempre con me e non avrei mai sognato di trovarmi qui un giorno. A volte mi scordo di quanta strada ho fatto negli ultimi dieci anni.

«Dov'è Bella?» chiede Andy, schioccando le dita per chiamare un cameriere sulla terrazza. Di solito odio quando si comporta così, ma stasera me ne accorgo a malapena. «Viene a cena con noi, vero?»

«È scesa alla baia per prendere l'amica dal trattore marittimo» risponde Louise.

«Pensavo fosse solo per la famiglia stasera» ribatte Andy irritato.

Louise alza le spalle. «Bella voleva un po' di supporto morale. Kit ha Tolly e per lei è un po' noioso qui da sola, quindi la mamma ha dato l'okay per far venire un'amica prima del previsto.»

Serra la mascella. «Quale amica?»

Louise viene distratta dal cameriere che aspetta discretamente accanto a lei, in attesa di prendere l'ordine. «Prenderemo i drink all'interno» dice con autorità patrizia. «Mia madre odia stare a sedere all'aperto d'estate.»

La seguiamo dentro l'hotel. Non riesco a evitare un sussulto mentre entriamo, sbalordita dalla squisita bellezza degli alti soffitti di vetro a cupola Art Deco sopra di noi. «Lo so, non è meraviglioso?» ride Louise, come se il merito di tanta bellezza mozzafiato appartenga solamente a lei.

Sentiamo chiacchiere e risate dalla reception dell'hotel. Qualche istante dopo, Celia e Brian Roberts entrano nel Palm Court, seguiti da Bella e Taylor. Percepisco Andy accanto a me che si irrigidisce. Celia lo ha sempre reso stranamente nervoso. Sospetto che tema che lei riesca a vedere oltre i gemelli, le scarpe fatte a mano e la facciata esterna da pretenzioso borghese fino al ragazzo operaio al di sotto.

«Andrew, tesoro, che piacere vederti» dice Celia ignorandomi completamente mentre bacia Andy sulla guancia. «L'abbronzatura ti dona moltissimo. Min e Luke stanno preparando i ragazzi per la cena al piano di sopra, saranno qui tra un minuto. Champagne va bene?» aggiunge rivolta al cameriere senza degnarsi di aspettare la risposta di nessuno. «Una bottiglia di Krug, per favore. E sei bicchieri.»

È vestita in oro chiaro da capo a piedi, con una sottile sciarpa di chiffon intorno al collo e lungo la schiena. Per essere una donna di quasi settant'anni è in ottima forma, con il fisico asciutto di un levriero e le braccia muscolose per le ore passate in giardino tutti i giorni. Sembra la statuetta degli Oscar, altrettanto calda e accogliente.

«Sette bicchieri di champagne» corregge Louise. «Celia, non trovi che Caz stia benissimo con quel vestito? È di Armani?»

Lo sguardo penetrante di Celia scorre rapido e offensivo su di me da capo a piedi. «Furba. Lo stile chic da negozietto dell'usato va tanto di moda adesso.»

Sorrido. Non mi importa. Celia non mi riguarda. Sto galleggiando libera come un uccello sopra tutti loro, il clan dei Roberts con i loro codici segreti, i sorrisi sornioni e quell'ineffabile aria di superiorità. Possono dire quello che vogliono, pensare quello che vogliono. Tra qualche ora il loro regno sarà finito.

Andy mi tira improvvisamente di lato. «Che ci fa quella ragazza qui?» sibila indicando Taylor. «Pensavo che fosse solo per pochi intimi stasera.»

«Louise te l'ha già detto» gli dico liberandomi dalla sua presa. «È noioso per Bella se non c'è nessun altro della sua età.»

Sembra che stia per dire qualcosa ma poi arrivano Min e Luke con la falange di figli e mi risparmio un ulteriore contatto. Il cameriere porta lo champagne e bevo il mio troppo velocemente. Non ho dubbi su quello che devo fare, ma ci vorrà coraggio fisico. La differenza tra intenzione e azione è notevole e sanguinosa. Non voglio che mi manchino i nervi saldi adesso.

Ironicamente, Louise si assicura che non rimanga bloccata nella Siberia sociale dei bambini in fondo al tavolo, presumibilmente per guadagnare punti con Bella, il che significa che non ho altra scelta se non fare della cordiale conversazione con gli adulti invece di essere lasciata da sola con i miei pensieri. Ma forse va bene così. Meno tempo ho per pensare a stasera, meglio è.

Non sono l'unica a essere tesa. Andy è particolarmente agitato, lancia occhiate furtive a Louise quando pensa che io non stia guardando. Bella e Taylor mangiano a malapena, sussurrano insieme e spingono il cibo ai lati del piatto. Mi domando se Bella si sia confidata con l'amica. Noto Louise scrutarle a sua volta con aria preoccupata. Sa più di quanto vuol far credere. Come può rimanere ferma e non fare nulla? È la madre di Bella! Dovrebbe proteggere sua figlia. Se sa quello che ha fatto Andy ed è rimasta ferma a guardare, si merita di bruciare nello stesso rogo di Andy.

La cena sembra interminabile e mi sento sollevata quando finisce. I sei ragazzi spariscono in una ressa al piano di sopra, ma con mia sorpresa, Bella e Taylor decidono di rimanere con gli adulti e farci compagnia per il caffè. Ci ritiriamo dentro al Palm Court e ci accomodiamo su delle sedie rivolte verso il mare. Il cielo è scuro, ricolmo di stelle e la luna piena pende pesante nel suo scialle di velluto nero. Su richiesta di Celia, il cameriere lascia il caffè e le tazzine su un tavolino e le due ragazze aiutano a passarlo.

«Ordiniamo un'altra bottiglia di Krug?» propone Celia,

stringendo la mano di Brian. «Lo so che non si mischiano caffè e champagne, ma è il nostro anniversario.»

«Perché no?» risponde Brian con tono amabile.

«Posso berlo anch'io?» Bella chiede a sua madre.

Louise sobbalza come se fosse a chilometri di distanza. «Sì, se ti va» dice assente.

Non so se è il troppo vino a cena o la preoccupazione per quello che devo fare dopo, e perché. Le parole mi escono dalla bocca prima che riesca a fermarle. «Non puoi bere quando sei incinta» dico a Bella senza pensarci.

Vorrei rimangiarmi le parole, premere *rewind*, ma è troppo tardi. Tutti si girano verso Bella, che ha gli occhi spalancati per lo shock. Anche Celia è senza parole.

«Non sono incinta!» urla Bella. «Non lo sono» ripete mentre cala un silenzio terrificante.

«Ma certo che non lo è!» esclama furiosa Louise. «Mi dispiace Bella» aggiunge spostando la sedia indietro. «Ho provato a essere comprensiva, davvero, ma questa è la goccia che fa traboccare il vaso. Non posso stare nella stessa stanza con questa donna al momento. È malata oppure pazza. Non voglio rovinarti la serata, mamma, ma devo prendere una boccata d'aria. Ci vediamo domattina.»

Bella mi fissa con il viso bianco, tremante di rabbia per il tradimento. Per un attimo penso che stia per dire qualcosa, ma poi prende semplicemente la mano di Taylor e le due se ne vanno senza dire una parola. Mi fa male lo stomaco mentre tutti gli altri le seguono. Ho sempre e solo voluto aiutare Bella. Non mi perdonerà mai per questo.

Ma il perdono non è importante. Salvare Bella da quel mostro di padre è l'unica cosa che importa.

Rientro nella sala del ristorante e vado al nostro tavolo, ancora pieno di piatti e bicchieri sporchi. Non mi vede nessuno mentre nascondo nella mano il coltello da bistecca che ha usato Louise, con le sue impronte sopra, e me lo infilo nella borsa.

LOUISE PAGE
INTERROGATORIO REGISTRATO PARTE PRIMA

Data: 25 luglio 2020
Durata: 51 minuti
Luogo: Centrale di polizia di Kingsbridge

Condotto dagli agenti della Polizia di Devon e Cornwall

(cont.)

POLIZIA	Quindi quella è stata l'ultima volta che ha visto il suo ex marito vivo? Sulla spiaggia ieri sera?
LP	Sì.
POLIZIA	Che ora era?
LP	Non saprei, le undici circa?
POLIZIA	Non l'ha visto stamani a colazione?
LP	No, non l'ho visto fino a quando sono andata alla Beach House e… l'ho trovato… [Singhiozza.]
POLIZIA	Le mie più sentite condoglianze, signora Page. Posso farle avere qualcosa? Ha dei dolori?
POLIZIA	Il medico ha già controllato il braccio, signore. Ha detto che la signora Page è idonea a essere interrogata.

LP	Per favore, possiamo fare questa cosa più tardi? Devo stare con i miei figli. Hanno appena perso il padre... [Singhiozza.]
POLIZIA	Mi dispiace signora Page. Faremo il più veloce possibile, ma dobbiamo parlarle adesso, quando tutto è ancora fresco nella sua mente.
LP	Non lo dimenticherò mai.
POLIZIA	Mi scusi, solo per chiarezza, il signor Page non è venuto all'hotel?
LP	Non ho visto nessuno di loro tutta la mattina.
POLIZIA	"Loro" sta per Andrew e Caroline Page?
LP	Sì.
POLIZIA	Era sorpresa di non vederli?
LP	Non dopo ieri sera. Andrew va spesso a fare una corsa la mattina e ho pensato che Caz volesse solo stare lontana da tutti. [Pausa.] Eravamo abbastanza scossi da quello che ha detto.
POLIZIA	Il commento relativo a sua figlia?
LP	Sì.
POLIZIA	Anche il signor Page era arrabbiato con la moglie?
LP	Non lo so.
POLIZIA	Non ne avete discusso quando avete parlato poco dopo?
LP	No.
POLIZIA	Di cosa avete parlato, allora?
LP	Di niente, davvero. [Pausa.] Solo dei programmi per la festa dei miei genitori del giorno dopo. Mia madre gli aveva chiesto di dire qualche parola e lui voleva alcuni aneddoti da raccontare durante il brindisi.
POLIZIA	Sua madre ha chiesto al suo ex marito di fare un

	brindisi invece che a suo fratello? Non le è sembrato strano?
LP	No. Luke è molto timido, mentre Andrew è abituato a parlare in pubblico. Ed è… era… molto vicino a mia madre. Oh Dio. [Singhiozza.] Mi scusi. Tutto a posto.
POLIZIA	Siete andati insieme sulla spiaggia ieri sera?
LP	No, io sono uscita prima dall'hotel. Volevo schiarirmi le idee. Andrew mi ha raggiunta sulla spiaggia cinque o dieci minuti più tardi.
POLIZIA	E quando è tornata all'hotel? Eravate insieme in quel momento?
LP	Io sono tornata prima. Volevo assicurarmi che Tolly fosse a letto. Comunque, alloggiavo nell'hotel principale e Andrew nella Beach House, quindi andavamo in direzioni diverse.
POLIZIA	Ha incontrato nessuno mentre tornava verso l'hotel?
LP	No, erano andati tutti a letto.
POLIZIA	Inclusa la signora Page?
LP	Non lo so. Non l'ho vista.
POLIZIA	Perché stamani si è recata alla Beach House?
LP	[Silenzio.]
POLIZIA	Signora Page?
LP	Dovevo parlare con Andrew.
POLIZIA	Riguardo a cosa?
LP	[Pausa.] Nostra figlia. Ho pensato che Caz fosse in spiaggia e che sarebbe stato un buon momento per incontrarlo.
POLIZIA	Che cosa le ha fatto pensare che si trovasse in spiaggia?

LP L'ho vista. Be', ho pensato di vederla. Ha un bikini rosso acceso, impossibile non vederla.

POLIZIA Quindi ammette che voleva trovarsi da sola con il suo ex marito?

LP Non è un segreto che io e Caz non andiamo d'accordo. Le cose sono state... [Pausa.] Ho solo pensato che sarebbe stato meglio se lei non fosse stata presente. Sono andata giù alla Beach House... [Singhiozza.] Mi dispiace, non ce la faccio.

POLIZIA Nessun problema. So che è difficile, signora Page, ma ho bisogno che mi racconti cosa è successo esattamente dopo.

LP [Singhiozza.]

POLIZIA Vuole un fazzoletto?

LP Sì, grazie. Mi dispiace. [Pausa.] Continuo a vederlo sdraiato là.

POLIZIA Quando è arrivata alla Beach House ha bussato alla porta?

LP No. Stavo per farlo ma ho sentito delle grida provenire dall'interno e mi sono resa conto che Caz era lì quindi mi sono fermata.

POLIZIA Ha sentito gridare? Sa dire di chi si trattasse?

LP Andrew e Caz.

POLIZIA È riuscita a capire cosa dicevano?

LP Non proprio. Cioè, erano arrabbiati. Sono riuscita a sentire alcune frasi. Principalmente era Caz. "Come hai potuto?" e roba del genere.

POLIZIA Ha idea di cosa volesse dire?

LP No.

POLIZIA Che cosa ha fatto?

LP Non volevo mettermi nel mezzo, quindi stavo tornando verso l'hotel. Ero a metà strada e poi ho sentito l'urlo.

POLIZIA Era di un uomo o di una donna?

LP Sembrava di una donna, ma potrebbe essere stato Andrew. Non lo so, non ho mai sentito un uomo urlare prima d'ora. È stato terribile. Mi sono come bloccata all'inizio. Poi ne ho sentito un altro e sono corsa indietro, sono entrata e...

POLIZIA La porta era aperta?

LP Deve esserlo stato. Sono corsa dentro e ho visto... e ho visto... [Singhiozza.]

POLIZIA Si prenda il suo tempo, signora Page.

LP Mi dispiace tantissimo. [Pausa.] Andrew era sul pavimento e Caz aveva un coltello in mano, un po' piegata su di lui. C'era sangue dappertutto. E poi si è semplicemente lanciata verso di me.

POLIZIA L'ha attaccata?

LP Ho cercato di andare verso Andrew per controllare se stesse bene e devo essere scivolata sul... sul sangue – deve essere quando mi sono ferita al braccio – e ho cercato di togliere il coltello a Caz, stavo urlando. È successo tutto così velocemente.

POLIZIA Ha visto realmente la signora Page accoltellare il marito?

LP Era già sul pavimento quando sono arrivata. Se fossi... [inudibile] forse avrei potuto... [Singhiozza.]

POLIZIA C'era nessun altro?

LP No.

POLIZIA E non ha notato nessuno entrare o uscire dalla Beach House?

LP No. L'ha ucciso lei! Chiedeteglielo! Avanti!

POLIZIA Il fatto è, signora Page, che lei ci racconta esattamente la sua stessa storia, con un'unica fondamentale differenza. Sostiene che sia lei, Louise, ad averlo ucciso.

42

Louise

È il modo in cui gli prepara il caffè a tradirla. Non gli chiede come lo vuole, lo prepara semplicemente, con una piccola punta di panna e due zollette di zucchero, esattamente come piace a Andrew, cosa che puoi sapere solo se glielo hai già fatto tante altre volte prima, nel modo in cui faresti per qualcuno che conosci intimamente.

Mentre la guardo passargli la tazza e il piattino, capisco, in quell'istante e senza la minima ombra di dubbio: Bella mi stava dicendo la verità quando ha detto che era Taylor a essere nei guai, non lei. E il padre-predatore sposato che ha messo incinta una ragazzina di diciassette anni è Andrew.

Ecco cosa intendeva quando è venuto a casa mia e ha detto che era stato un idiota. Ecco con chi sta avendo una relazione: la migliore amica di sua figlia.

Sono quasi grata a Caz per il suo passo falso, che interrompe la mia paralisi da shock. Cogliendo l'occasione, scappo via dall'hotel e corro lungo la cima della scogliera, noncurante della direzione. Ringrazio la luna piena che illumina il sentiero e mi dirigo tra le rocce, giù, verso la laguna quasi d'istinto. C'è qualcosa di primordiale nel suono delle onde che si infrangono sulla sabbia nell'oscurità, l'odore pungente di sale nell'aria mentre sono in piedi sulla spiaggia vuota e lascio che il rumore mi scivoli dentro cavalcando l'onda della mia rabbia. La scarica è così intensa da sembrare quasi erotica.

Adesso che lo so, non capisco come ho fatto a non accorgermene prima. Era fin troppo chiaro dagli sguardi furtivi e colpevoli che Andrew ha lanciato a Taylor tutta la sera. Era scritto su tutto il viso bianco e malato d'amore della ragazza ogni volta che lo guardava. Ma è ovvio che Bella non abbia idea di cosa stia succedendo tra loro e spero in Dio che rimanga così. Il doppio tradimento le spezzerebbe il cuore.

A Andrew sono sempre piaciute le donne: *donne*, però, non ragazzine. Non è mai riuscito a dire di no a un bel viso. Ma Taylor è solo una teenager! Ha trent'anni meno di lui! So che è un narcisista, ma questo è davvero il fondo, persino per lui. La loro relazione può anche essere legale, ma moralmente ed eticamente questo va oltre ogni limite per tutti i genitori che conosco.

Non sento arrivare Andrew dietro di me e faccio un salto quando mi giro e lo vedo lì a un passo da me. Ci fissiamo a lungo in silenzio. Capisce immediatamente dalla mia espressione che io so. Non vivi con qualcuno per quasi quindici anni senza imparare a leggere nel suo volto che il passato è venuto a chiedere il conto.

Paura, senso di colpa e calcolo si alternano sul volto di Andrew, ma mi accorgo immediatamente che non ho visto ancora sorpresa della gaffe di Caz. Né shock. Doveva già sapere della gravidanza di Taylor. Che figlio di puttana. Lo sapeva e invece di prendersi le sue responsabilità e aiutare Taylor a decidere il da farsi, o almeno pagare per l'aborto della povera ragazza, l'ha lasciata sistemare le cose da sola. Tutto ciò che gli importa adesso è non essere scoperto. Non penso di aver mai odiato qualcuno come odio lui in questo momento.

«Stai lontano da me» gli ordino con voce dura e inflessibile.

«Lou, fammi spiegare...»

«Non c'è niente che tu possa dire» controbatto, «*niente* che possa giustificare tutto questo.»

Non riesco a capire come possa mai averlo trovato attraente. Non ha sostanza, niente che abbia valore. Le precise qualità che lo rendono un presentatore televisivo così brillante nascondono il fatto che sia un pessimo essere umano.

«Sono stato un idiota, lo so» supplica Andrew. «Non puoi sapere Lou, non c'eri. Non è una cosa che avevo programmato. Se potessi cancellarla, giuro su Dio che lo farei. È stato l'errore più grande della mia vita.» Si rende conto dalla mia espressione di pietra che il suo stratagemma di aprire con un mea culpa non sta funzionando e cambia approccio improvvisamente, il suo tono ora è carico di accuse. «Senti, facciamo tutti degli errori. Mi hai fatto pensare di essere il padre di Tolly quando...»

«Taylor ha diciassette anni!» lo interrompo furiosa. «È ancora una bambina!»

«Sapeva cosa stava facendo» dice con un tetro ghigno nella voce. «Non era certo la sua prima volta, fidati.»

Sto ribollendo dalla furia e dall'indignazione. Gli do uno schiaffo in faccia, forte, e anche nell'oscurità riesco a vedere il segno rosso che ha lasciato la mia mano. «Non ci provare nemmeno!» urlo. «Sei stato tu a fare questo! Ha la stessa età di tua figlia! Non è una relazione, è un abuso! Come ti sentiresti se uno dei tuoi amici avesse fatto una cosa simile a Bella?»

Sembra nauseato. «Non dire cose disgustose.»

«Ma ti senti?» chiedo incredula. «Come hai potuto, Andrew? Va ancora a scuola! Come hai potuto pensare che questa cosa potesse mai essere giusta?»

Alla fine ha almeno il buon gusto di sembrare a disagio. «Senti, è successo solo qualche volta» mormora. «Era sempre intorno, mi lanciava sguardi. Mi ha chiesto di farle vedere gli studi, ma ha messo subito in chiaro cosa volesse davvero. Non è che la ragazza non fosse consenziente.» Si strofina la guancia con aria ferita. «Cazzo, avresti potuto rompermi il naso, Louise non posso andare a lavorare lunedì con questa faccia...»

Giuro su Dio che se fossimo stati sulla scogliera invece che sulla spiaggia lo avrei spinto di sotto. «Hai messo incinta la ragazza» sibilo. «E poi l'hai lasciata ad affrontare la situazione da sola. Bella le ha dato i soldi per l'interruzione di gravidanza, lo sapevi? La tua figlia sedicenne ha dovuto organizzare l'aborto del fratellastro o della sorellastra. Puoi immaginarti cosa le succederà se mai lo scoprirà?»

«Non lo saprà mai se non glielo dici tu» dice Andrew scontroso. «Il problema è risolto adesso, no? Lo supererà. Le ho detto che è finita. Non so perché sia qui questo fine settimana a essere onesto. Spero che non pensi di dirlo a Caz» aggiunge brutalmente. «Adesso che se ne è liberata sarà la sua parola contro la mia.»

Sono letteralmente senza parole. Quest'uomo non conosce vergogna né rimorso. Non avrei mai pensato di provare pietà per Caz, ma adesso sì, sposata con un bastardo del genere senza morale.

«Taylor è una bambina» ripeto con amarezza. «Non puoi sperare che mantenga il tuo segreto per sempre. Non so nemmeno se dovrebbe.»

«Senti, Lou, ho capito» dice Andrew tagliando corto. «Ma

non c'è bisogno di essere gelosa. Davvero non significava niente per me. È stata solo una stupida storiella.» Fa un passo verso di me, mettendo nel suo sguardo ogni briciolo di charme che riesce a trovare. «Sei l'unica donna di cui mi sia mai importato...»

«Fermo» lo interrompo, nauseata. «Fermati. Non voglio sentire. Stai alla larga da Taylor o dovrai vedertela con me.»

Lo lascio lì in piedi sulla spiaggia, piena di un odio così viscerale che riesco a sentire il sapore acre dell'amarezza in bocca. Mi sento sporca per associazione, come se dovessi andare a casa e farmi uno scrub per lavarmi. Sono stata a letto con quest'uomo solo pochi giorni fa! Gliel'ho permesso, come ho fatto per tanti anni. Ciò mi rende parte della sua sporca storia.

Inciampo in una pietra e scivolo, mentre cado mi si gira la caviglia. Mi ci vuole un momento per riprendere l'equilibrio e quando mi rialzo, vedo improvvisamente mia madre nascosta nell'ombra della scogliera.

«Mamma! Mi hai fatto paura» esclamo. «Che ci fai quaggiù?»

«Ero preoccupata per te» dice mia madre. La sua leggera sciarpa dorata svolazza dietro di lei nella brezza. «Sei sparita. Min ha detto che credeva di averti vista venire in spiaggia, quindi sono venuta a controllare che fosse tutto a posto. Questo sentiero può essere pericoloso, specialmente di notte.»

La sua espressione è illeggibile, ma c'è qualcosa nei suoi occhi che mi fa riflettere. Le voci si trasmettono sull'acqua. Cosa avrà sentito?

«Da quanto sei lì?» le chiedo.

«Abbastanza» risponde mia madre.

CAROLINE PAGE
INTERROGATORIO REGISTRATO PARTE PRIMA

Data: 25 luglio 2020
Durata: 48 minuti
Luogo: Centrale di polizia di Kingsbridge

Condotto dagli agenti della Polizia di Devon e Cornwall

(cont.)

POLIZIA	È sicura di stare bene e di poter continuare, signora Page?
CP	Sto bene.
POLIZIA	Non ha dolori…
CP	Ho detto che sto bene. Possiamo andare avanti per favore?
POLIZIA	È andata a fare una nuotata, ha dichiarato. Qualcuno può confermarlo?
CP	Non lo so. Era molto presto. Non ho parlato con nessuno, ma magari qualcuno mi ha vista dall'hotel.
POLIZIA	A che ora ha lasciato la Beach House?
CP	Non ho controllato.
POLIZIA	Approssimativamente, signora Page?

CP	Non lo so. Circa le otto, suppongo. Andy stava ancora dormendo quando sono uscita.
POLIZIA	E per quanto tempo ha nuotato?
CP	Venti minuti forse. Ma sono rimasta nella laguna un altro po' dopo. [Pausa.] Io e Andy abbiamo litigato ieri sera, a causa di una cosa che ho detto a cena. È stato stupido...
POLIZIA	Cioè quando ha suggerito che la sua figliastra, Bella, poteva essere incinta?
CP	[Pausa.] Sì.
POLIZIA	Perché lo ha pensato? [Pausa.] Signora Page?
CP	Si è trattato solo di uno stupido malinteso.
POLIZIA	Ed è di questo che avete discusso?
CP	In parte.
POLIZIA	Questo è successo in hotel o quando siete tornati in camera?
CP	In camera nostra. Ma è stato dopo, quando Andy è tornato dalla spiaggia.
POLIZIA	Perché suo marito è andato in spiaggia?
CP	È andato dietro a Louise. Era furiosa per quello che avevo detto, è corsa via dall'hotel e Andy l'ha seguita per tranquillizzarla. Ma poi li ho sentiti urlare dalla spiaggia mentre tornavo alla Beach House.
POLIZIA	Li ha sentiti urlare? Stavano litigando?
CP	Sembrava così.
POLIZIA	Sa riguardo a cosa?
CP	No. Erano troppo lontani e non sono riuscita a sentire.
POLIZIA	Quindi è tornata alla Beach House da sola?
CP	Sì. Kit era rimasto in hotel con il figlio di Louise. So-

	no andata a letto, ma ero ancora sveglia quando è tornato Andy.
POLIZIA	A che ora?
CP	Circa mezz'ora dopo di me, più o meno mezzanotte.
POLIZIA	E dice che avete litigato? Per cosa?
CP	Louise, principalmente.
POLIZIA	Perché avete litigato per Louise?
CP	[Inudibile.]
POLIZIA	Per la registrazione, signora Page.
CP	Mi scusi. Dicevo, l'ho avvertito che doveva stare attento. È ossessionata da Andy, non è mai riuscita ad accettare che sia finita. [Pausa.] Senta, non mi aspetto che mi crediate sulla parola. Nessuno lo ha mai fatto. Ha anche dei precedenti penali, potete controllare.
POLIZIA	Louise Page ha mai minacciato suo marito, che lei sappia?
CP	No, è troppo intelligente per farlo. Ma...
POLIZIA	Se potessimo attenerci ai fatti, signora Page.
CP	Alla fine Andy ha detto che avrebbe dormito sul divano. [Pausa.] Quella è stata l'ultima volta che gli ho parlato.
POLIZIA	So che questo può essere traumatizzante per lei, ma può raccontarmi cosa è successo quando è tornata alla Beach House questa mattina dopo la nuotata?
CP	Ho sentito qualcuno urlare mentre rientravo dalla laguna. Mi sono fermata un minuto per cercare di capire da dove provenisse, poi mi sono resa conto che veniva dalla Beach House...
POLIZIA	Ne è sicura?

CP Non poteva provenire da nessun'altra parte. Ha visto come eravamo isolati. Quindi ho iniziato a correre e poi ho sentito quel grido. È stato tremendo. Sapevo che stava succedendo qualcosa di terribile. Quando sono arrivata la porta era spalancata e ho visto Louise lì, in piedi, Andy sul pavimento e sangue dappertutto.

POLIZIA Suo marito era ancora vivo?

CP Non lo so. Ho cercato di avvicinarmi a lui ma mi è venuta incontro con un coltello…

POLIZIA La signora Page aveva il coltello in mano?

CP Sì. Ho cercato di disarmarla ma siamo entrambe scivolate e cadute, mi sono fatta male al braccio. Lei urlava e gridava, entrambe lottavamo per prenderlo. E poi è entrato qualcuno nella camera, uno dei giardinieri penso, e mi ha lasciata andare.

POLIZIA Ha visto nessun altro? Qualcuno entrare o uscire dalla Beach House?

CP No.

POLIZIA Signora Page, è consapevole che Louise Page sostiene che sia stata lei ad ucciderlo? Sostiene di aver sentito le grida e di aver scoperto lei con il coltello.

CP Be', è ovvio che lo dica, non le pare? Ma perché avrei dovuto ucciderlo?

POLIZIA Sembra molto calma, signora Page, se posso dirlo.

CP Perché sapevo che una cosa del genere sarebbe successa alla fine. [Pausa.] Louise ha sempre detto che se non poteva averlo lei, nessun altro lo avrebbe avuto. Immagino che dicesse sul serio, no?

Il giorno della festa

43

Caz

In piedi accanto al divano, guardo Andy dormire. Le persone dovrebbero avere un aspetto indifeso e innocente quando dormono, quando abbassano la guardia, ma tutto ciò che vedo io è un bugiardo. Mi ha tradita così tante volte, in così tanti modi. Sono sempre venuta seconda: a Louise, seconda moglie, seconda scelta. Sempre. Ma non è questo il motivo per cui sto facendo questa cosa. Ho fatto pace con il mio posto nella vita di Andy quando l'ho sposato. In questo caso si tratta di giustizia. Di fare quello che avrei dovuto fare anni fa, in un'epoca differente, in un luogo differente, ad un uomo differente.

Mia madre non è stata abbastanza forte da agire, ma io sì. Avrei dovuto farlo ieri sera, ma l'agitazione causata dalla mia stupida affermazione ha deviato i miei piani. Ho ancora un certo istinto di autoconservazione: andrò in prigione se devo, ma non è la mia prima scelta. Sarò in ogni caso una sospettata; la moglie è sempre la prima persona che la polizia sospetta. Ma in questo caso siamo in due. Tutto ciò che devo fare è creare un ragionevole dubbio. La mia intenzione sarebbe stata di agire in un preciso momento durante la serata quando nessuno sapeva esattamente dove si trovassero tutti gli altri, ma grazie allo scalpore che ho causato, ciò non è successo.

Quindi Andy ha guadagnato altre dodici ore di vita che non meritava.

Non mi ha nemmeno rivolto la parola quando finalmente è tornato ieri sera. Il suo disgusto è più imbarazzante di quanto lo sarebbe una litigata furiosa. Dirò alla polizia che abbiamo litigato, sembrerà più credibile.

Sarebbe facile ucciderlo ora mentre sta dormendo, ma è necessario che mi vedano fuori stamani per stabilire una chiara finestra temporale in cui Andy era solo e crearmi un alibi. Quindi mi assicuro che la gente mi noti quando scendo in spiaggia. Mi metto una tunica di lino rossa sopra al bikini rosso e poi faccio una passeggiata nel sentiero verso l'hotel. Normalmente non degnerei di minima considerazione i due tennisti di mezz'età che si apprestano a iniziare una partita, ma stamani esco dai binari e faccio apprezzamenti sul tempo splendido augurando loro buona fortuna. Due camerieri annoiati che stanno sistemando le sedie sulla terrazza si guadagnano un largo sorriso. Riesco a sentire i loro sguardi che mi seguono fino agli scalini di legno che vanno alla laguna.

La minuscola spiaggia è sorprendentemente affollata a quest'ora del mattino, in tanti stanno già nuotando in mare. Mi spoglio ed entro nella laguna, mi tuffo sotto la superficie e nuoto sott'acqua fino a quando mi reggono i polmoni. Anche se è luglio, l'acqua è fredda. L'adrenalina mi scorre nel corpo. Non sono più una vittima. Finalmente riprendo il comando della mia vita, ed è una bellissima sensazione.

Quando riemergo, una donna più o meno della mia età sta scendendo dalle scalette di legno indossando un bikini molto simile al mio. È un colpo di fortuna inaspettato: due bionde col costume rosso possono essere facilmente scambiate l'una per l'altra. Un altro segnale che gli dei sono dalla mia parte. Aspetto fino a quando torna nuotando dal ponte galleggiante nella laguna e si sdraia al sole, quindi nascondo i capelli bagnati sotto ad un anonimo cappellino e mi metto un vestitino di jeans semplice che avevo infilato nella borsa da spiaggia, nella quale adesso ho riposto l'appariscente tunica rossa. Un ragionevole dubbio. È tutto ciò che mi serve.

Mentre salgo gli scalini per tornare alla Beach House, noto Celia Roberts uscire rapidamente dall'hotel, vestita con jeans e maglietta che dovrebbero sembrare troppo da ragazza per lei, ma così non è, e la sciarpa dorata di ieri sera legata con stile al collo. Mi nascondo velocemente per non farmi vedere appena raggiungo la cima delle scale; scompare al lato della terrazza senza vedermi.

Per un brevissimo momento, considero l'idea di andare da lei e raccontarle cosa ha fatto Andy a Bella. Istintivamente so che è l'unica persona che capirebbe cosa deve succedere adesso e sarebbe abbastanza spietata da farlo. Andy le piace, gli vuole anche bene; ma l'amore protettivo nei confronti dei figli e dei nipoti è un istinto primordiale molto più forte. Forse la perdita di un figlio ti plasma in modi che non ti aspetti.

Cancello il pensiero, potrebbe non credere alla mia storia e non voglio rischiare che lanci l'allarme. Aspetto finché sono sicura che non torni indietro e poi scendo velocemente verso la Beach House. Andy sta ancora russando sul divano, smaltendo la mezza bottiglia di scotch che si è scolato ieri sera. Vado in bagno e mi rimetto la tunica rossa che avevo ostentato con sommo studio per essere notata e prendo un profondo e decisivo respiro mentre tiro fuori il coltello di Louise dalla borsa. Ci siamo, è giunta l'ora.

Ora che il momento è arrivato, mi sento stranamente calma e con la mente lucida. La decisione è stata presa, la sentenza è stata pronunciata. Tutto ciò che devo fare ora è eseguirla.

Il mio alibi è tutt'altro che solido, gli orari dei movimenti verso e dalla laguna sono molto imprecisi, ma devo solo sperare che le impronte di Louise sull'arma del delitto siano evidenti in modo da confondere le acque. Non voglio incastrarla. Non proprio. Ma io e lei siamo legate in questa cosa, che lo sappia o no. È sua figlia che sto cercando di proteggere. Entrambe abbiamo un movente; entrambe abbiamo i mezzi e l'opportunità. Se non riusciranno a capire chi delle due è stata, dovranno rilasciarci entrambe. Un ragionevole dubbio. È tutto ciò che mi serve.

Torno dal marito dormiente e punto il collo, immaginando il coltello che taglia lungo la morbida pelle, il getto di sangue arterioso color vermiglio acceso che sgorga mentre la vita e le bugie gli vengono risucchiate via. Non può essere tanto difficile trovare la giugulare. Non sono un medico, ma ho imparato a prendere le pulsazioni a qualcuno durante un corso di primo soccorso alla Whitefish uno o due anni fa. Presumibilmente si taglia in quello stesso punto.

Afferro il coltello più saldamente. Sono così vicina che riesco a sentire l'odore di whisky marcio nel suo alito. Ora è il momento perfetto. Andy se lo merita. Non ci ho pensato due volte col gatto, e Bagpuss era molto più degno di vivere.

Ora. Colpisci ora.

Mi trema la mano. Espiro forte. Non ci riesco. *Dannazione, non ci riesco!*

La rabbia si impossessa di me con tutta la forza e la spinta di una scarica di adrenalina. Lascio scivolare il coltello che cade emettendo un rumore metallico sul tavolino e corro fuori in terrazza, disprezzandomi per la mia debolezza. Ho deluso Bella. Non sono migliore di mia madre. La furia mi attanaglia il corpo come un pitone, comprimendomi il petto così forte che non riesco a respirare. Devo aggrapparmi alla ringhiera per evitare di cadere di sotto. Odio Andy con tutta me stessa, ma l'amore è più forte, anche adesso.

Non so quanto rimango lì in piedi: un minuto, o forse venti. Torno in me quando sento il rumore di una porta che sbatte, come se spinta dal vento. E poi un sospiro silenzioso, terribile, mortale.

Mi giro. Andy è in piedi nel centro della stanza, con la schiena rivolta verso di me. Mentre lo guardo, barcolla all'indietro, tenendosi le mani al collo come le vittime di un film violento di serie B. Gocce scioccanti di sangue rosso scivolano tra le sue dita. Vedo il coltello, il coltello che ho lasciato cadere un secolo fa, conficcato nel collo come un giocattolo grottesco.

E poi vedo Bella.

Gira la testa verso di me come una marionetta mentre rimango bloccata in piedi inorridita sul balcone. Mi fissa senza espressione, catatonica per lo shock, mentre Andy collassa in ginocchio sul pavimento tra noi, farfugliando e soffocando nel suo stesso sangue. Guardo lei, inorridita, e poi corro al fianco di Andy. La luce nei suoi occhi si sta già spegnendo.

«Oh, Dio, Bella, cosa è successo?»

Mi guarda e basta. Poi urla, un suono altissimo e innaturale che mi fa venire i brividi lungo la spina dorsale. È come se qualcuno la stesse facendo bruciare dall'interno.

Muovendomi più velocemente di quanto pensassi possibile, salto su e la prendo per un braccio, obbligandola a dare la schiena alla porta d'ingresso e lontana dalla raccapricciante visione di suo padre morente sul pavimento. Bella non voleva farlo. Deve essere esplosa alla fine e il coltello era proprio lì. Dove lo avevo lasciato. Ha fatto quello che io non sono riuscita a fare. Quello che io volevo fare. Mi rifiuto di lasciare che la vita di qualcun altro venga rovinata da questo mostro.

«Vai» le dico dura mentre la spingo verso la porta. È sporca di sangue sugli shorts e sul pezzo di sopra del bikini; le mie mani sporche di sangue hanno lasciato strisciate disgustose sulle sue braccia scoperte. «Vai in spiaggia» le dico. «Nuota in mare. Devi toglierti... devi essere pulita.»

Mi guarda con occhi di vetro. Non ho idea se mi sta capendo o no.

«Bella, tu non sei mai stata qui» insisto con urgenza. «Ci penso io. È stato un incidente, non è stata colpa tua. Nuota in mare poi torna all'hotel, hai capito? Non sei mai stata qui.»

Alla fine inizia a barcollare giù nella sabbia. Sbatto la porta e corro in salotto. Mi salgono conati di vomito quando mi abbasso sul corpo di Andy, ma non posso permettermi emozioni adesso: non è l'uomo che amavo un tempo, il padre di mio figlio, ma un problema che deve essere risolto, una crisi che deve essere gestita. Tiro via il coltello dal collo, cancellando le impronte dal manico sulla mia tunica per eliminare tracce di Bella. Qualcuno l'avrà sentita urlare. Non passerà molto prima che venga dato l'allarme. Ho al massimo qualche minuto per far sembrare che non sia mai stata qui.

No, nemmeno quei pochi minuti.

Vengo colpita da dietro con un colpo tra le scapole così potente che mi toglie il fiato. Mi lancio avanti sul corpo di Andy, incrociando le mani istintivamente sulla testa per proteggermi. Scorgo il volto di Louise, contorto dalla rabbia, ma non ho la possibilità di spiegare. Mi schianta addosso la lampada un'altra volta e urlo per il dolore quando il pesante marmo si scontra con il mio braccio. Mi ritrovo a schivare una raffica di colpi violenti mentre lottiamo in un combattimento mortale. Ha l'elemento sorpresa dalla sua: è in vantaggio. Penso davvero che potrebbe uccidermi.

Solleva la lampada per assestare un altro colpo, ma mentre indietreggio scivola improvvisamente sul sangue di Andy. La lampada le cade di mano mentre perde l'appoggio e atterra pesantemente sulla schiena.

Mi allontano da lei prima che abbia la possibilità di rialzarsi. Fitte di dolore mi corrono lungo la spalla mentre mi spingo diritta al muro, ansimante, con il braccio che penzola inutile al mio fianco.

Il coltello è sul pavimento tra noi. Mi allungo per prenderlo, ma Louise è più veloce e me lo toglie di mano con un colpo. Il coltello vola via lontano, andando a finire in una pozza di sangue scintillante vicino al corpo di Andy.

Sto respirando con rantoli fitti e dolorosi. Penso che mi abbia rotto anche qualche costola. Sento delle grida fuori e il rumore lontano di persone che corrono. Il suono si trasmette sull'acqua e l'urlo di Bella è stato da gelare il sangue.

Anche Louise sente quelle voci. Si rotola sui talloni e si toglie i capelli dagli occhi con l'interno del polso, lasciandosi strisciate scarlatte sul volto. Siamo entrambe zuppe del sangue di Andy.

Lancio un'occhiata verso la spiaggia, pregando perché Bella abbia raggiunto l'hotel senza essere vista e sperando che non perda la testa. Quasi svengo per il dolore alla spalla ma mi sforzo di concentrarmi. C'è un solo modo per salvare Bella adesso. Ma per farlo, dovremo fidarci l'una dell'altra. *Se non riusciranno a capire chi delle due è stata, dovranno rilasciarci entrambe.*

«Louise» dico velocemente. «Non abbiamo molto tempo.»

Cinque mesi dopo

44

Louise

Leggo la mail due volte poi chiudo il portatile e vado in cucina. Era quello che mi aspettavo, ma è comunque dura vederlo scritto nero su bianco.

Mentre mi verso un bicchiere di vino, mi appoggio leggermente all'alta finestra della cucina e guardo l'affollata strada sottostante. A causa dello shopping natalizio dell'ultimo minuto, le strade bagnate dalla pioggia sono piene di gente carica di buste; riesco a sentire le note di *Merry Christmas Everybody* degli Slade provenire da uno dei negozi della strada. Adoro essere tornata a Londra, nel centro dell'azione. È come se non me ne fossi mai andata.

Dopo la morte di Andrew cinque mesi fa, non potevo pensare di rimanere nel Sussex. La casa serbava troppi ricordi della nostra vita insieme, di tutto quello che è andato a finire così tremendamente male. E poi, senza il suo supporto economico avevo bisogno di un'entrata migliore di quanto potessi mai avere facendo la freelance o l'insegnante. Trasferirmi a Londra mi ha permesso di accettare una posizione di editore full-time al *Daily Sketch*. Non mi sono sentita di vendere la casa però, non ancora, quindi l'ho messa in affitto su Airbnb, il che sta fruttando molto più di quanto sperassi, e ho affittato un piccolo bilocale nella zona più trascurata di Primrose Hill. Bella non ha voluto lasciare gli amici e la scuola, è l'ultimo anno prima dell'università, quindi ha deciso di vivere con i miei genitori durante la settimana e venire da me il weekend. Non che io e Tolly la vediamo molto: è troppo occupata a sfruttare tutto ciò che la città ha da offrire a una teenager. Se lo merita, dopo tutto quello che ha passato.

Di scatto metto giù il bicchiere di vino, torno al computer e apro nuovamente l'email. *Re: Indagine di polizia 47130060126 Siamo spiacenti di informarla...*

Le parole iniziano a confondersi davanti ai miei occhi. *L'avvocato che ha esaminato la causa al Crown Prosecution Service... decisione difficile di non portare la causa in tribunale. La sua parola contro la parola di lei... alcun materiale di terze parti a corroborare nessuna delle versioni delle due parti... il caso rimarrà aperto...*

L'ha fatta franca. Caz l'ha davvero fatta franca con un omicidio.

Caz ha mentito. Lo sapevo allora e lo so adesso. Mia figlia non ha ucciso il padre, neanche in un momento disperato di follia. Non che non la creda capace di un atto simile; so meglio di molti altri quanto sia sottile la linea tra normalità e pazzia. In situazioni estreme, tutti possiamo essere portati a fare qualcosa che non avremmo mai pensato essere nella nostra natura. Ma so anche che Bella non mi mentirebbe mai, non su qualcosa del genere. Non per cinque mesi. Non a me. Lo saprei.

Eccetto che mi ha mentito su dove si trovasse quella terribile mattina, penso con un lieve disagio. Non era a nuotare nella laguna, come ha detto. L'ho vista allontanarsi dalla Beach House solo pochi istanti prima che arrivassi lì.

Bella era traumatizzata, ecco tutto. Probabilmente ha avuto un blocco mentale e ha cancellato l'orrore dalla sua testa. Non ha senso farne parola con nessuno. Dopo tutto, Caz è la colpevole.

Bella si è sempre rifiutata di parlare di quello che è successo quel giorno con chiunque e, su consiglio del terapeuta che abbiamo trovato per aiutarla a superare la brutale morte del padre, non ho mai fatto pressioni. Non so cosa abbia visto alla Beach House, ma di sicuro ha visto me, coperta con il sangue del padre, che venivo portata via da un'auto della polizia. Ovviamente la cosa ha lasciato un segno, ma si sta riprendendo. Il suo analista è molto bravo, molto gentile e Bella è quasi tornata a essere se stessa. Quasi.

Bevo un sorso di vino. Dopo tutti questi mesi riesco ancora a sentire il sapore metallico del sangue nelle narici. Riesco ancora a vedere il fervore messianico negli occhi di Caz quando ha inventato quella ridicola storia per salvarsi la pelle, accusando Andrew di una delle più sconvolgenti cattiverie. "C'è solo un modo per sviarli da Bella" aveva detto in modo frenetico, in quegli ultimi istanti prima che i giardinieri entrassero dalla porta. "Dobbiamo incolparci a vicenda. Non riusciranno a provare chi delle due sia stata, ma saranno così occupati nel cercare di farlo che non guarderanno nemmeno Bella."

Nella strada sottostante le luci di Natale lampeggiano nel buio. Un giovane uomo vestito da Babbo Natale gira in una stradina accanto a un grande magazzino, si toglie la lunga barba bianca e la infila nella tasca così può accendersi una sigaretta. Mi allontano dalla finestra. Nessuno è mai quello che sembra.

Mentre mi verso un secondo bicchiere di vino, il familiare

dubbio si insinua in me. Vorrei non aver accettato di lasciare i bambini dai miei genitori per il fine settimana. Anche adesso, non so ancora perché Caz abbia raccontato una bugia così terribile su Bella, a meno che mentire non sia a tal punto una seconda natura per lei da non saper più riconoscere la verità. Perché non dare la colpa a un intruso? Perché dirmi che era stata Bella?

Metto il bicchiere vuoto nel lavello della cucina e inizio a spolverare freneticamente superfici già pulite. *Chissà perché Caz ha mentito*, penso amaramente; forse è così delirante che crede realmente che quello che ha detto sia vero. Ma è stata lei a uccidere Andrew. Lo ha assassinato, sicuro quanto ha avvelenato il mio gatto. L'ho beccata con le mani nel sacco, coperta con il suo sangue! Nella mia mente non c'è alcun dubbio: è stata lei. E grazie a me l'ha fatta franca. Sono stata io a contaminare la scena del crimine; le mie impronte e il mio DNA erano ovunque. Come avrebbe potuto una giuria stabilire chi ha inflitto il colpo fatale? Se non fosse stato per il nostro passato amaro, la polizia avrebbe anche potuto pensare che fossimo d'accordo.

Per un istante mi domando cosa avrei fatto se Bella fosse stata davvero colpevole. Il mio primo istinto sarebbe stato di proteggere mia figlia, ovviamente, ma coprirla sarebbe davvero la cosa giusta a lungo termine? Distruggerei il suo senso di moralità a vita. Le nostre azioni, accidentali o no, hanno conseguenze. Anche se credessi a Caz, non penso che avrei acconsentito al suo piano di incolparci a vicenda per salvare Bella, anche se a giudicare dal modo in cui le cose sono andate con il procuratore, aveva qualche possibilità di funzionare. Ma è facile essere dalla parte morale giusta nella teoria. Nessuno di noi saprà mai veramente cosa farebbe finché non si trova in prima persona in una situazione simile.

Mia madre non ha di queste preoccupazioni. «Certo che la copriresti» ha detto bruscamente quando le ho confidato cosa mi aveva detto Caz. «Sei sua madre. Una madre farebbe qualsiasi cosa per proteggere i suoi figli. La moralità non c'entra.»

È stata una vera roccia, mia madre. È addolorata per la perdita di Andrew anche lei, lo so, ma il suo unico pensiero è stato per Tolly e Bella. Grazie a lei, i bambini stanno migliorando entrambi, più di quanto osassi sperare. Sono io che a quanto pare non riesco a superare la morte di Andrew. Lo disprezzo per quello che ha fatto a Taylor, ma non lo avrei mai e poi mai ucciso, privando i miei figli del loro padre. Nessuno merita di morire in quel modo, affogando nel proprio sangue.

Forse, se la polizia fosse riuscita a provare che è stata Caz, se sapessi senza ombra di dubbio che Bella non c'entra niente...

Mi raddrizzo e per la frustrazione lancio la spugna della cucina nel lavello. Ogni volta che mi tuffo in questa folle tana del coniglio, do a Caz quello che vuole. Mi ha raccontato quella ridicola storia per incasinarmi la testa e glielo sto permettendo.

Grazie a Dio non dovrò mai più rivedere quella donna. Si è trasferita a New York con Kit non appena la polizia le ha restituito il passaporto. Lavora in un'agenzia pubblicitaria all'avanguardia, mi ha detto Patrick. Non ho dubbi che farà strada. Il più lontano possibile da me.

Raccolgo i giocattoli di Tolly dal pavimento del salotto e li riporto in camera sua, il vortice di dubbio e paura si dissolve silenziosamente come tutte le volte che penso a Patrick in questi giorni. Lui e Tolly sono diventati grandi amici nei tre mesi in cui io e Patrick abbiamo ricominciato a frequentarci. Se ha fatto i calcoli sul compleanno di Tolly e la nostra relazione, non ha detto niente, ma le cose vanno così bene tra noi che penso di rivelargli presto la verità. Tolly ha bisogno di un padre e Patrick di un figlio, anche se ancora non lo sa.

Anche Bella va d'accordo con lui. Pensavo sarebbe stata molto contrariata all'idea che inizi a frequentare altre persone, specialmente così presto dopo la morte del padre, ma con mia sorpresa è stata incoraggiante. «Sono quattro anni che sei separata, mamma» ha detto quando ho provato ad affrontare l'argomento. «Era l'ora che uscissi con qualcuno.»

Sistemo ordinatamente le scarpe di *Star Wars* di Tolly in fondo al suo armadio e cerco di chiuderlo ma la porta sbatte su qualcosa. Mi inginocchio e districo i lacci di tela di una piccola borsa dalla guida. Bella l'ha presa in prestito da mia madre quando è venuta lo scorso weekend. Senza dubbio è piena di vestiti sporchi. Devo ricordarmi di farle riportare la borsa alla nonna il prossimo weekend.

Apro lo sportello della lavanderia nell'ingresso e svuoto il contenuto della borsa sul pavimento. Dalla borsa cadono un paio di jeans sporchi, la felpa che Bella ha perso due settimane fa e che ha causato un uragano di ricerche, circa cinque o sei magliette sporche e calzini spaiati. Nessuno di questi è nero. Quella fase è passata finalmente, grazie al cielo, così come la sua amicizia con Taylor. Penso che abbia conosciuto qualcun altro, anche se non ha detto niente in realtà. Riceve molti messaggi da una ragazza che si chiama Alice. Sembra molto meno intensa della relazione con Taylor, molto meno pericolosa. Spero che presto sia pronta per portarla a casa e farcela conoscere.

Lancio tutto nella lavatrice e scuoto la borsa per assicurarmi di aver preso fino all'ultimo calzino. Un paio di shorts di jeans cadono sul pavimento; sanno di umido, come se fossero stati messi via bagnati. Controllo le tasche e inalo l'odore salmastro dell'acqua salata, poi li metto in lavatrice. Nessuno di noi è tornato al mare dalla morte di Andrew. È un demone che tutti dovremo affrontare prima o poi, ma non ancora.

Mi si blocca il respiro in gola all'improvviso, mentre piego la borsa vuota. Incastrato nella zip c'è un lungo filo attorcigliato di chiffon color oro chiaro. Deve essere stato dimenticato sul fondo della borsa di tela di mia madre insieme agli shorts.

Con cura passo il delicato tessuto tra le dita. La sciarpa di chiffon di mia madre. La indossava quella fatidica mattina all'hotel. Mi ricordo Bella prenderla in giro a colazione: *Nonna, indosserai quella sciarpa tutto il weekend?*

C'è un solo anniversario per le nozze d'oro, ha risposto mia madre. *È meglio viverlo al massimo.*

Lungo lo chiffon ci sono macchie, sbiadite ma inconfondibili, del getto di sangue ormai color ruggine opaca, di mio marito.

45

Celia

Penso che siamo tutti d'accordo: se mai un uomo ha meritato di essere assassinato, quello era Andrew Page.

Non poche donne nella sua vita avevano un movente. Louise, Caroline, Bella, Taylor e anche Min; avrebbe potuto farlo una qualsiasi di loro. Le teenager possono essere molto emotive, molto *passionali*. Sono una valanga di ormoni e sentimenti con cui non sanno cosa fare. Louise lo sa meglio di chiunque altro. Tutte quelle assurdità con Roger Lewison quando aveva diciannove anni; si è pugnalata da sola quella sera a casa sua, ma avrebbe potuto tranquillamente averlo fatto la moglie. O Roger stesso.

Può anche dire a se stessa che non avrebbe mai ucciso il padre dei suoi figli a sangue freddo, ma io ho visto lo sguardo nei suoi occhi la notte prima che morisse mentre tornava dalla spiaggia. Può mentire a se stessa ma non a me. Sono sua madre. È andata alla casa sulla spiaggia quella mattina per un motivo. È stata solo fortuna che io sia arrivata prima.

Non ho ucciso Andrew per punirlo, anche se certamente se l'era meritato. L'ho fatto per salvare mia figlia e mia nipote da se stesse. Qualsiasi madre avrebbe agito così. E io ho vissuto la mia vita. È finita quando è morto Nicky. Sto solo contando il tempo ora, fino alla fine.

Perdere un figlio ti cambia in modi che non avresti mai creduto possibili. La persona che pensavi di essere è andata. C'è un'ombra che copre il mondo, anche se sei obbligato ancora a viverci. Non si può immaginare la profondità del dolore in cui si è trascinati a meno di non esserci passati in prima persona. È la peggior paura, l'incubo di ogni genitore. Ma la più profonda paura di perdere un figlio è solo questo: paura. Questa paura è la mia storia.

Tutto sembra diverso da dove sono io, ha anche un odore diverso. Non c'è una parte di voi che possa capire questo sentimento. È una cosa buona, fidatevi. Non è un sentimento che si vuole provare. Non volete avere niente a che fare con questo mondo. Sono come una prigioniera in gabbia e non può nemmeno venire a trovarmi nessuno qui.

So cosa significhi seppellire un figlio. So cosa significhi dover scegliere un abito da indossare al funerale del mio bambino. So cosa significhi dover far entrare l'aria nei polmoni a forza per respirare. La sensazione di dover continuare a vivere quando non è rimasto più nulla per cui andare avanti. So cosa significhi mettere tutte le cose di mio figlio in una scatola. So cosa significhi portare fiori alla sua tomba. Non riesco nemmeno a dimenticare l'odore della terra appena scavata. So cosa significhi avere il mondo intorno che prova pietà per te e allo stesso momento si rallegra di non essere al tuo posto.

Il dolore ti lascia vuota e a pezzi, ma quando questi pezzi si riassemblano per formare una distorta e deforme approssimazione della persona che eri un tempo, ti ritrovi più forte. Capace di fare qualsiasi cosa per proteggere i tuoi cari.

Mi rifiuto di perdere Louise o Bella. Magari piangono per Andrew, ma andranno avanti. Gli esseri umani sono progettati per assorbire le perdite e guarire. Eccetto per la perdita di un figlio. Non siamo progettati per sopravvivere a quello.

Andrew dormiva quando sono arrivata alla casa sulla spiaggia quel giorno. Il coltello era lì sul tavolo vicino a lui, non ho nemmeno dovuto usare quello che avevo portato. La morte non è stata immediata; in qualche modo è riuscito ad alzarsi mentre andavo via, ma penso che meritasse un po' di dolore, un momento di consapevolezza, prima di morire. Non mi ero accorta che Caz fosse fuori sul terrazzo fino a gesto compiuto, pensavo fosse ancora alla laguna, ma non mi ha visto mentre scivolavo sul sentiero per la spiaggia. Devo aver mancato Bella di pochi secondi mentre arrivava dall'altra parte. Mi dispiace tantissimo averle fatto passare questo: entrare e vedere il padre nei suoi ultimi e sanguinosi istanti di vita. Ma sarebbe potuta andare molto peggio. La sua amica Taylor le aveva appena confessato che Andrew era il padre di suo figlio. Chissà cosa sarebbe potuto succedere se fosse stata Bella a trovare il coltello.

Non so se mi ha vista andarmene da lì. Non ne ha mai parlato, ma non ha nemmeno mai detto a nessuno che si trovava lì quel giorno. Non so se sospetti di me, di Caz o persino di sua madre, ma se è così, non dirà nulla.

Dopotutto, le donne Roberts sono brave a mantenere i segreti.

Ringraziamenti

Mi ritengo estremamente fortunata nell'avere due editor da ringraziare per aver reso questo libro molto migliore di quanto avrei potuto fare da sola: Rachel Faulkner-Willcocks, che ha lavorato al manoscritto fino al momento in cui è arrivata la sua splendida figlia, un po' prima del previsto, e Tilda McDonald, che ha raccolto il testimone perfettamente e ha condotto il libro oltre la linea d'arrivo. Sono davvero fortunata ad avervi entrambe.

Grazie anche a Rebecca Ritchie, che è senza dubbio la migliore agente del mondo. Grazie per avermi tenuto la mano, per aver calmato le mie ansie e per aver difeso la mia scrittura con fede e passione.

Grazie a Sabah Khan, la mia tenace e brillante addetta stampa, e a Helena Newton per il copyediting. La vostra vista da aquila ha evitato alcune terribili castronerie.

E grazie a tutto il team di Avon e HarperCollins per il loro instancabile supporto dietro le quinte, incaricati di tutti i lavori pesanti e poco piacevoli che rendono possibile mettere il libro nelle mani dei lettori.

Grazie a Georgie Stewart per aver letto il manoscritto alla velocità della luce e aver verificato l'esattezza dei miei riferimenti al mondo della pubblicità, e a Wikipedia per alcuni dei dettagli tecnici medici. Qualsiasi errore è unicamente colpa mia.

Grazie anche ai lettori di NetGalley e ai tanti blogger e amanti dei libri che hanno recensito i miei romanzi dando loro la spinta per navigare nel mondo aperto. Ciò fa davvero la differenza.

E in tutto il mondo, grazie a tutti i lettori, gli acquirenti, i venditori e coloro che prestano libri, i quali fanno sì che una buona storia, ben raccontata, possa sempre trovare un pubblico. Avete fissato uno standard molto elevato, come dovrebbe essere.

Per ultimi, ma mai per importanza, grazie alla mia famiglia, Erik, Henry, Matt e Lily, per sopportare le montagne russe della vita insieme a una scrittrice insicura, paranoica e narcisista, per aver sempre tenuto duro e non avermi mai abbandonata.